情定悍嬌妻 4

文創風 559

新蟬 著

目錄

第三十八章

鋪子開張，黃氏擔心她被人衝撞，說什麼都不肯讓寧櫻去。

「今日人多，我與妳父親前去瞧瞧，妳在屋裡好好畫畫，改日得空了妳再過去。」

寧櫻快和譚慎衍說親，不能出樓子。青岩侯府看中寧櫻，什麼都為寧櫻考慮，黃氏也不得不為青岩侯府著想，萬一出了事，連累得還是寧櫻自己。

寧伯瑾也在旁邊附和。「我與妳娘去就成。」

寧櫻無法，只能答應了。

寧伯瑾和黃氏出門後，寧櫻又回去繼續畫她的花瓶。王娘子說她畫的形有了，如今要學著色，她對顏色不敏感，王娘子畫出來的花瓶栩栩如生，顏色沒有一點出入，連光影的明暗都考慮進去，寧櫻想畫出滿意的花瓶，還得一些時日。

另一邊，黃氏和寧伯瑾到了鋪子，寧伯瑾去前面，黃氏從後面轉去院子。才剛走進去，她便覺得眼前一亮，頭一回看見這般精緻的小院子，假山水榭一樣不少，忍不住問吳娘子道：「誰設計的？這般雅致動人。」

前面的鋪子約莫三丈大小，而院子連著一處宅子，平日吳管事他們就歇在這裡。黃氏仔細看，原先連著鋪子的後室沒了，換成了遮擋的屏風。

吳娘子笑著解釋。「是小姐請來的匠人。鋪子小，擔心客人多了顧不過來，便把後室裝潢成雅間，夫人請到那邊休息。」

順著吳娘子手指的方向，黃氏看過去，院子對面的屋裡擺放了桌椅，之前是安排給吳管事他們住的，她便沒進去過。

「匠人建議在那邊蓋間屋子。」

黃氏點了點頭，聽見屏風後面有說話聲音傳來，她去了正屋，屋子小，不如寧府的半間屋子大，裡面的家具都是新的。

黃氏笑道：「櫻娘倒是個有主意的人，這屋子鎖起來吧，往後你們待客的時候再用。櫻娘要說親了，出來的日子少，在雅間裡坐即可。」

吳娘子點了點頭，黃氏轉了一圈，尋思著去悠玉閣為寧櫻選幾樣首飾，準備六月去避暑山莊的時候用。她讓吳嬤嬤去前面和寧伯瑾說一聲，就由秋水扶著回府了，馬車停在後門，黃氏前後看了看，地面乾淨，周圍沒有乞丐，往後寧櫻過來，她倒是不用太過擔心。

不一會兒，吳嬤嬤回來了，滿臉是笑地稟報道：「生意好著呢！老奴看見譚侍郎也來了，還有禮部尚書。鋪子的名聲好了，往後生意肯定好。」

黃氏不知曉譚慎衍也會來，淡然的臉上浮起了笑。「他算是有心了。」

「是啊，咱家小姐往後可算有福氣了。」吳嬤嬤起初認定薛墨是寧櫻的良人，但見過譚慎衍後，認為譚慎衍家世、品行不錯，今日又肯來給寧櫻的鋪子助威，心裡那點彆扭才算是沒了。

之前總覺得譚慎衍和薛墨關係好，朋友妻，不可欺，得知譚慎衍上門提親，心裡怪怪的，今天看來就沒這疙瘩。

吳嬤嬤爬上馬車，挨著秋水坐在旁邊的小凳子上，說起譚慎衍的好話來。譚慎衍在外令人聞風喪膽、風聲鶴唳，待寧櫻卻是真心的，光是羅列出來的彩禮、單子都夠養活寧府上下的人。

「妳別在櫻娘面前說這些話，待事情定下再看吧！」黃氏失笑。路遙知馬力，日久見人心，過早下定論不適合。

吳嬤嬤自然清楚，寧櫻再懂事也不過是個十三歲的小姐，哪好意思和寧櫻說這種事？

三人說著話，忽然馬車驟然停下，吳嬤嬤身子一歪，壓著秋水摔了下去，黃氏坐在軟墊上有個緩衝倒是沒事。她撩起簾子，見是個丫鬟擋在前面，她皺了皺眉，讓吳嬤嬤瞧瞧怎麼回事？

那個丫鬟看見黃氏跟見了救星似地跑過來，上氣不接下氣道：「夫人，五小姐遇到麻煩了。」

吳嬤嬤和秋水對視一眼，前者滿是不忿，猜測寧靜芸聽到寧櫻和譚侍郎說親的風聲後悔了。要知曉，她辛辛苦苦跑出去做了一個妾，而寧櫻輕而易舉做了青岩侯的世子夫人，寧靜芸嫉妒心強，見不得寧櫻壓她一頭，從她向黃氏要嫁妝的事情上就能看出一二，吳嬤嬤對寧靜芸的行為極為不齒。

寧櫻親事有了眉目，但從來沒提過自己的嫁妝，專心做自己的事情，不爭不搶，哪像寧靜芸不知分寸？

秋水朝她搖頭。手心、手背都是肉，寧靜芸真出了事，黃氏不可能不管她死活，秋水懂黃氏的難處。黃氏對大女兒有虧欠，一直想方設法要彌補，就像三爺對寧櫻的彌補那般，只是寧櫻和寧靜芸心境不同，造化也不同。

寧櫻分得清利害，知道怎麼做對自己來說是好的，不會恃寵而驕；而寧靜芸則是順著她一次，下次不順著她便是對不起她，那種性子容易讓人生厭。

秋水站起身，順著簾子往外看，見丫鬟一身乾淨的粉色衣衫，容顏昳麗，白皙的臉上有稍許慌亂，她替黃氏問道：「妳是哪府的丫鬟？」

黃氏還沈浸在丫鬟的那句話沒有回過神來，她和長公主商量好不著急上門提親的原因是想等寧靜芸迷途知返，她不知譚慎衍從哪兒查到的，不過對他的體諒，黃氏心存感激，聽見秋水的聲音她才反應過來，定定地望著那丫鬟。

「奴婢是清寧侯府的，五小姐被老夫人關在屋裡，哪兒也去不了，還請三夫人救救她吧！」

青蘭是偷偷跑出來轉達這些話的，寧靜芸給了她許多好處，答應會想法子替青蘭要回賣身契還給她。

青蘭明白，做奴婢一輩子都得伺候人，她不是清寧侯府的家生子，不是非得一輩子耗在清寧侯府，她可以拿了賣身契去府衙除了奴籍，往後嫁給好的人家，安安穩穩過日子，也是因為這樣，她才答應幫寧靜芸的忙。她穿過朱雀街就遇到寧府的馬車，看車裡的人是寧伯瑾，不敢明目張膽地攔下，一直在後面跟著，馬車有一段路行駛得快，她追不上，好在問了路邊的人才沒有跟丟。

「侯府發生了何事，妳說清楚。」黃氏料到會有這日，只是沒想到這麼快。

當日寧伯瑾和她說，她就想了這麼個法子，使計讓程老夫人厭倦寧靜芸。程雲潤保不住世子之位，以寧靜芸的腦子，不可能守著一個廢人過一輩子，她沒有看著寧靜芸長大也瞭解她的性子。寧靜芸不是個能吃苦的人，看程雲潤沒了富貴一定會另攀高枝，眼下應該是時機到了。

不過，還不是她出手的時候。

把寧靜芸帶出來簡單，想要她安分守己，還得叫她聽話才行。

青蘭將寧靜芸在清寧侯府的處境說了，氣息微喘，豆大的汗珠一滴滴順著臉頰流下。

程老夫人聽到青岩侯府和寧府有結親的意思，打算讓寧靜芸回寧府，然後上門提親，用八抬大轎迎娶寧靜芸過門，在青蘭看來是皆大歡喜的事，可寧靜芸不同意，當面頂撞了程老夫人兩句，惹得程老夫人不喜。寧靜芸不懂收斂，回屋看程雲潤躺在床上，心裡來氣，收拾包袱要離開，被程雲潤訓斥了幾句，將她關押起來。

寧靜芸可以回寧府，卻必須由清寧侯府的人送回去，萬一寧靜芸跑了不認帳，清寧侯府就不能和寧府結親家了。青蘭想不透，寧靜芸為何肯委身做個妾都不肯回寧府？

黃氏面無表情，冷聲道：「我知道了，妳回去吧！我大女兒生病被送去莊子了，至於小女兒，我正忙著給她議親，清寧侯府的家事我就不過問了。」

青蘭難以置信地抬起頭，擔心黃氏沒聽明白，她急忙補充道：「五小姐在清寧侯府，奴婢確認……」

「靜芸去蜀州莊子養病去了，由寧府的馬車送出城的，妳是不是弄錯了？吳嬤嬤，讓車伕繼續趕路，直接回府。」黃氏眼裡一片冰冷。

寧靜芸的處境比她想像中得好，沒承想程老夫人竟想讓寧靜芸回來，再三媒六聘娶進門。黃氏冷笑，程雲潤身子好時，她尚且不答應，何況現在程雲潤殘疾了。寧靜芸不肯低頭，黃氏情願把她送去莊子上，找個尋常百姓嫁了，也好過在高門中作踐自己。

青蘭心裡疑惑。那就是寧府的五小姐，為何黃氏語氣那般篤定？她遲疑的瞬間，馬車緩緩駛動，她追上去想說點什麼時，馬車已經走遠了。

青蘭惴惴不安。沒有辦好寧靜芸的差事，寧靜芸應她的事估計也不作數了。她失魂落魄地回到府裡，剛進門便被兩個婆子桎梏住。

青蘭大驚。「妳們要做什麼？」

「做什麼？妳去哪兒了？吃裡扒外的東西，吃著清寧侯府的糧，卻幫外人辦事……」其中一婆子抬手搧了青蘭一巴掌，碎罵道：「看老夫人怎麼收拾妳，帶去敬壽院！」

青蘭知曉做的事被發現了，頓時面如死灰。

程老夫人知道寧靜芸不會認命，丫鬟出門時她就派人盯著。十月懷胎生下來的孩子，黃氏不可能不管寧靜芸，若是黃氏插手，她就有籌碼和黃氏討價還價。失了貞潔的女人，傳出去名聲壞了不說，寧伯瑾的官職也會受到影響，黃氏不可能拎不清，誰知，黃氏壓根兒不管寧靜芸的死活。

青蘭被人拽著頭髮拖到敬壽院，只覺得頭皮發麻，老夫人坐在上首把玩著手裡的玉鐲，沈著臉道：「說吧，發生了什麼事？」

青蘭面色發白地跪在地上，知曉大禍臨頭，額頭貼地，一個勁地磕頭，沒兩、三下，額頭已是腥紅一片。

老夫人不喜地皺了皺眉。「三夫人與妳說了什麼？」

青蘭不敢有所隱瞞，一五一十將黃氏的話說了。寧靜芸吩咐她時語氣篤定，但黃氏心比石頭硬，竟是不打算認這個女兒了。

老夫人覺得不可思議。寧櫻和譚慎衍說親，黃氏不擔心寧靜芸連累寧櫻的名聲不成？還是說長公主去寧府，不是為了說親？

如果青岩侯府不和寧府結親的話，寧靜芸便沒多大的用處了。她派人打聽過寧伯瑾的性情，是個扶不起的阿斗，能入禮部是走了狗屎運，寧靜芸被程雲潤破了身子，娶她沒多大的好處，不如在京裡重新為程雲潤找個岳家。

打定這個主意後，程老夫人心思活絡起來。

清寧侯府另一角，婆子躡手躡腳推門進屋，屏退桌前揮扇的丫鬟，小心翼翼道：「夫人，您猜中了，老夫人準備重新替世子爺說門親事，那位寧姨娘，算是沒戲了。」

陳氏輕哼一聲。「雲潤是我的長子，若不是被她養成這樣，我哪捨得放棄他？」

她不知長公主去寧府所為何事，當日黃氏拒絕了她，她生氣地離開了，對走後的事無從得知，老夫人想借助寧府保住程雲潤的世子之位，她怎麼會同意。

老夫人老眼昏花，她不能讓侯府被人笑話，得以大局為重，問道：「寧府和青岩侯府的親事可是真的？」

「好像是假的。」婆子不甚確定，將敬壽院發生的事說了。「老夫人準備為世子爺再尋一門親事，夫人，咱們怎麼辦？」

「妳也清楚世子爺的身子是什麼情形，他襲爵不是叫人笑話嗎？老夫人是真糊塗了。」

想到程雲潤往後不會有自己的孩子，陳氏難受得厲害，手心、手背都是肉，若不是逼不得已，她哪會放棄她的長子？

「等侯爺回來，妳讓人告訴侯爺。」

摺子呈上去，不日就會有結果，老夫人想為程雲潤說門親事也來不及了。

婆子點頭，緩緩退了出去。

寧櫻的鋪子地段好，又有寧伯瑾和譚慎衍出面，生意興隆，吳管事和寧櫻稟報鋪子裡的茶葉快用完時，寧櫻驚訝不已。

「生意會不會太好了？」

吳管事低頭。「從早到晚都有人，說咱鋪子的茶葉好、茶水好，煮茶的師傅手藝好。」

茶藝師傅和帳房先生都是寧櫻花錢請的，吳管事和吳娘子則負責打雜，從早到晚都很忙碌，但比在莊子上的時候輕鬆些。

「周圍有三間鋪子關門裝潢，老奴覺得他們也想學咱做茶水生意，這可如何是好？」吳管事今日來也要稟報這件事。不到十天，那些人看生意好就想摻和一腳，他擔心生意被搶去。

寧櫻曾想到會這樣，只是沒想到他們動作如此迅速，沈吟道：「不著急，之前怎麼做，往後就怎麼做。」

譚慎衍請的匠人不是白請的，那些鋪子能賣相同的茶水，鋪子的裝飾卻比不上她的。品茶、品味和意境，她的鋪子都有。

吳管事點了點頭，又說起另一件事來。程雲潤的世子之位被皇上收回去了，寧靜芸給他消息向他求救，吳管事不過是個管事，不敢貿然插手，因而才問寧櫻的意思。

「你找我娘說，她的事，我不管。」

寧靜芸應該是黔驢技窮了。程雲潤沒了世子之位，比普通人都不如，她一個妾室，身分更是低下，寧靜芸不會繼續跟著程雲潤了；只是想要回來也困難，清寧侯府不會放人的。

離開時，吳管事把這幾日鋪子裡的帳冊遞給寧櫻，因為是第一份帳冊，寧櫻看得格外仔細，屋裡什麼時候來人她都不知。

「需不需要我出面，把那些人的生意攬黃了？」

聞聲望去，寧櫻嚇得身子一顫。

譚慎衍站在珠簾後，雙目幽幽地望著她，寧櫻面上飛快浮起淡淡的紅暈來，不待她腦子明白過來，身體已站起身迅速走向門口，手搭在門邊，擋住屋內的視線，叮囑門口左右兩旁的丫鬟道：「我休息一會兒，沒我的吩咐不得進屋打擾。」

丫鬟頷首稱是，見寧櫻隨後關上門，兩人心有疑惑，卻也沒往深處想。寧櫻素來是個有想法的人，她們照做就是了。

關上門，寧櫻才暗暗鬆了口氣，聽簾子後傳來一聲若有還無的笑，她沒好氣地瞪了始作俑者一眼。

他膽子是越來越大了，自己翻進屋，還敢站在簾子後和她說話，被門口的丫鬟聽見了，她一輩子都別想抬頭做人。

想到譚慎衍不在乎她的名聲，寧櫻來氣，怒氣衝衝走上前，手剛碰到五彩玉珠的珠簾便被裡面伸出來的手往前一帶。寧櫻抬著一隻腿，重心不穩，直直往前倒，不由自主驚呼出聲，身子快著地時被一雙寬厚的手拽了起來。

驚魂甫定，寧櫻嚇出了一身冷汗，低聲呵斥譚慎衍道：「你做什麼呢？」

「逗逗妳。」譚慎衍扶著她，身子微微前傾著。

她的臉貼在譚慎衍胸膛。美人在懷，他黑沈的眸子泛著不易察覺的笑，輕笑道：「不會讓妳摔著的。鋪子生意好，妳準備怎麼感激我？」

他說話時低著頭，呼吸交融，寧櫻微微紅了臉，小聲道：「生意好，是因為茶藝師傅泡的茶好喝，與你何干？」

不可否認和他請來的匠人有關，但是在他跟前，寧櫻偏生不想讓他得意。

譚慎衍扶她站好，厚著臉皮道：「我能讓其他鋪子的茶水生意都做不了，茶藝師傅做不到，包括妳父親，這總得感激我吧？」

他方才的話不像是假的，寧櫻低頭思索起來。其他鋪子不賣茶水對她來說自然好處頗多，可傳出去，難免讓譚慎衍落下仗勢欺人的名聲；何況生意好壞，全憑各家本事，沒理由因為認識譚慎衍就認為自己高人一等。

她不是禁不起挫折的人，遇強則強，遇弱則弱，優勝劣敗才會讓自己保持清醒和上進。

想明白了，寧櫻抬了抬眉，不緊不慢道：「不用了，我也想知道，我的鋪子能不能存活下來？若有營利，說明我有經商的頭腦；虧了，說明我不是做生意的料，往後只管把鋪子租賃出去，收租金就成。」

譚慎衍料定她不會答應，手搭在她白皙柔嫩的手上，輕輕摩挲著她柔若無骨的手掌。「妳想怎麼就怎麼做，往後看誰不順眼，與我說一聲，我有法子收拾。」

還真當自己是霸王了？她可不願揹上潑悍的名聲。

寧櫻撇嘴不語，餘光落在兩人交握的手上，面色一滯，譚慎衍骨節分明的手指落在她掌心上，她的小而白，譚慎衍的大而寬，手心相貼。

寧櫻試著抽回手，紓解眼前的尷尬，一邊狀似不經意地問道：「你怎麼來了？」

掌心一空，譚慎衍有些許不習慣，指腹微微摩挲，片刻將她拉入自己懷裡，珠簾落下，發出清脆的聲響。

寧櫻心虛地朝外面看了眼。屋門關著，沒有丫鬟探頭探腦，她往後抗拒地推了推，皺眉道：「什麼話好好說，動手動腳做什麼？」

雙方還沒有交換庚帖，現在不過是口頭上的約定，變化還大著，寧櫻不會讓譚慎衍白白占了便宜。

譚慎衍看她表情彆扭就知她想什麼，雙手滑至她腰後，圈著她將她壓在牆壁上，低下頭，能看見她鬈翹的睫毛顫動著，蓋住了眼底的光華，他湊過去，唇若有還無地落在她睫毛上。

寧櫻臉紅得能擰出水來，不自在地別開臉，雙手抵著他胸膛，再次提醒道：「什麼話好好說。」

「明日我得離京一趟，六月才能見了。」

他原本想六月上門提親，眼下只有等八月了。那會兒秋高氣爽，北雁南飛，是個清爽的季節，只是，還有三個多月，他等不及了。

譚慎衍嘆息道：「妳好好照顧自己。」

聽他嘆氣，寧櫻一怔，腦子裡閃過他在戰場上浴血奮戰的場面，呼吸慢了半拍，在他親她時便沒有退縮。他的唇有些涼，貼在她臉頰上，癢癢的，好似冬天的樹葉掃過自己臉，清涼得叫人發癢，她格格笑了起來，紅唇微啟，譚慎衍控制不住，上前一步壓著她，雙唇攫取著她口中的美好。

餘下的笑聲被他悉數吞下，唇齒相貼，寧櫻臉頰一紅，沒奈何身子被他桎梏著，全身使不上勁，軟軟地喚了聲，只聽自己的聲音軟綿如天空的雲，輕飄飄的，又帶著絲撒嬌，是她從來沒有聽過的，她羞得止住聲。

譚慎衍緊了緊手裡的力道，越發糾纏。

分開時，寧櫻已氣喘吁吁，身子無力地靠著背後的牆壁，若不是譚慎衍圈著她，只怕要滑落下去，迷離的雙眼波光盈盈，說不出的動人與嫵媚。

和她的動情不同，譚慎衍則臉色黑沈，目色晦暗，在她脖頸間蹭著，惡狠狠道：「真想今天就把妳娶了。」

他便不用忍著了。

寧櫻也察覺到他身子的變化。夏日衣衫單薄，貼得近，某處生氣勃勃地抵著她，她不是真的十三歲，一時臉紅如晚霞，閉著眸子，感受著他灼灼的呼吸，一動不敢動。

青岩侯府祖輩都是武將，譚慎衍身為世子，守衛邊關是他的責任，這會兒已四月末，距離六月還有一個多月，寧櫻心下生出一股不捨來。

「你要去哪兒？出門在外，你多注意，別受傷了。」

她的唇被他咬得有些腫，嬌豔欲滴，看得他呼吸漸重，湊上去還想啄兩口，結果被她躲開，他的唇只落到她白皙的耳垂上，感覺她身子一顫，身子又有變軟的趨勢，譚慎衍只覺得所有的情緒都聚集到某點，蓄勢待發，再耳鬢廝磨，他怕真的會忍不住。

深吸一口氣，他努力轉移自己的注意力。「同去的還有幾位皇子，妳莫太過擔心。」

「哪兒又起戰事了嗎？竟然派皇子監軍。」

皇子出征，乃為籠絡百姓、安撫民心，自古以來，只有戰事吃緊、處於頹敗之勢時，皇上才會派皇子出征，可惜寧櫻上輩子自顧不暇，沒注意外面發生了什麼。皇子監軍，軍營便是皇子說了算，而譚慎衍不喜受人操縱，恐怕會和皇子起衝突。

她正欲開口勸他收斂些，卻聽他輕鬆道：「皇上六月要領著文武百官去避暑山莊，我和幾位皇子先去布置一番，妳父親也會一同前往……」

聽到她關心自己，譚慎衍目光一軟，雙手拉著她的手舉過頭頂，戀戀不捨地蹭了蹭她的鼻尖。「寧府的人也會去避暑山莊，我會先把你們的住處安排好。」

寧櫻怔忡了下，反應過來後怒不可遏。她以為他要領兵出征才由著他，結果不過是去避暑山莊。她抬腳重重踩向他黑色竹紋的靴子，面紅耳赤道：「混帳，戲弄我很好玩是不是？」

她正努力回想上輩子的事想幫他，結果他卻乘機調戲自己，寧櫻不解氣地又在他靴子上踩了兩腳，身子掙扎起來。即使是她想岔、誤會了他的意思，可譚慎衍絕對是故意誘導她往戰事方面想，否則他一開口便會說明是去避暑山莊。

推推搡搡間，身子不可避免地摩擦，蹭得譚慎衍慾火大盛，目光黑得深不見底。

「妳再動，我怕是忍不住了。」

她力氣小，踩在他腳上跟撓癢癢似的，想到她方才不捨動情的模樣，他只覺得心花怒放，恬不知恥地壓著她屈膝蹭了蹭她大腿，讓她感受自己的能耐。

寧櫻頓時面色緋紅，只覺得夏日的熱氣全集中在她臉頰，似要燒焦她的臉似的。

「不要臉。」

若她真是什麼都不懂的閨閣小姐，譚慎衍說不定會克制，然而上輩子她就是他的人，此刻雖年歲小了點，但也到懂人事的時候了。

雙腿滑過她大腿，譚慎衍只覺得渾身舒暢許多，不以為然道：「我喜歡妳才會對妳這般，何況，早晚會見面的，羞什麼？待會兒長公主會上門提親，三夫人不想聲張，我們先瞞著，從避暑山莊回來後再公開。」

總叫他偷偷摸摸上門不是法子，而且他想得更遠，早點說親，到了山莊便能光明正大聊天說話，山莊周圍群山環繞，樹木蔥郁，往年許多暗中私會的男女都會在半夜躲在樹叢後，月黑風高，孤男寡女，雖有傷風化，可其中的滋味不足為外人道也。

他和寧櫻不能越過那道線，可淺嚐還是行的。

抱著這個主意，他鬆開寧櫻，聲音沙啞，眼底盡是濃濃的情慾。「早晚是我的人，先熟悉我的身子，往後便不會被其他人吸引了去。」

譚慎衍從小習武，肩寬腰窄，身材勻稱，渾身上下沒有多餘的贅肉，對自己的容貌、身材，譚慎衍還是有這個自信的。

寧櫻只覺得譚慎衍就是個不知羞的人，罵了句厚顏無恥。她又不是清純的小姑娘，哪會看著他的身材就挪不開眼了。

「你怎麼知道其他人身材比不過你了？」寧櫻瞪著他。全京城上下的男子可不止譚慎衍一個，方才那話太過狂妄了。

譚慎衍拉著她的手放在自己腰間。「比得過我的都開過葷了，我的力氣可都給妳留著呢！」

聽他越說越沒個正經，寧櫻推開他，臉色紅得快燒起來。「趕緊走，離京了更好。」

譚慎衍湊上前，捧著她的臉又是一陣猛親。她記得上輩子的那些事未嘗不是件好事，起碼不會覺得他輕薄了她。

離開時，譚慎衍步履輕快，迫不及待回到侯府，經過穿堂時遇到譚慎平準備出門，他收起笑，臉上一片冷漠。

對這個大哥，譚慎平心裡是怕的。從小譚慎衍與他們就不親近，獨來獨往，性子極為清冷，譚慎平小時候犯了錯，見對方有兄長護著，硬著頭皮請譚慎衍出面，誰知，譚慎衍二話不說將他推入了水池，水池的水不深，但也嚇得他沒了半條命。

站在水池裡，他驚恐萬分地望著水池邊冷眼看熱鬧的譚慎衍，哪怕才十歲，譚慎衍的目光卻冷得飽含蒼涼，那種眼神是他從來沒有見過的。

那件事有老侯爺出面，胡氏和譚富堂不敢聲張，侯府外沒人知曉，從那次後，他對這個大哥是儘量避多遠就避多遠，生怕不小心沒了命。

「大哥。」譚慎平強撐著瑟瑟發抖的身子上前。

譚慎衍淡淡應了一聲，暗色祥雲網底的長袍拂過石柱，大熱的天，莫名拂來一股冷風，譚慎平瑟縮地低下頭，等譚慎衍先走。

「寧府六小姐是我的人，往後被我發現你從中做什麼，又或是言語不敬，別怪我心狠手辣。」

經過譚慎平身邊，譚慎衍陰冷地挑了挑眉，眼裡閃過戾氣，激得譚慎平身子不住地哆嗦，面色微變。段瑞便是因為這件事被送去書院的，一個月有兩天休息的日子，昨日段瑞回來後派人給他下了帖子，他正準備找段瑞來著，聞言，卻是不敢動了。段瑞長這麼大沒栽過跟頭，這次栽得厲害，一定會想方設法報仇。

如今鋪子開張，生意大火，譚慎衍也去了，譚慎平從胡氏嘴裡聽來這件事，卻也夠他震驚。譚慎衍不近女色，卻願意給寧府六小姐撐腰，其中涵義不言而喻。

回過神，譚慎衍已走過穿堂不見身影，譚慎平身子一軟，差點摔倒在地，好在身後的丫鬟眼明手快扶住他。「二少爺。」

「派人給段少爺說一聲，我身子不適，今日就不去了。」他背著譚慎衍春風得意，可在譚慎衍跟前卻不敢造次，水池裡那種鑽心的冷，他一直都記著。

丫鬟心頭詫異不已。譚慎衍比譚慎平大五歲，光看兩人的氣質，一個清冷沈悶，一個溫煦風流，不像兄弟，更像父子。丫鬟伺候譚慎平有些時日了，多少清楚譚慎平的性子，溫文儒雅、風流倜儻，是眾星拱月的譚二少，除了老侯爺和世子爺，上上下下沒人敢忤逆他，且平日看譚慎平提到譚慎衍時多有輕蔑鄙夷，沒承想，他骨子裡竟怕譚慎衍到如此地步。

「方才的事誰都不准提，若我聽到什麼風聲，哼，妳清楚有何下場。」從懼意中回神，譚慎平惡狠狠地瞪了丫鬟一眼，揮開她的手，大步流星地朝胡氏院子裡走去。

丫鬟亦步亦趨地跟上，面色煞白。

對長公主上門為譚慎衍說親之事，胡氏心裡窩著火。不管怎麼說，她是譚慎衍的母親，婚姻大事該有父母之命，譚慎衍越過她和譚富堂，徑直請長公主出面，分明不把她放在眼裡。

譚慎平到的時候，胡氏正和白鷺商量如何讓譚慎衍難堪。譚慎衍生母的嫁妝一直由她管著，她將那些嫁妝吞得七七八八了，銀票和田莊、鋪子也全轉為她自己的，誰知，譚慎衍本事大，不知從哪兒抄來份單子，對照著嫁妝單子，要她全部吐出來。

偏老侯爺和侯爺開了口，她不得不拿。她手裡的田產、鋪子在譚富堂被彈劾後，一併被刑部沒收了，無論明面上還是檯面下的，都被譚慎衍端得乾乾淨淨，只有當年胡家給她的陪嫁沒有動，可那點東西哪夠她塞牙縫？鋪子被沒收後，她的花銷都是往年積攢下來的，揮金如土慣了，不懂何謂節儉，手裡的銀票一張張少了不說，賠譚慎衍生母的嫁妝又花了她一半多的積蓄，讓她氣得咬牙切齒。

「他看上那種沒身分、沒地位的我管不著，左右一個黃毛丫頭，我還拿捏不住她？」

胡氏算是明白了，譚慎衍就是一胡攪蠻纏的，最初給他說親，胡氏專給他挑些寒門小戶，譚慎衍瞧不上，她好不容易打定主意給他挑個門當戶對的女子，他又跟她作對，瞧上寧府那等登不上檯面的小姐。

總之，譚慎衍的目的就是不讓她好過。

白鷺湊到胡氏耳朵邊，提醒道：「世子夫人進門也要稱呼您一聲母親，何必和她撕破臉？若親事不成，老侯爺那邊不痛快，長公主也會覺得夫人拎不清，不知情的還以為您容不下世子爺。世子爺看上哪家小姐，您就歡歡喜喜應下，拉攏世子夫人叫她為您所用才好。」

譚慎平進門聽見的便是這話，想到譚慎衍淬毒似的目光，他皺眉打斷白鷺的話。「白鷺，妳是我娘身邊的丫鬟，可別想些旁門左道，招惹大哥，最後誰都討不著好。」

見到自己兒子，胡氏臉上有了笑，朝白鷺眨眼，白鷺心領神會，解釋道：「二少爺聽錯了，奴婢也是為了府裡的安寧著想。奴婢不知世子夫人品行如何，家和萬事興，奴婢是勸著夫人厚待將來的世子夫人罷了。」

胡氏言笑晏晏，臉上一派溫和。「娘像是主動惹事的人嗎？聽說段尚書將段瑞送去書院了，我和你父親商量過，下個月你也去書院，好好學功課，將來考中進士，老侯爺也無話可說。」

老侯爺嫡庶思想根深蒂固，照理說譚慎平也是嫡子，可老侯爺從來不拿正眼看他，卻待譚慎衍極為寬厚仁慈，胡氏心有不服，不擇手段也要讓譚慎平出人頭地，讓旁人瞧瞧，誰才是真正的世子人選；尤其清寧侯府換世子的事叫她心裡燃起了希望。老侯爺中意譚慎衍又如何？誰輸誰贏，不到最後一刻誰都不知道。

書院的日子枯燥無聊，譚慎平是無論如何都不願意去的，何況，譚富堂是武將，譚家子孫會識字就成了，參加科考做什麼？

看他不放在心上，胡氏揉了揉眼，眼淚就這麼落了下來，怒其不爭道：「娘還不是想你出息些。你大哥和你父親不對盤，往後侯府還得靠你支撐著，你整天遊手好閒，是要氣死娘是不是？」

譚慎平只覺得他來這邊就是給自己找麻煩，奪門而出道：「您別說了，我走還不成嗎？」

侯府有老侯爺，凡事老侯爺說了算，老侯爺不在，還有譚富堂，他想說話，除非等他頭髮花白，當了祖父還差不多。

看譚慎平碌碌無為，胡氏來氣。她肚子裡出來的兒子如何就沒繼承她的聰明呢？整天無所事事、不務正業，何時才能出人頭地，讓她揚眉吐氣？

「夫人別擔心，二少爺年紀小，待大些了，會懂您做的一切都是為了他好。」白鷺掏出手帕，替胡氏擦了擦眼角的淚，一臉情真意摯。

胡氏看著她，嘆息不止。「但願吧，他是長子，我和侯爺往後就指望他了。」

至於譚慎衍，胡氏從沒將他看做是自己的長子，那不過是個早晚都要死的人罷了。死人，才不會礙著她的路。

白鷺伺候她休息，坐在床前小凳子上，靠著床沿守著她，不一會兒，丫鬟進屋稟報說侯爺出門了，胡氏難以置信。內務府的人雖然撤走了，可還有人盯著譚富堂，皇上讓譚富堂一輩子待在侯府不得出門半步，譚富堂一蹶不振卻也不敢抗旨，今天哪兒來的膽子？

譚富堂出門，竟是日落西山才回來，侯府很多都是胡氏的人，然而對譚富堂出門做什麼卻沒有查出來，只是聽說庫房那一抬抬箱子都沒了，胡氏懷疑譚慎衍去寧府提親，可為何沒有聽到任何動靜？

夜裡，譚富堂來胡氏屋裡休息，翻雲覆雨，男人只有在饜足後耐性是最好的，胡氏百試百靈。

她趴在譚富堂胸膛上，嗓音還殘著餘韻中的低沈。「皇上下旨不准您出府，您貿然出門，會不會招來禍害？」

伴君如伴虎，皇上看在老侯爺的面子上沒有追究，可難保不反悔，胡氏擔心譚富堂，同時也是擔心她自己。

「皇上不會追究的，妳別瞎操心。慎平去書院的事情安排好了，妳與他說過了？」

譚富堂的勢力全被譚慎衍搶去，但平日忠於他的小廝還在，去書院打聲招呼這種事情還是能辦到。

想到白天譚慎平避之不及的態度，胡氏朝他身上貼了貼，泫然欲泣道：「慎平不太樂意，可這種事哪能由著他？我想清楚了，過兩日派魯達送他去，待他在書院安分下來，魯達再回來。」

魯達是府裡的管家，對胡氏忠心耿耿，有他跟著譚慎平，胡氏心裡踏實。

被譚富堂岔開話，胡氏倒沒有繼續追問。跟在譚富堂身邊十多年，她明白譚富堂討厭什麼樣的人，不依不撓下去，就該讓譚富堂厭棄她了。

第三十九章

胡氏不知譚富堂出門所為何事，而此時的寧府則是炸開了鍋。

青岩侯府上門提親了！

長公主和譚富堂上門求娶，雙方雖然之前已約定好時間，可是譚慎衍明日離京，寧伯瑾也會隨行，六月要去避暑山莊一個多月，回來已是八月，之後不久又是秋獵，寧伯瑾和譚慎衍都得忙，親事就得往後推，對雙方來說算不得好事，因此打算先把親事訂下，以免夜長夢多。

黃氏認為不錯，欣然點頭應下，立即交換了庚帖，至於成親的日子，待秋獵後再慢慢商量，左右寧櫻年紀小，不急於一時半刻。

寧府眾人臉上明顯掩飾不住喜色。

寧櫻是女兒家，沒有出來和譚慎衍見面，這會兒，她腦子正亂糟糟的。譚慎衍雷厲風行，兩人的親事一旦訂下幾乎沒有迴轉的餘地，她總覺得不太真實，上輩子黃氏算計了好幾次，這輩子輕輕鬆鬆就成了，跟作夢似的。

金桂陪著她，眉開眼笑道：「小姐和譚侍郎郎才女貌，乃天造地設的一對。」

寧櫻半閉著眼沒有吭聲，心裡莫名生出一股悵然來。聽她嘆氣，在旁邊做針線的聞嬤嬤笑了起來，讓金桂別再說了，她年輕過，多少清楚寧櫻心裡的感受。嫁出去的女兒如潑出去的水，往後的生活與現在大不一樣，從熟悉的環境換到陌生的地方，身邊是一群陌生的人，心中多少會有忐忑。

聞嬤嬤安慰寧櫻道：「聽下人說，侯爺和長公主親自過來提親，想來是極為看重小姐；您也別擔心，您年紀小，成親還要等兩年，即使嫁到侯府，有譚侍郎護著您，什麼都不怕。」

沒有什麼比得過丈夫的袒護，畢竟終其一生，丈夫才是陪著妳過一輩子的人，聞嬤嬤挑了幾件她年輕時的事和寧櫻講，比起她，寧櫻是幸運的，一般尋常百姓，許多女子是到成親那日才知丈夫的長相，好比黃氏和寧伯瑾，兩人成親前是互不相識的，黃氏這門親事是黃氏父親求來的，聞嬤嬤不知寧國忠和老夫人為什麼答應下來，就連黃氏和寧伯瑾兩人心裡都是不明白的。

不瞭解對方的性情，勉強湊在一起過日子，結果鬧成之後那樣，雖然黃氏和寧伯瑾如今關係好了，但聞嬤嬤明白，黃氏對寧伯瑾已沒了最初的那份期待。在黃氏眼中，只當寧伯瑾是不得不湊在一起過日子的人，在後宅中許多夫妻都同床異夢，迫於身分、地位、名聲，彼此忍受、忍讓，可聞嬤嬤看得出來，譚慎衍他心裡是喜歡寧櫻的，承諾一輩子不納妾，世間少有男子能做到這一點。

聞嬤嬤想，寧櫻果真是個有福氣的人，往後，福氣會更長。

「還是聞嬤嬤明白我的心思。」

和寧府比起來，寧櫻在青岩侯府住的日子更久，她熟悉那裡的一花一草，只是想到要重新面對那些人，心思千迴百轉，不是滋味。

幾人又閒聊了幾句後，夜深，眾人熄燈就寢。

寧櫻的夜咳不見好，咳了好一陣子，自己睜開了眼，窗外有一絲白白的光透進來。翻了翻身，她趴在床沿上看著睡得正熟的金桂。天快亮了，屋裡的冰塊融了，即使是清晨，空氣中仍有淡淡的炎熱氣息。

她撩起蚊帳，穿鞋下地，鼻尖似縈繞著不同於熏香的清香，她下意識地看向西窗，睡覺前半掩著的窗戶大敞著，窗臺上多了一盆蘭花。蘭花秋日才綻放，而此刻的窗臺上，一朵朵的蘭花開得正豔，為悶熱的夏季帶來一絲清涼。

濛濛亮的天光下，蘭花顏色有些淡了，卻不影響它的美，精緻。

寧櫻歡喜地走過去。花瓣上淌著露珠，順著花瓣慢慢匯聚成一滴晶瑩，她嗅了嗅，滿鼻清香，探出身子朝外面張望兩眼，並未看見任何身影。

她記得今天譚慎衍要離京，以為他不會來了，誰知他會偷偷送來一盆蘭花。

金桂睜開眼，見涼蓆上沒有寧櫻身影，她心下一急，起身整理好衣衫，但看寧櫻雙手撐著腦袋，盯著桌上的一盆花，起初金桂沒反應過來，走近了發現是蘭花，不由得驚訝。

「小姐哪兒來的蘭花？這時節還不到蘭花綻放的時候呢！」

通往榮溪園的路上，栽種了一路的蘭花，金桂印象頗深，烈日炎炎，蘭花怎麼這時就開了？

寧櫻睜開眼，抬手輕輕擦去花瓣上的露珠，雲淡風輕道：「世間無奇不有，妳別大驚小怪，鬧得所有人都聽了去。」

金桂八面玲瓏，察覺寧櫻臉色不對，一時沒有多問，出門時還吩咐銀桂別過問寧櫻的事。昨日青岩侯府的人剛上門提親，今早屋裡就多了盆蘭花，怎麼看都是譚侍郎在討好寧櫻。

寧櫻正苦苦想著遮掩的藉口，誰知金桂和銀桂隻字不提，她若主動開口反而是此地無銀三百兩，糾結許久，只當金桂、銀桂忘記這件事。

寧櫻早起穿戴好，去梧桐院給黃氏請安，隨後送寧伯瑾出門，回來後就坐在桌前望著蘭花出神。屋裡有冰塊，蘭花枯萎的速度慢，饒是如此，夜幕低垂時，蘭花還是有些無精打采，桌上落了好些花瓣，寧櫻喝過燕窩便在桌前坐著，繼續盯著蘭花瞧，滿腹心事都寫在臉上。

金桂看她一會兒笑、一會兒多愁善感的，認定花是譚侍郎送的。她伺候寧櫻這麼久，頭一回看見寧櫻對著一盆花笑得花枝亂顫，她家小姐，心裡是中意譚侍郎的。

蘭花花期不短，但是因為天熱的緣故，不過三天，滿盆的蘭花就全部凋謝了，只餘一盆綠葉，寧櫻揀起桌上的花瓣，讓金桂找個竹籃子放裡面擱著。黃氏會做香胰子，蘭花香胰子應該是極為清香的，讓金桂送去梧桐院，黃氏看見了就懂她的意思。

金桂把籃子交給秋水，小聲說了寧櫻的打算，秋水看見顏色不復豔麗的花瓣，皺眉道：「這時節哪來的蘭花？」

金桂臉紅，寧櫻沒和她說如何應付秋水，她支支吾吾說不出所以然，好在秋水不似吳嬤嬤喜歡追根究底，看她不好意思，便沒有多問，收下東西，朝金桂道：「夫人忙五小姐的事，暫時沒空，妳和六小姐說，過幾日我給她送去。」

秋水在寧櫻眼裡的地位和親人差不多，金桂她們做丫鬟的都看得出來，點了點頭，道：「我會和小姐說的，五小姐的事情需不需要告訴小姐？」

秋水點了點頭。「讓吳嬤嬤和小姐說吧！」

吳嬤嬤說話跟講故事似的，抑揚頓挫，寧櫻喜歡。

秋水和吳嬤嬤說後，吳嬤嬤風風火火去了桃園。

程老夫人派人給黃氏送信，說寧靜芸在清寧侯府，想逼黃氏就範，黃氏卻沒落入圈套。堂堂嫡女給人做妾，傳出去寧府顏面盡損，但清寧侯府也不見得會討著好處，說不定還會落下個逼良為妾的名聲，程老夫人沒有老糊塗，寧府真玉石俱焚的話，清寧侯府勢必會受到重創，所以才偷偷摸摸不敢鬧得人盡皆知，只能暗中威脅黃氏。

黃氏一口咬定寧靜芸去蜀州莊子養病了，蜀州離得遠，清寧侯府不可能逼寧府去蜀州把人接回來，既然不用接人，在清寧侯府的那位是不是「寧靜芸」，就全靠黃氏一張嘴，黃氏去了清寧侯府便是認下寧靜芸在侯府為妾的事實，不去的話，程老夫人也不敢拿黃氏怎樣。黃氏，從來不是任人拿捏的人，程老夫人一番心思白費了。

「之前五小姐還派人遞信，昨天早上開始就沒五小姐的消息傳來了，夫人的意思是，明天就上門把五小姐接回來。」

寧靜芸心裡害怕了，往後做事才會有所顧忌，黃氏接她回來她才會老實。

和寧櫻想得差不多，只是黃氏怎麼接寧靜芸回來？清寧侯府肯定不會善罷甘休。

寧櫻問道：「接回來會不會惹禍上身？」

寧伯瑾不在京城，榮溪園的老夫人不知是什麼想法，若說寧櫻不擔心是假的。

吳嬤嬤搖頭。「夫人都安排好了，留下把柄是一定的，只是總比五小姐繼續留在侯府作踐自己得好，夫人難受的是會連累您。五小姐往後離開京城，您卻還在，和那些人打交道，少不得會被人輕視。」

寧櫻對這件事倒是淡然。她被人看輕不是因為寧靜芸，她嫁給譚慎衍，注定會被許多人輕視嘲笑挖苦，她都習慣了。

重活一世，若她仍愚蠢地活在別人的眼神下，就枉費老天給了她重生的機會。

「妳和娘說，我心裡是不在意的，她生下來就是我的姊姊，哪怕我不喜歡她，名聲注定要和她綁在一起，這是沒法子的事，就好比外人在她面前，也會提起我在莊子上長大的事來拉低她的身分，不可避免。」

見她看得明白，吳嬤嬤鬆了一口氣，回去和黃氏說起寧櫻的話，忍不住讚嘆道：「夫人，不是老奴偏頗，五小姐雖從小有夫子教導，然而眼界和心境真比不上六小姐。老侯爺慧眼獨具，六小姐聰慧伶俐，否則哪入得了青岩侯府的門？」

寧靜芸算計鑽營，想靠著親事高人一等，結果淪落至給人做妾，寧櫻不爭不搶卻得了門好親事，順其自然何嘗不是件幸事？

黃氏聽完後怔了許久。寧櫻從小養在她身邊，性子良善、愛恨分明，兩姊妹不對盤，她心裡認為寧靜芸的不對多一些；寧櫻年紀小，不會主動和人交惡，定是寧靜芸眼裡流露出鄙視和疏離，寧櫻才不願和她親近。長幼有序，敬老愛幼，寧靜芸身為長姊卻沒有顧及下面的妹妹，姊妹倆才鬧得劍拔弩張。

吳嬤嬤見她面露沈吟，識趣地沒有繼續說。寧靜芸離開的時候毅然決然，出了事，還是要找黃氏幫忙。吳嬤嬤想，同樣的事情，若是寧櫻選擇與人做妾，不管遇到怎樣的麻煩，都不會告訴黃氏，讓黃氏擔心，自己選擇的路再苦、再難，也要自己走完，寧櫻心性堅韌，不會做出中途反悔、拖累家人的事情來。

她想得明白，卻不敢拿這些話戳黃氏的心窩。寧靜芸自私貪婪，在黃氏看來是老夫人故意為之，說來說去，少不得又要將事情引到十一年前，吳嬤嬤不願意再提及那些往事惹黃氏傷心。

寧櫻的畫作沒有什麼進展，花瓶的形狀勾勒得有模有樣，著色卻始終不盡如意。赤橙黃綠青藍紫，兩色相混，能產生其他顏色，根據顏料比例不同，顏色有深淺之分，王娘子看她在這塊上停滯不前，便側重教她調色，每日描繪一種顏色。單純的紅色，在王娘子手中，能變化成各式各樣的紅，粉紅、桃紅、玫紅、海棠紅、紫紅、橙紅、暗紅，以紅黃藍為原色，調置成不同的顏色。

王娘子不知從哪來弄來一疊花瓣，或舒展的，或打著卷的，或含苞待放的，王娘子一瓣一瓣著色，由淺入深，從花蕊到花瓣，一朵花，花瓣顏色都不盡相同，看得寧櫻目瞪口呆，嘖嘖稱奇，眼神爍亮得如黑夜裡的星星。

王娘子失笑。「往後妳也會這般厲害。」

門外漢看什麼都覺得厲害，待自己會了才知不過爾爾。

得到王娘子的鼓勵，寧櫻越發下足了工夫，常常坐在書桌前便是一、兩個時辰，胸前的衣襟、袖子常常染上墨漬。

聞嬤嬤心細，從箱子裡找了一件灰色的織錦，替寧櫻做了件圍裙，讓她畫畫的時候穿，以免弄髒衣衫。寧櫻嘴上應得好好的，穿上卻嫌熱、動作不俐落，不到一個時辰就脫了不肯穿。

在她整天搗鼓鑽研顏色時，寧靜芸回來了，沒有傳出一點風聲，還是吳嬤嬤過來找她，向她抱怨寧靜芸不懂感激，寧櫻才知，寧靜芸回來已有兩天了。

寧國忠對這件事睜隻眼、閉隻眼；老夫人手裡沒人，丫鬟、婆子不敢多嘴，老夫人還不清楚寧靜芸回家的事。

「夫人為了五小姐頗費了一番心思，不惜自己去清寧侯府把人接回來，五小姐倒好，感謝的話沒有一句不說，冷著臉，像夫人欠了她似的，哎，還是我家櫻娘懂事哦！」回京後，吳嬤嬤便沒直呼寧櫻櫻娘了。

寧櫻忍俊不禁。寧靜芸心思壞了，哪是一時半刻糾正得過來的？她低頭搗鼓著調色盤上的顏色，她下手重，調出來的顏色多偏暗色，且看上去總覺得有點髒，不如王娘子調出來的顏色乾淨。

「娘是不是很難過？」

黃氏掏心掏肺對寧靜芸，結果換來寧靜芸的冷漠，換作她，心裡也不會好受。

吳嬤嬤盯著畫冊上的花兒，顏色是她沒見過的，但絕對不是好看，斂了神，氣呼呼道：「夫人心裡能不難受嗎？真有天打五雷轟的話，該讓五小姐嚐嚐苦頭才是。」

約莫是太過氣憤，吳嬤嬤不待寧櫻說話，便坐在以往王娘子指導寧櫻時坐的凳子上，說起黃氏如何把寧靜芸從清寧侯府帶出來的事。

程老夫人想和黃氏開誠布公，黃氏赴約前，從外面買了具女屍，用狸貓換太子的法子將寧靜芸從清寧侯府弄了出來。

寧靜芸離家出走入侯府為妾，雙方沒有交換庚帖，寧靜芸沒有賣身給清寧侯府，出了清寧侯府的門，清寧侯府的人便不敢拿寧靜芸怎麼樣，尤其在她們離開之後，突來一場大火燒死了人，燒死的是程雲潤的「姨娘」，和寧靜芸沒有半點關係。

當日吳嬤嬤扶著寧靜芸出來時整個人都在發抖，生怕被清寧侯府的下人看出端倪，手心盡是汗，好在有驚無險地出了清寧侯府的門，一坐上馬車，她讓車伕趕路的嗓音都是啞的。

結果，救出個白眼狼。

「嬤嬤，妳也別生氣了，她這次吃了虧，往後便不敢再鬧事。娘可說怎麼安頓她？」

寧府對外宣稱寧靜芸去蜀州養病去了，如今人在寧府，若被外人發現，寧府的名聲算是完了。

吳嬤嬤說道：「夫人的意思是送五小姐出京。不過五小姐年紀大，尋思著給五小姐說門京外的親事，這些日子，五小姐被關在落日院，哪兒都去不了。」

之前老夫人給寧靜芸的人全部被黃氏換掉了，如今落日院都是黃氏的人，想到前往昆州的苟志，寧靜芸再嫁，身分估計還不如苟志呢！

人啊，不作死就不會死。

寧櫻的筆尖在紫紅色的顏色堆裡左右來回畫了畫。顏料鋪子能買到顏料，可王娘子說那些顏料太過單一，自己調出來的顏色才知是不是自己想要的，熟悉了顏色，著色的進度才會提起來。她抬著眉，筆在白色顏料中蘸了下，回到調色盤上。

吳嬤嬤湊上前，看紫紅的顏色漸漸變淺，不由得稱讚。「小姐真是厲害，這顏色老奴瞧著好。」

陽光透過窗戶灑落一地的熾熱，吳嬤嬤看寧櫻額頭流了汗，向門口的丫鬟要了把團扇，站在寧櫻身後給她搧風。宣紙上的花兒一瓣一瓣有了顏色，可全部一起看著分外觸目驚心，看完後只覺得沈悶。

「奴婢瞧著……這是牡丹吧？」

寧櫻嘴角一抽。說起來，這算是她著色的第一幅畫，初始小心翼翼不敢輕易上色，待淺色上完，心知這幅畫是毀了，頗有破罐子破摔的想法，反而大膽起來，花瓣皆是紅色，不過是不知名的紅，紅得厚重，紅得髒……

吳嬤嬤見寧櫻不回答，又仔細看了兩眼。其中一、兩片花瓣明顯看得出顏料糊成一團，眨眼瞧著不錯，仔細一看，這花怎麼看怎麼覺得……醜……

吳嬤嬤不忍心打擊寧櫻，強撐著笑臉讚揚道：「小姐，這花的形狀和院子裡的牡丹一模一樣，三爺回來看見了，一定會稱讚的。」

吳嬤嬤心裡因為寧伯瑾當年對黃氏落井下石仍然不舒坦，然而她不得不承認，寧伯瑾在字畫上略有天賦，自詡為文人雅士，在府裡提及這種附庸風雅的事，少不得就會想得到寧伯瑾的認可。

寧櫻擦了擦額頭的汗，轉頭看向角落裡的木盆。

吳嬤嬤順著她的目光看去，也瞧見了一盆的水，笑道：「難怪老奴覺得熱，這就讓金桂換冰塊。」

寧櫻笑著頷首。花兒全部著色完畢，剩下的是周圍零零星星的綠葉，她試著自己搗鼓綠色，和吳嬤嬤說起畫上的牡丹來。牡丹的輪廓不是她畫的，是出自王娘子的手筆，好教她著色。

吳嬤嬤一怔，腦子轉得快，當即安慰道：「小姐年紀小，慢慢來，往後就好了，老奴瞧著您也是很厲害的。」

寧櫻知道吳嬤嬤是安慰她，眉開眼笑地點了點頭，低頭繼續調色。

寧櫻第一幅畫上色花了八天，王娘子沒有一絲嫌棄，指著顏色重的地方和寧櫻說著色的道理，由淺入深，一層一層慢慢來。作畫最難的是沈靜下來，這些天她看寧櫻性子沈穩堅韌，倒是個靜得下心的人，調色上有捷徑，可王娘子希望寧櫻自己琢磨，死記硬背得再多，不動手去做都沒用。

完成第一幅，做第二幅畫的時間縮短了，可惜並無長進。寧櫻有些洩氣，吳嬤嬤便常常來陪著寧櫻，不時開口為她打氣。

寧櫻有些不好意思。有些東西要天賦，她想她可能在作畫上沒有天賦，否則半個月過去，上色的花兒怎麼還一朵、兩朵髒得很。

然而看王娘子對自己不厭其煩地教，她也不好打退堂鼓，每天騰出大量的時間作畫，漸漸倒是琢磨出些門道，顏色都是一層一層疊加，開頭重了，添再多的白都無濟於事，得先將白和紅混合，顏色轉淺後再添上其他顏色，每兩種顏色的混合道理都是不變的，想通了這點她便記著，下次上色的時候速度便快很多。

時間流逝，在一場傾盆大雨後進入了六月，太陽炙熱地烤著院子，跟蒸籠似的，熱得人喘不過氣。明日就是皇上隨文武百官去避暑山莊的日子，寧府也在隨行之列，寧櫻準備帶上金桂、銀桂還有吳琅。吳琅是男子，若山莊裡有什麼事，可以讓吳琅跑腿，較為方便。

每年避暑都是四十天，寧櫻讓聞嬤嬤挑幾身墨漬不明顯的衣衫。去避暑山莊的那些夫人、小姐沒事就喜歡湊在一起聊天，她沒什麼朋友，不如在屋裡作畫，否則休息幾天，作畫的感覺就沒了。

聞嬤嬤替她收拾了三套弄髒的衣衫，提醒寧櫻作畫的時候穿；又準備了三套新衣服，出門參加宴會時穿的，不能讓人看輕了。

晚上家宴時，寧國忠說和老夫人年事已高，不準備去避暑山莊。老夫人頓時臉拉得長，接著嚷著不舒服，想讓黃氏留下來侍疾，寧國忠毫不客氣地訓斥了她兩句。寧櫻和譚慎衍訂親，三房前途大好，譚慎衍那人可是個護短的，寧國忠派人暗中查到些事，只怕譚慎衍早就打寧櫻的主意。老夫人得罪黃氏，傳到避暑山莊，寧伯瑾那兒不好交代，譚慎衍心裡也不痛快。

老夫人一臉悻悻然，撇嘴道：「我年紀大了，你們一去就是四十天，我捨不得啊！」

老夫人一輩子沒有去過避暑山莊，之前是身分不夠，如今是寧國忠不肯，心裡別提多難受了，人人都說享子孫福，她是一點福都沒享到，還因為子孫的事情去祠堂面壁思過。

對此事，柳氏不開口，因寧府有資格前往避暑山莊，全是寧伯瑾的功勞，黃氏不去的話的確說不過去，她擔心自己替黃氏說話，老夫人讓她留下來，如此的話得不償失。

倒是秦氏快人快語道：「娘別想太多，您身子好著呢，我們去避暑山莊也好，府裡的冰塊您能隨便用，在榮溪園也能避暑。」

這話明面上是安慰，暗地多少有些幸災樂禍。寧成昭和劉府的親事如今已成鐵板上釘釘的事實，秦氏可沒忘記她好好的兒子怎麼被老夫人坑了的事，能讓老夫人不舒坦，她心裡才覺得歡喜。

老夫人惡狠狠瞪秦氏一眼，秦氏不以為然，坐在旁邊側頭和黃氏說話。避暑山莊的宅子是依照官職品階來分配的，寧伯瑾正三品的官職在朝堂不算低，她們卻是隨行的家眷中地位最弱的，不過這也是沒法子的事，只有三品及其以上官員才有資格帶家眷，她沒什麼好嫌棄的，虧得沒分家，分了家，這等好事就輪不到他們大房和二房了。

看秦氏完全不把她放在眼裡，老夫人面色一沈，帶有褶皺的眼角迸射出一抹戾氣，秦氏心裡可不怕，裝作不懂道：「娘，您眼睛怎麼了？別是真的不好了吧？」

老眼昏花可不是空穴來風的事，人上了年紀，視力會漸漸渙散看不清東西，秦氏是拐著彎損老夫人年紀大呢！

是人沒有不喜歡聽甜言蜜語的，老夫人和寧國忠雖常常說自己年事已高，不過那是自嘲，換作別人來說則不成，尤其是女人，再大的年紀都希望聽人稱讚一聲保養得好，跟十八歲的姑娘沒什麼區別，雖說是違心之論，卻能哄得人開心。

秦氏偏偏不肯。寧成昭的親事就是她心裡梗著的刺，吐不出來也嚥不下去，一輩子都會難受。

「好了，吃過飯回屋各自休息，出門在外，什麼該說，什麼不該說，心裡有個分寸，丟了寧府的臉，對妳們自己也沒好處。」寧國忠拉著臉，聲音擲地有聲。

秦氏不敢招惹寧國忠，訕訕閉起嘴。

雖說是家宴，寧靜芸卻不在場，黃氏打定主意不讓寧靜芸出門，什麼事都動搖不了她的決心。

晚膳後，老夫人由佟嬤嬤扶著回屋休息，和寧國忠抱怨道：「你瞧瞧她們，如今是翅膀硬了，哪把我們放在眼裡？」

她在府裡作威作福一輩子，誰都不敢忤逆她，如今秦氏都敢當著面損她了，如何叫她嚥得下這口氣？

「早知今日何必當初，妳該感謝說這話的是老二媳婦，而不是老三媳婦，否則妳今日別想收場了。」

佟嬤嬤在旁邊伺候老夫人洗漱，全當沒聽見兩人的對話。寧國忠器重三房，老夫人能說什麼？

「老三有今日，有禮部尚書的幫襯不假，但是沒有老三媳婦年輕時的逼迫，老三不會有今日的成就，妳好好想想吧！」

寧伯瑾和黃氏成親那會兒，兩人感情好過一陣子，黃氏乘機逼著寧伯瑾看書，連棍子都用上了，寧伯瑾被打得害怕，不敢對老夫人說實話，老夫人沈不住氣，主動問起來，寧伯瑾滿腔委屈有了訴苦的對象，老夫人聽完氣得滿臉通紅，漸漸和黃氏槓上了。

平心而論，當年得知黃氏打人，他也不高興，在他看來，寧府將來靠大房撐著，透過關係給寧伯瑾找個閒散的官職，面子上過得去即可，京中好些大戶人家都這麼做，而朝廷有許多官職也是因為這個而設的，故而他對老夫人和黃氏的關係一直都是睜隻眼、閉隻眼。

沒承想，寧伯瑾中了舉人，有了眼下際遇，只能說造化弄人。

老夫人輕哼。她如今算是明白了，三個兒媳都不可靠，柳氏看似最孝順，結果是頭狼，思及她手裡的人全被柳氏剔除了，這當中寧國忠多少有出手幫忙，否則以柳氏的手段，不可能將她的人馬剔除得乾乾淨淨。

窩著火，老夫人也不誦經唸佛了，躺在旁邊涼蓆上，嘴裡哼哼。「多拿些冰塊來，要熱死我是不是？」

寧國忠蹙著眉，語氣不甚好。「瞧瞧妳現在的模樣，可有半分做老夫人的樣子？余家就是這麼教養妳的？」

寧國忠罵人不喜歡連帶牽扯到背後的長輩，可老夫人這般舉止，的確惹怒他了。「妳若覺得熱，自己掏錢買，府裡每年的冰塊只有這麼多，其他的自己想法子。」

話完，寧國忠不欲和老夫人待在一處，拂袖離去。

老夫人立即紅了眼眶。多少年了，這還是寧國忠第一次罵余家教養不好。余家的確比不上寧府，但是她嫁到寧府這麼多年，裡外操持，維持著自己貞靜賢淑的名聲，余家再不堪，也從沒人把她和余家人相提並論，卻不想，會從寧國忠嘴裡聽到這話。

佟嬤嬤聽見抽噎的哭聲，心下嘆氣。寧國忠看重三房，寧櫻過的日子比府裡幾位少爺都好，老夫人和黃氏不對盤，寧櫻肯定幫黃氏，寧國忠哪會讓老夫人得罪寧櫻？

佟嬤嬤上前安慰道：「老夫人，您別生氣，不管怎麼說，您是寧府的老夫人，誰都越不過您去，老爺也是為了三爺的前程著想。家和萬事興，您啊，等著三爺為您掙個誥命回來吧！」

老夫人肩膀一聳一聳的，抹了抹眼角的淚。「我是不指望他了，妳也瞧見他了，當日老爺有心讓我從祠堂出來，他可什麼都沒說，若不是老大求情，我在祠堂不知還要受多少苦呢！」

佟嬤嬤無奈。祠堂哪有老夫人說得那般恐怖，不過知道這會兒只能順著老夫人的話說，慢慢道：「三爺最是孝順了，老爺讓您搬去祠堂那會兒他還向老爺求情，說您受不了，老爺沒聽，後來估計是見大爺開口他才沒說的；老爺那人您也瞭解，要是大爺和三爺都求情的話，說不定還以為是您在他們跟前說了什麼，越發不喜，三爺不開口是對的。」

聽見這話，老夫人才算好受了些，止了哭聲，念叨起寧伯瑾的好來。三兄弟從小就數寧伯瑾跟著她的時間最長也最孝順，她稍微表現得不高興，寧伯瑾就會想著法子逗自己開心。佟嬤嬤連連點頭，不時附和兩句。

太陽沈下去了，然而空氣中盡是殘餘的炎熱，院中花草被太陽烤得奄奄一息。寧櫻和黃氏一道回三房，待看見黃氏朝落日院的方向走，她頓了頓。

寧櫻額頭冒出細密的汗，背後的衣衫濕了，她擦了擦汗，朝黃氏道：「娘，我就不去看姊姊了，以免她心裡不舒服。」

寧靜芸親事沒有著落，而她和譚慎衍已經訂下了，依照寧靜芸的性子，少不了酸言酸語，明日天不亮就要起來收拾，她可不想去寧靜芸跟前找不痛快。

黃氏沒有強迫她。「早點休息，別起晚了。」

叮囑完，黃氏拐彎走入落日院的拱門，步伐沈重。

落日院守門的兩個小廝，是黃氏從陪嫁的莊子上找來的，兩人看見黃氏，彎腰見禮，小聲稟報了這兩日來院子打探的人。

聽完，黃氏眼神冷了下去。「你們守著，誰都不准進去，若誰要硬闖的話，打了人，算在我頭上。」

清寧侯府可能會懷疑死在程雲潤院子的人之身分，但一時半刻查不到，待查到的時候，寧靜芸已經離開京城嫁人了，過往一切便和寧靜芸無關，只是寧靜芸婚前失貞，親事有難度。挑家世好的人家，黃氏過意不去；可家世不好的人家，她擔心對方壓制不住寧靜芸。寧靜芸喜歡榮華富貴，對方家世低，日子久了，寧靜芸肯定受不了，說不定還會鬧出更大的事情來。

寧靜芸靠在玲瓏窗的美人榻上，一身杏色的薄衫，襯得身段凹凸有致，舉著手，露出小截白皙的肌膚，黃色的書皮在她雙手間顏色都變得黯淡無光。

見她面容寧靜美好，黃氏想，若她能一直這般安靜沈穩就好了。

「看什麼呢？」書遮住了寧靜芸的臉，黃氏走進去，在她旁邊的茶几上坐下，但看寧靜芸嚇了一跳，書從她手中滑落又被她快速拿了回去，黃氏放軟了聲音。「明日我們要離京，妳有什麼事可以讓丫鬟去梧桐院找吳嬤嬤，她知道怎麼做。」

吳嬤嬤對寧靜芸不似對寧櫻，不會百般順著，這也是黃氏留下吳嬤嬤的原因。寧靜芸的性子，多順著她幾次又該得意上天了，吳嬤嬤在府裡，偶爾忤逆她，叫她認清眼前的形勢是件好事。

寧靜芸收起書，手搭在自己腰上，舉手投足間帶著嫵媚與風情，這是以前沒有的，黃氏心知是寧靜芸做妾的緣故，沒有多說。

「我不能去嗎？我保證不會惹事。」寧靜芸坐起身，眉目殷切地望著黃氏。

能去避暑山莊的多是有頭有臉的人，憑藉她的臉蛋，再找門親事輕而易舉，伺候程雲潤的這些日子，她多少清楚男子的性子，順著他們的毛捋，沒有達不到的目的。

黃氏皺眉。寧靜芸這般說便是還沒死心的意思，她面色一沈，冷聲道：「妳在府裡，待我替妳找門適合的親事就嫁過去吧！給人做妾是什麼下場，妳該領會過了，待清寧侯府查出妳沒死，事情便沒完，妳自己好生想想。我給妳三條路，要麼嫁給我為妳選的人，要麼回清寧侯府給程雲潤做妾，要麼去家廟。」

寧靜芸眼角一紅，兩滴晶瑩的淚便落了下來，梨花帶雨地望著黃氏，質問道：「您是不是一輩子都不會原諒我了？」

黃氏不為所動，眉頭卻皺得更緊了。「妳做的事不是原不原諒的問題，妳學問好，什麼該做，什麼不該做，應該心裡有數。我是妳的母親不假，然而妳過得好與不好和我沒多大的關係，妳過得好不能讓我也過得好，妳過得不好同樣不能連累我過得不好，頂多出門被別人指點說面硬心冷，然而京城上上下下，哪一個當母親的不都是面硬心冷的？妳聰慧，妳明白我說的話是什麼意思。」

寧靜芸面色慘白，紅潤的臉上血色全無，眼眶裡還蓄著淚水，越發顯得楚楚可憐。

黃氏卻看得有些生氣。寧靜芸的神態哪有半分端莊穩重，不認識的人瞧見了，還以為寧靜芸是個勾引人的狐媚子呢！

寧櫻也會撒嬌，蹭著妳的胳膊，嘴裡嘰嘰喳喳，露出的盡是小女兒的神態，和寧靜芸的嫵媚完全不同，黃氏不想拿兩個女兒比較，可總不由自主會這樣想。她心裡也納悶，寧靜芸長在老夫人膝下，琴棋書畫樣樣精通，寧櫻在莊子上大字不識一個，可兩人表現出來的氣質卻是寧櫻更像大家閨秀，而寧靜芸像鄉野妖婦，截然不同。

寧靜芸緩和情緒許久，委曲求全地點了點頭。她想哭，想大聲對黃氏吼，若當年黃氏沒有拋下她，她便不會在府裡舉步維艱，不會任由老夫人給她灌輸權勢的思想，不會一門心思想嫁給鐘鼎高門，她或許會是個隨遇而安、處之泰然、什麼都雲淡風輕的小姐，不會被富貴迷了眼。

可惜沒有如果，她就是被拋下的那個人，爹不疼、娘不愛。

寧靜芸動了動唇，強忍著淚，哽咽道：「我明白了，天色已晚，您明日要早起，就不留您了。」

有的東西，她一輩子都不會擁有，從黃氏甩開她的手抱著寧櫻踏出寧府大門的時候就是如此。黃氏說得對，這世上，除了自己愛自己，永遠都不要指望別人。她站起身，忽然就想明白了，想到自己之前做的事，只覺得荒唐無比。

黃氏心口酸澀，眼角偷偷掉了兩滴淚，背過身，深吸兩口氣，起身回去了。她不能再縱容寧靜芸下去，再鬧出事，她不見得能力挽狂瀾；只是看到寧靜芸悶不吭聲，她也會不由自主想到十一年前，若她帶走的是寧靜芸，這時候的寧靜芸，會不會如寧櫻那般懂事孝順？

這個答案，黃氏不敢深究，心底蔓延的愧疚、無奈讓她喘不過氣來。

秋水看黃氏精神不好，扶著她往外面走。「聽翠雲說，五小姐這些日子哪兒也沒去，就在屋裡看書，您別太擔心了。」

黃氏搖搖頭，她心裡遲疑了。「秋水，妳說，如了她的意，她會不會就不恨我了？」

寧靜芸嘴上不說，黃氏卻感覺得到她心裡頭對自己的恨意有多深，這一刻，她甚至想著讓寧靜芸也嫁入青岩侯府算了，寧櫻和譚慎衍成親，有他們護著，寧靜芸在侯府掀不起風浪來。

秋水知道黃氏是走入死胡同了，扶著她慢慢往外走，看向甬道一旁的花草，道：「夫人，您瞧瞧那些花兒，被太陽曬得失了嬌豔欲滴的形態，可離了太陽，它們便開不出燦爛的花兒……」

聽出秋水是在安慰自己，對寧靜芸來說，她便是毒辣的太陽吧！

「算了，走吧！」

第四十章

去避暑山莊的隊伍龐大，寧府的馬車排在最末，身後是隨行的士兵，聲音嘈雜，寧櫻坐在軟墊上被吵得暈頭轉向。

因三房的庶子、庶女多，寧櫻不樂意和他們一塊兒。寧靜蘭有心巴結也被攆走了，唯獨寧靜彤和她同坐一輛馬車。

竹姨娘身染怪病，全身起紅疹子，張大夫說會傳染，黃氏做主將她送去莊子了，寧靜蘭沒有竹姨娘當靠山，寧成虎又住在書院甚少回來，寧靜蘭急了，怕黃氏對付她，先到寧櫻跟前服軟，可寧櫻卻不是「妳討好我，我就會順著妳」的性子，並沒搭理她。

烈日炎炎，日頭升到最高的時候，馬車裡的冰塊全融了，寧櫻熱到提不起精神，寧靜彤在旁邊也無精打采。像今日的場面，月姨娘是沒身分參加的，寧靜彤打算暗暗記下，回去後好和月姨娘說。

車簾掀開，吹來的風夾雜躁熱，寧櫻後悔了，這種天讓她去避暑山莊，她寧可窩在屋裡畫畫打發時間。

馬車雖行駛得快，也至傍晚才到避暑的山莊。坐了一天馬車，再端莊高貴的夫人都有些狼狽，臉上的妝容補了一層又一層。

寧櫻未雨綢繆，料想會這樣，並未讓金桂在她臉上塗塗抹抹，這時倒是省事，不用窩在馬車裡裝扮。

掀開簾子，一股清冷的風吹來，和京城的悶熱不同，風裡夾著山間的涼氣，讓寧櫻精神一振，寧靜彤也小聲拍手歡呼。「真涼快！」

避暑山莊座落於群山中的一處山頭，緩緩往上，依山而建，山澗有條小溪，水清澈，這會兒人多，蓋過了溪水的聲音。

寧櫻看柳氏站在一旁和旁邊引路的丫鬟說著什麼，她望過去，六部侍郎的家眷住在最外面的宅子，往裡是官職品階更高的官員，太后和皇上居住在最裡面的主院，而她們住在左邊，穿過竹林走十來步就是了。傍晚涼風徐徐，竹葉沙沙作響，甚有一番滋味。

她們的馬車在最末，皇上、太后的馬車徑直往裡面去了，算著時辰，最前面的人應該是到了，整個山莊建在群山環繞的山頂上，往上還有更高的山，聳入雲層，看著便令人覺得害怕。

兩進的宅子，男外女內，左側開了側門，柳氏、秦氏、黃氏她們一人一間屋子，寧櫻和寧靜彤一間，剩下的也是兩人一間的屋子。寧靜蘭有些抱怨，為何不能單獨一間，明明旁邊還有空置的屋子。不過沒人搭理她，房間多，空出來總是好的，不然會被人看做是驕奢淫逸，登不上檯面。

屋子布置新奇，西邊的窗戶能看到山下的情形，落日餘暉中，遠山近樹皆罩了一層淡淡的柔光。

寧櫻滿足地喟嘆一聲，趴在窗櫺上，目光漸柔。

「妳倒是選了個好地方。」

窗戶外，一身青色長袍的譚慎衍站在樹下，手裡拿著一捧不知哪兒摘來的花兒，和他冷硬的面龐格格不入。

「你怎麼這會兒有空過來了？」

譚慎衍負責避暑山莊的巡邏，這會兒正是忙的時候，怎麼有空過來？

話一出口，寧櫻忐忑地轉身看向屋內。見寧靜彤累得趴在床上躺著，身子一動不動，應該是睡著了，而金桂、銀桂站在門口背對著她，更是看不到窗戶外的譚慎衍。

她心下稍安，雙手撐著窗臺，探出半個身子和譚慎衍寒暄。有些日子沒見，他瘦了些，身形玉立，清冷如霜，只是這會兒嘴角噙著一絲笑，丰神俊美，溫潤如玉。

寧櫻不自覺軟了目光，笑了起來。

明眸含笑，波光瀲灩，譚慎衍步伐一頓，隨即大步上前，遞過手裡的花兒，解釋道：「太后和皇上舟車勞頓，明日才會召見臣子，我過來看看妳。我帶妳去轉轉？」

青岩侯府甚得聖恩，年年他都會來，對周圍的地形極為熟悉，聽說寧櫻他們的馬車到了，他就忍不住想來看看她。難得兩人能光明正大說說話，他自然不會放過這個機會。

寧櫻但笑不語，接過花兒，一束、兩束的花兒不盡相同，紅色的、黃色的、紫色的，紮成一束分外好看，她湊到鼻尖嗅了嗅，不同的清香味縈繞在鼻尖，令她說不上來是什麼香，半晌，她才猶豫道：「天色不早了，會不會不適合？」

這會兒大家都安頓好了，她擔心被人看見，傳出什麼不好的名聲來。

聽她不是拒絕，譚慎衍勾了勾唇，笑意在臉上蔓延，如點漆的眸子亮若明燈，說道：「不怕，妳抬手，我撐著妳出來。」

話聲一落，譚慎衍雙手繞到寧櫻腋窩下，微微往上一提，要將寧櫻自屋裡抱出來。

寧櫻臉色一紅，扭捏地拍了拍譚慎衍。「快放我下來，金桂和銀桂在門口守著呢！」

被金桂、銀桂瞧見，她沒臉活了。

靠得近了，聞到她身上的香胰子味，譚慎衍心思一振，埋在她脖頸間，無賴道：「不放，讓我抱會兒。」

他一個多月沒見到她了，總擔心她在京裡出了事、受了委屈，有兩回夢見她掉頭髮，臉色蒼白地站在鏡子前淚流不止，她沒發出哭聲，兩行淚如決堤的洪水氾濫不止，他的心抽疼了一下，走進屋想安慰她兩句，她卻躲到鏡子後不肯出來，身子瑟瑟蜷縮成一團，抱著頭，一個勁地喊他出去，聲音嘶啞，伴隨著劇烈的咳嗽，好似要將心肺咳出來似的，他站在鏡子前，知曉她藏在後面，卻不敢往前走一步……

那種感覺，有生之年他再也不想經歷。

吸口氣，譚慎衍用力地抱緊她。「有沒有想我？」

聽出他聲音不對，寧櫻身子後仰，望著他的臉，鬈翹的睫毛微微垂著，下頷微抬，不太高興的樣子，寧櫻如實地搖了搖頭，察覺腋窩下的手越發用力，她忙低聲解釋道：「王娘子教我畫畫，我整日搗鼓顏料，沒空想其他的，你先放開我，我出來找你。」

手裡的花兒夾在兩人胸前，被壓得有些變形了，寧櫻只得將花兒舉過頭頂，催促道：「快把我鬆開。」

若再任由譚慎衍繼續下去，金桂、銀桂肯定會發現動靜。

譚慎衍拉過她，不甚滿意地在她臉上啄了口。「小沒良心的，虧我一直記著妳，妳倒好，只顧著自己了。」

寧櫻悻悻閉了嘴，抗拒地將他往外面推了推，心虛道：「快放我下來。」

外面有一條小徑，若是來人的話，對她和譚慎衍的名聲不好，她不在意，沒奈何黃氏將其看得重。

譚慎衍側著臉，威脅道：「妳親我一口，我就放。」

見他厚臉皮地湊上前，讓寧櫻羞得抬不起頭，左右看了兩眼，蜻蜓點水地碰了碰他臉頰。「這下好了吧？」

譚慎衍輕哼一聲，慢慢鬆開她，想著來日方長，接下來的四十天，總會叫他找到機會一親芳澤。

雙腳剛踩著地，寧櫻就往後退了一大步，臉比落日的晚霞還紅，聲音低若蚊蚋。「你來側門邊。」

她在京城的時候的確不想他，現在看見了，心裡就有些想了。

金桂、銀桂聽見屋裡有說話聲，看寧櫻往外面走，金桂朝屋裡瞅了眼，狐疑道：「小姐要出去？」

寧櫻臉上還帶著紅潤，紅著臉道：「出門轉轉，妳們不用跟著，待會兒夫人若是問起，就說我稍後就回。」

金桂擔憂地看了看天色，張嘴想說點什麼，餘光落到寧櫻手上捧著的花上，欲言又止。進屋後，小姐沒有出來過，哪兒來的花兒？

遲疑的瞬間，寧櫻已抬腳走了，金桂再次看向屋裡，窗戶大敞著，窗外樹影晃動，並沒人影。

銀桂也看向屋內，撞了撞金桂手臂，小聲道：「誰送小姐花？」

金桂睨她一眼，心裡明白了什麼，說道：「小姐的事別多問。」

她想到下馬車後從其他丫鬟嘴裡聽來的消息。往年這處是戶部侍郎家眷的住處，三品官員看似位階相同，實則不然。戶部管著國庫，乃六部最富裕的，戶部侍郎相較其他侍郎而言地位稍高，住的宅子比其他宅子好，今年不知為何，戶部分到往年最差的宅子，而禮部卻占了往年戶部侍郎家眷住的宅子，引來許多人好奇，不過不只是侍郎們的宅子換了，伯爵、侯府住的宅子都換了，有人抱怨，有人歡喜。

想到寧櫻手裡的花，她恍然大悟，是有人故意為之。

譚慎衍先來一個多月，做手腳不是沒有可能。

金桂不知譚慎衍的能耐有多大，只是單從譚慎衍送進寧府的補品來看，為了讓寧櫻住得舒坦，想法子換宅子不是沒可能。

誰叫他喜歡寧櫻呢？

寧櫻沿著走廊往側門的方向去，側門敞著，一眼就瞧見花壇邊的譚慎衍，她忽然想起自己下了馬車後沒有重新梳洗過，先時不覺得，這會兒才意識到衣衫縐巴巴的，頭上的髮髻有些散了，她轉身走向左側的樹叢，低頭整理著衣衫，裙襬起了縐褶撫不平順，她只得放棄。

順了順髮髻，心裡有些著急。早知如此，就該梳洗一番才出門的，懊惱間，只聽一道略微低沈的嗓音道：「髮髻不亂，我不嫌棄。」

譚慎衍看她忽然沒了人影，以為發生了什麼事，沒想到她背著自己檢查妝容，心下覺得好笑，拉著她走出來，骨節分明的手落在她髮髻上，輕輕揉了揉，道：「好看著呢，別擔心。」

女為悅己者容，譚慎衍清楚她在意自己的容貌，否則，不會在病重的日子裡不肯見他。

寧櫻臉上的笑有些凝滯，避開他的手，欲蓋彌彰道：「我又不是擔心這個。」

馬車行駛一路，她出了一身的汗，身上無可厚非地會有股汗味，虧得方才譚慎衍抱著她不嫌她臭，否則，她就丟臉丟盡了。

「好，妳不是擔心這個。」

譚慎衍語氣帶著玩味，聽得寧櫻耳根一紅，好似他在哄自己似的，不好意思地別開了臉。

兩人順著青色石板路往裡走，天色昏暗，斑駁的樹影下，所見皆有些不真切了。

寧櫻擔心黃氏找她，問譚慎衍道：「你找我可是有什麼事？」

一路走著，譚慎衍不開口說話，寧櫻心撲通跳得厲害，左思右想，等譚慎衍出聲，不知要等到何時。

「沒什麼事，帶妳轉轉。」

譚慎衍倒是想發生點事，可寧櫻年紀小，承受不了，加上馬上要到用膳時候，若是被路過的丫鬟、婆子瞧見，對寧櫻的名聲不太好。

兩人並肩而行，偶爾遇到婆子，用難以置信的眼神盯著兩人看，像兩人偷情似的，寧櫻被看得臉臊，右邊有處庭院，她率先走了進去，待確定沒人後，低頭小聲和譚慎衍道：「有什麼話可以明天再說，天色已晚，被人看見了總是不好。」

她不該和他出來的，腦子一熱，就做了錯誤的決定。

譚慎衍挨著她，寬厚的手掌拉著她的小手，這會兒四下無人，他索性抱住她靠在旁邊的石像後，厚臉皮道：「我不在京城，沒出什麼事吧？」

他派人盯著寧靜芸的事情，清寧侯府不會善罷甘休，這次，程老夫人和陳氏都來了，不會輕而易舉揭過此事，試探是免不了的。

手摟著她的腰肢，在她掙扎前快速在她臉上啄了兩下。反正早晚是他的人，親兩口也沒什麼，何況，他恨不得將上輩子欠下的吻全給她。

「程老夫人和程夫人來了，妳平日小心些，程老夫人懷恨在心，會冷嘲熱諷試探妳姊姊的事，妳別上了當。」

程老夫人懷疑寧靜芸還活著，但找不到證據，不敢明面上和寧府撕破臉，只有暗中探查，程老夫人鐵定會從寧櫻身上下手；而陳氏心思通透，不會與寧櫻為難，程老夫人拎不清，遷怒寧櫻是遲早的事，他有法子對付程老夫人，但還不是時候。

來的路上，寧櫻便料到會有今日。程雲潤就是程老夫人的命根子，程雲潤什麼都沒了，程老夫人不會放過她們，聽譚慎衍提醒她，寧櫻不由自主地笑了起來，點頭道：「我娘心裡有數，不會中計的，只是我姊姊的事，最後怕會傳開。」

寧靜芸給程雲潤做妾是不爭的事實，哪怕有人頂替了寧靜芸，可程雲潤手裡還握著寧靜芸的把柄，兩人一起相處了一段時日，總有些寧靜芸沒法子帶走的東西，哪怕只是貼身的玉珮就足以壞了寧靜芸的名聲。

兩人已說了親，寧靜芸名聲不好會連累她，而她會連累譚慎衍。

譚慎衍自然聽出了這層意思，嘴角揚起一抹笑，開口道：「我與妳交換了庚帖，不管發生什麼事都不會毀親的，妳是妳，她是她，妳和她不一樣，不管別人說什麼，都影響不了我對妳的看法。」

聽他嘴巴抹了蜜似的甜，寧櫻好笑，問道：「山莊蜂蜜多，你吃了多少？」

譚慎衍抓著她的手，眉目含笑。「蜂蜜都給妳留著呢，走吧，我送妳回去了。」

太后和皇上剛到山莊，他負責皇上安全，正忙著，若非一個多月沒見寧櫻想得緊了，萬萬不會這會兒過來。

說話間，視線不由自主落到寧櫻胸前。他往寧府送了不少補品藥材，寧櫻的胸部卻仍然平平地不見長，他不太高興，受薛墨念叨的次數多了，他也覺得寧櫻胸小是小姑娘，他就是流氓，叮囑道：「妳正是長身體的時候，多吃些，別委屈自己。」

寧櫻順著他的目光低頭一瞧，罵了句「流氓」，抬腳就跑。

也不知怎麼了，她的胸就是不長，聞嬤嬤說身子發育是因人而異，可能她發育得晚，胸部長開要等明年了。

寧櫻也記不得她胸部是幾歲發育的，只是依照上輩子的情形，不小就是了。

聽譚慎衍的口氣，好似是她的錯。

譚慎衍跟著她，看她進了側門才轉身離開。

黃氏如願將寧靜芸從清寧侯府帶了出來，他和寧櫻的親事便沒必要繼續瞞著，兩人散散步、拉拉小手沒什麼不妥，想著明日又能來找寧櫻，他只恨日子過得太慢了。

金桂守著門，看寧櫻沿著走廊小跑而來，低頭望著手裡的花，臉上盡是喜悅，她越發堅定自己的猜測。

待寧櫻跑近了，金桂矮身稟報道：「夫人說您回來了去前面正廳用膳，夫人和彤小姐剛走。」

寧櫻一怔，秀麗的眉輕輕一抬，眼神盈盈動人。「我娘沒多問吧？」

「沒，夫人說您和譚侍郎說了親的，沒什麼不妥。」

山莊風氣開放，男女同進同出，夫妻手挽著手皆不會有人閒言碎語，她們出京前，聞嬤嬤就教導過她們，生怕她們眼皮子淺鬧了笑話。

這處山莊是許多人共話衷腸、兩情相悅的地方，準備訂親的小姐、少爺可以趁著這些日子多多相處，瞭解對方的品行，才不至於嫁錯人。

這是皇上給大臣家眷們提供的機會，官職越高，機會越多，難怪人人都想加官晉爵。

寧櫻頓了頓，將花交給金桂。「妳放屋裡，我去前面了。」

沒想到黃氏會猜到她和譚慎衍出去，虧她還以為隱秘得很呢！

山莊統一供應膳食，隨著官職不同，菜餚也不同，寧櫻進屋時，寧府的人都已坐下了。

寧靜彤見寧櫻回來，朝她揮手，指著旁邊空出來的凳子讓寧櫻坐，此時她小臉紅彤彤的，應該是剛睡醒就被黃氏帶過來了。

寧櫻不動聲色地走過去，只聽寧靜蘭陰陽怪氣道：「六姊姊與咱們不同，坐了一天馬車，我們累得走不動路，六姊姊還有閒情逸致到處閒逛。」

寧靜蘭算是看出來了，無論如何寧櫻都不會和她親近，與其熱臉貼冷屁股被其他姊妹笑話，不如硬氣些。

寧櫻嫁給譚侍郎有大好的前途又如何，府裡沒有兄長撐腰，往後遇到事情還得靠她哥哥，有朝一日，總會讓寧櫻求她的，想清楚了這點，她才有膽子酸寧櫻幾句。

只是，屋裡坐著的人多，哪輪得到她一個庶女開口？寧伯瑾沒回來，可寧伯庸在，他呵斥寧靜蘭道：「不吃就回屋！食不言、寢不語，夫子沒教導過妳嗎？」

避暑山莊規矩少，男女不用分桌，寧伯庸、柳氏他們當長輩的湊一桌，寧靜蘭坐在寧櫻對面，聽寧伯庸訓斥她，不由得紅了眼眶想起身走人，遲疑了瞬間，又安分下來，坐著沒動。明早要去給太后和皇后娘娘請安，這會兒不吃就只有等請安回來了，她腦子不傻，才不願意挨餓呢！

趕了一天的路，大家都餓了，飯桌上的菜被吃得乾乾淨淨，走出正廳，院子裡亮起了燈籠，華燈初上，像水中月，朦朧而美好。

寧靜蘭她們幾個女孩想約出去外頭轉轉，問寧櫻的意思。寧櫻排行第六，上面的姊姊都出嫁了，算起來，她是一行姊妹中年紀最大的，又是嫡女，大家不約而同地看向她，希望她拿個主意。

「天黑了，我先回去，妳們去吧！」寧櫻有些累了，尤其這會兒剛吃過飯，越是疲倦，她準備早點休息，明日打起精神去主宅向太后、皇后請安。

眾人看她不肯去，擔心鬧出什麼事情來，都厭厭地不再提出門的事。

寧櫻不管她們怎麼想，吩咐金桂打水，洗了澡躺在床上，暗中背誦著兩色混合調配出來的顏色，慢慢地，眼皮越來越重，不一會兒就睡著了。

翌日一早，百官家眷先是去給太后娘娘請安，隨後則是皇后娘娘。

三跪九叩，寧櫻膝蓋疼痛痠麻，走出皇后娘娘住的地方，雙腿不受控制地打顫，略施粉黛的臉上有些蒼白，同行的夫人、小姐比她好不了多少。

太后娘娘年事已高，精神不怎麼好；皇后娘娘端莊大氣，也不是為難人的，只是覲見的人太多，她們身分最低，便跪得最久。

眾人從皇后住的地方出來，周圍的夫人、小姐笑著寒暄打招呼，結交朋友，態度熱絡，寧櫻不樂意往前湊，由金桂扶著往回走，身後卻傳來一道清脆的女聲。

「六小姐請稍等。」

寧櫻好奇地轉過身，看是程婉嫣，眼底露出了然。程老夫人急於試探寧靜芸是否還活著，想來是有些急了。

程婉嫣一身紫色軟煙羅，髮髻梳理得一絲不苟，步伐端莊沈穩，與之前在寧府的舉止有些變化，想來是大了一歲，懂事了。

寧櫻臉上徐徐綻放出一抹笑，沈吟道：「是程小姐啊，有些時日沒見，變漂亮了呢！」

程婉嫣被寧櫻稱讚得不好意思。要她說，寧櫻才是好看，膚若凝脂，色若春水，跟畫上走出來的人似的。

程婉嫣在寧櫻跟前站定，善意地笑了笑，面露尷尬道：「我能與六小姐一塊兒走嗎？」

覲見太后和皇后後，接下來就是一日復一日的宴會，參與此行的夫人、小姐，有整天出門應酬的，也有整天待在屋裡不出門的。

程婉嫣去年來過，她年紀小，不懂其中門道，只覺得枯燥無味。「我娘賞花去了，我不太感興趣。」

算是解釋她為何來找寧櫻的原因。

寧櫻順著程婉嫣來時的方向，看陳氏和懷恩侯夫人站在一起，兩人低頭，臉上掛著恰到好處的笑，想到兩家因為子女親事鬧僵，如今看來應該是又和好了。陳氏看見她，微微一笑，和旁邊的懷恩侯夫人說了句什麼，後者也抬起頭望了過來。

寧櫻嫣然一笑，頷首算作招呼，緩緩繼續往前走，程婉嫣亦步亦趨地跟在她身後，問寧櫻怎麼不出門參加宴會？

京城的圈子說大不大、說小不小，程婉嫣從沒聽說關於寧櫻的事，心下不由得好奇。

其實不只是寧櫻，寧府其他幾位嫡女的消息都很少，在她看來覺得有些不同尋常。她是清楚寧靜芸給她哥哥做妾的事情，一想到寧靜芸香消玉殞而寧櫻和黃氏還被蒙在鼓裡，多少有些難受。她明白，寧靜芸的死是程雲潤害的，寧靜芸偷偷從寧府跑出來給程雲潤做妾，程雲潤不好好待她就算了，還常常和寧靜芸爭吵不休；她去找寧靜芸玩的時候遇到過一次，她躲在暗處，爭吵中的兩人沒發現她，寧靜芸哭得梨花帶雨，和平日賢淑端莊的她大相徑庭，程婉嫣直覺是程雲潤做錯了，自從雙腿落下殘疾，程雲潤性子大變，誰都不容易親近，她心裡也有些怕這個哥哥。

程雲潤對不起寧靜芸，程婉嫣當妹妹的，心裡對寧櫻也存著分愧疚。路上還有其他府的小姐，三五成群、說說笑笑地走著，程婉嫣看寧櫻笑容恬淡，忍不住想將寧靜芸的死說出來。

寧靜芸是被燒死的，陳氏封口不准任何人說起，程婉嫣清楚，陳氏是怕寧府的人找上門來，畢竟寧靜芸是嫡女不是庶女，鬧起來，侯府站不住理。

程婉嫣湊到寧櫻耳朵邊，小聲道：「六小姐，我與妳說一件事，妳切莫告訴別人，連三夫人都不准說，可以嗎？」

她不想寧櫻連她親姊姊的死訊都不知道，但是又不想傳到黃氏耳朵裡把事情鬧開，京城的達官貴人都住在避暑山莊，什麼消息都傳得快，她擔心被人傳開，壞了侯府的名聲，陳氏不會放過她。

寧櫻挑眉，狀似什麼都不明白似的，故作不解道：「什麼事？」

程婉嫣左右看了兩眼，人多，不是說話的好地方，她挽著寧櫻朝前走。寧靜蘭跟在寧櫻身後，有意湊上去聽個究竟。

柳府的人也來了，柳氏想和娘家人打好關係，又不想低人一等，故而叫黃氏一起，秦氏自然不會放過這個湊熱鬧的機會，也跟著去了。

這會兒沒人，寧靜蘭屏氣凝神地往寧櫻身後邁了一大步，誰知遇到寧靜彤忽然也往前面走，她剛好踩在寧靜彤的鞋面上，寧靜彤立即哭了起來，惹來許多人的圍觀，寧靜蘭恨得牙癢癢。若非知道寧靜彤跟她娘一樣是個胸無城府的，她還以為寧靜彤故意和她作對呢！

周圍人聽見哭聲，看寧靜彤生得粉裝玉琢，而寧靜蘭容貌平平且比寧靜彤大，認定是寧靜蘭欺負人，看寧靜蘭的目光便略帶責怪，其中還夾雜著鄙夷。

能來避暑山莊是皇上的賞賜，各府都極為注重自己的名聲，寧靜蘭不友愛弟妹，且明目張膽欺負人，許多人想起寧府的門第，不由得搖頭。不願意和寧府的人一起，紛紛停下來，等她們走了再說。

寧靜蘭臉色脹得通紅，眼淚在眼眶打轉，周遭萬籟俱寂，沒有一人肯出來為她說話，她雙眼發紅，跺跺腳，提著裙襬往前衝了出去。

寧櫻拉過寧靜彤，一問，得知是被寧靜蘭踩著了，倒是沒有多說，安慰寧靜彤兩句，讓她別介意。

四周沒人跟上來，便宜了程婉嫣，她瞅著四下無人，和寧櫻說起寧靜芸之死，心下愧疚不已。她心裡將寧靜芸當成她的親嫂嫂看待，寧靜芸長得漂亮，說話輕聲細語，對她好，程婉嫣一直期待著寧靜芸嫁進侯府，她能常常找寧靜芸玩，只是沒想到後來發生這麼多事。

寧櫻面不改色，臉上甚至沒有一絲悲傷的表情。程婉嫣有些難受，心下有些氣寧櫻不懂人情世故，那可是她親姊姊，怎麼寧櫻聽說人沒了，臉上一點反應都沒有？

程婉嫣又道：「火勢大，待管家帶著人滅了火撲進去的時候，芸姊姊已經沒氣了……」想到寧靜芸身子被燒焦，她情不自禁紅了眼眶，聲音越來越哽咽。「我知道芸姊姊進了侯府日子不好過，我娘和祖母都不太喜歡她，我總以為憑著哥哥對她用情至深，她早晚會成為我嫡親的嫂嫂，沒想到她……」

說到這裡，她掏出手帕擦了擦眼角，哽咽得說不出話來，抬眉盯著寧櫻，見她面色平靜，精緻的臉上帶著一絲詫異，除了詫異，無半分動容。

程婉嫣有些氣了。「芸姊姊心地善良，妳回京後她對妳多有照顧，妳怎麼能無動於衷？」

寧櫻心下冷笑，不懂清寧侯府怎麼派程婉嫣出來試探她的話，面上波瀾不驚道：「程小姐多慮了，我姊姊去蜀州莊子養病，待病好就回來，妳說的是程大少爺的姨娘，和我姊姊無關，我為何要哭？」

見她不知其中發生的事，程婉嫣心裡好受了些，一五一十說起寧靜芸偷偷進侯府的事。

寧櫻打斷她的話道：「程小姐弄錯了，我姊姊去了莊子，還好好活著，侯府的人肯定和我姊姊沒有關係，妳是不是認錯人了？」

「我怎麼可能認錯！」程婉嫣嗓音有些尖銳，不遠處有人望過來，程婉嫣心知事情不宜聲張，小聲道：「那就是芸姊姊，我哥哥也喚她靜芸，我和芸姊姊認識那麼長的時間，哪會認錯人。」

寧櫻一口咬定。「妳真的認錯了，我姊姊去了莊子上，人還好好活著，前不久還寫了信回來報平安，哪像妳說的那樣子？」

見她言之鑿鑿，程婉嫣也有些疑惑。她認定府裡的人是寧靜芸，只因陳氏不喜她和寧靜芸往來，敲打過她幾次，她找寧靜芸的次數才屈指可數。寧靜芸死後，陳氏也不准她去看，說是不吉利。

連陳氏都沒有否認那不是寧靜芸，為何寧櫻說寧靜芸還從莊子寫了信回來？

程婉嫣抓著寧櫻袖子，認真道：「妳是不是被芸姊姊騙了？她早先真的在侯府，只是後來發生了很多事，被燒死了。」

寧櫻像聽到什麼笑話似的，淡然的臉上露出一抹笑來。「妳真的弄錯了，我姊姊在莊子上好好的，她寫信回來說身子好多了，可能再過些日子就要回京，她能騙我和我娘不成？」

程婉嫣不知哪兒出了問題，狐疑地看了寧櫻好幾眼，想從她臉上看出她有沒有說謊？可寧櫻臉上的表情滴水不漏，讓她不由得懷疑，在侯府的那人不是寧靜芸；但是沒道理，她和寧靜芸說過話，音容樣貌是寧靜芸無疑，可寧靜芸死了，信又從何而來？

眼瞅著快到住處，寧櫻邀請程婉嫣去裡面做客，程婉嫣腦子一團亂，沒有拒絕，走進門後暗暗打量著庭院。每一處宅子的景色看似相同，細微處卻又顯露出許多差別來，寧府不過三品的官，比不過侯府，可所住宅子之景色卻不遜於侯府，得知此處是往年戶部侍郎住的宅子，程婉嫣恍然大悟。說起來，大家今年的住處都換了，陳氏說往年清寧侯府住的都是那一間宅子，今年換了一間，宅子比不上去年，不過既然是換，有好有壞，沒什麼好抱怨的。

程婉嫣和寧櫻說了一會兒話，心裡存著疑問想儘早弄個明白，逗留片刻就離開了，沿著來時的路往回走，繞過鵝卵石鋪成的小路，聽到旁邊大樹後傳來熟悉的聲音，其中伴隨著女子的歡愉聲。

程婉嫣臉紅得厲害，此處是人少偏僻的地方，可程雲潤還沒有說親就有庶長子的事情已經讓侯府丟盡臉面，加上寧靜芸剛死沒多久，程雲潤就左擁右抱照樣瀟灑快活，讓程婉嫣心裡為寧靜芸不值。

程婉嫣面紅耳赤衝到樹後，梗著脖子道：「哥哥，你這樣做，對得起芸姊姊嗎？」

她瞪大眼，看清面前的情形後，一張臉紅成了柿子。只見丫鬟一身粉衣，裡面的肚兜若隱若現，而程雲潤的手探進肚兜裡，罩在丫鬟鼓鼓的胸前，使得胸鼓得更厲害，丫鬟臉色紅潤，身子軟在程雲潤懷裡，眉眼嫵媚，微微張著嘴，欲語還羞，程婉嫣哪見過這種場面，一時不知所措。

好在程雲潤還算有些神志，不緊不慢地抽回手，臉上的潮紅褪去，一本正經道：「妳怎麼在這裡？」

程婉嫣又氣又惱，說了她找寧櫻的事情，言語間盡是對程雲潤的埋怨，若程雲潤好好善待寧靜芸，寧靜芸就不會死。雖然她不知起火的原因，不過私底下有人說寧靜芸是自己燒死的。程雲潤不務正業、沈迷美色，沒了世子之位，什麼都不是，寧靜芸不堪跟著程雲潤過日子才選擇自焚；也有人說寧靜芸是被程雲潤殺死的，寧靜芸想做正妻，程雲潤不答應，厭棄了寧靜芸，沒奈何寧靜芸住在東屋，礙著程雲潤的眼，一不做、二不休將人殺了。

寧靜芸的死，府裡傳出許多版本，程婉嫣不知道哪一個是真的，不過程雲潤待寧靜芸不好是事實。

程雲潤的手滑至丫鬟腰上，輕輕捏了一把，旁若無人道：「先回去，晚上我去找妳。」被程婉嫣打攪了好事，丫鬟不敢露出不滿，盈盈一笑，慢條斯理整理好衣襟，扭著腰肢走了。

程婉嫣看得更氣，責怪程雲潤道：「你對得起芸姊姊嗎？」

「好了。」程雲潤待下面的弟弟、妹妹素來溫和，並沒有因為程婉嫣的話就惱羞成怒，而是語重心長道：「她的事究竟怎麼回事還有待商榷，妳沒事和寧府小姐在一起做什麼？」提及寧櫻，程雲潤不可避免想到自己一雙腿是怎麼廢的。那天晚上，要不是想乘機占寧櫻便宜也不會落到譚慎衍手裡，他拿譚慎衍沒有法子，可不怕拿捏不住寧櫻。

程雲潤眼裡閃過陰鷙，皮笑肉不笑道：「聽說六小姐長得傾城傾國，比她姊姊還好看，妳覺得如何？」

程婉嫣不知他為何突然談起寧櫻的外貌，寧櫻的五官精緻小巧，肌膚吹彈可破，比寧靜芸有過之而無不及，但看程雲潤笑得不懷好意，程婉嫣起了一身雞皮疙瘩。

「哥哥想做什麼？」

「沒什麼，哥哥有事情要做，妳先回去吧！往後出門，記得叫上丫鬟跟著，妳年紀不小，該懂事了。」程雲潤跛著腿上前，道：「我先送妳回去，聽說昨晚有人看見譚侍郎和寧六小姐一起散步，妳可知道？」

譚慎衍手握兵權，又掌管刑部，好些伯爵、侯府都看中他當女婿，昨日傍晚譚慎衍和寧櫻散步的事情傳開了，有很多人打聽，沒奈何譚慎衍捂得緊，寧府地位不顯，一時半刻沒人沒打聽出兩府有什麼關係。

若雙方真的有什麼，他倒沒有找錯仇人，腿疾之仇，不共戴天！

第四十一章

柳氏她們直到中午都沒有回來，寧櫻去前廳用膳，見寧成昭他們也不在，估計是出門應酬了，沒人管束，寧靜蘭說話越發肆無忌憚。

「六姊姊會享福，母親出門賠笑臉，妳卻心安理得地吃飯，可想過母親正受人嘲笑和冷落？」

隨行的人中，寧伯瑾官職最低，那些人能給黃氏好臉色才有鬼了。

寧櫻不是軟柿子，不會任由寧靜蘭調侃，反唇相稽道：「妳真孝順就該隨竹姨娘一起去莊子侍疾，來這邊做什麼？真是清高的話回屋裡去，別在外丟人現眼，多看妳一眼都叫我吃不下飯。」

她疾言厲色，寧靜蘭一怔，反應過來寧櫻話裡的意思，只覺得面上火辣辣的燙，欲將手裡的湯碗朝寧櫻扔去。

寧櫻不為所動。「妳要是真有膽子就朝我扔過來，沒膽子的話就給我滾，寧府小姐多，不差妳一個。」

寧靜蘭以為寧櫻看在寧府的面子上不敢刁難她，誰知寧櫻半點面子都不給她，寧靜蘭嘶吼一聲，大有要和寧櫻玉石俱焚的架勢；可不待她有所行動，兩個紫色衣衫的丫鬟走出來左右架著寧靜蘭走了，屋裡的人噤若寒蟬，不敢說話。

紫色衣衫的丫鬟是避暑山莊裡的人，和寧府沒有關係，她們出手，寧靜蘭便不能討到好處，果然，寧靜蘭扯開嗓子想要大喊，一把被人堵住了嘴，急急拖著出門，很快不見人影。

寧靜彤害怕起來，小聲地問寧櫻。「她們帶九姊姊去哪兒？」

「回寧府吧，那等不聽話的，回去也好。」

各處宅子都有紫色衣衫的丫鬟，明面上說是皇上體恤大家撥下來的，實際是在暗處盯著大家一舉一動，怕鬧出丟臉的事來。她以為，她們只在前面院子守著，沒承想這些丫鬟將她和寧靜蘭的對話聽了去，她不想尖酸刻薄，但寧靜蘭的性子，妳越是縱容她，她越發以為妳怕了，寧櫻不會受制於人。

人被送回寧府，寧國忠面上無光，寧靜蘭免不了被送去莊子服侍竹姨娘的命運，寧靜蘭一輩子算是毀了。

來之前，府裡的小姐、少爺都聽過避暑山莊的事，犯了大錯的人會被遣送回府，想想回府後寧國忠可能有的反應，在場的小姐、少爺忍不住哆嗦了一下，不敢再得罪寧櫻。

寧櫻懶得解釋，令人忌憚不見得是件壞事，她能省去許多麻煩。

天氣清爽，飯後，寧櫻回屋小憩，一覺醒來，太陽都快下山了，夜晚皇上設宴款待文武百官，她們這些家眷也都要前往。

寧櫻不見寧靜彤的人影，想來她是先去了，有銀桂跟著她，寧櫻不擔心出什麼事，便招來金桂伺候自己洗漱，並問起其他人來。

「眾位少爺和小姐都去了，聽說有舞姬跳舞，彤小姐興奮不已嚷著先走。秋茹曾回來一趟，說您睡醒了徑直過去，夫人和大夫人她們待會兒會直接去那邊。」金桂邊服侍寧櫻穿衣，邊慢慢解釋道。

宴會在天黑後才開始，這會兒還算早，金桂倒也不急，哪怕宴會在晚上，金桂仍然給寧櫻描了眉，略施粉黛，寧櫻就美得跟朵花似的。

「小姐真好看。」金桂忍不住稱讚一聲，即使她每天在寧櫻跟前伺候，她也覺得寧櫻長得好看，永遠看不夠似的。和京中小姐保養出來的美不同，寧櫻天生麗質，舉手投足間，讓人想起纖塵不染的蓮，淡然處之，出淤泥而不染。

寧櫻看兩眼便收回視線，落在旁邊的木梳上。「有沒有掉頭髮？」

這才是她最關心的。

「沒。」金桂扶著寧櫻站起身，替她纏好腰間的荷包，又為她順了順衣衫，生怕哪兒不盡如意，而她會把寧櫻打扮得漂漂亮亮是有私心的。

今天的宴會，各府夫人為周圍晚輩說親得多，寧櫻和譚慎衍的事情沒有公開，譚慎衍英俊不凡，中意他的人不計其數，她不能讓寧櫻被比下去，好在，寧櫻長得好看，氣質又好，站在譚慎衍身邊不會被人挑三揀四。

寧櫻不清楚金桂的想法，宅子裡的人都走了，小路上安安靜靜的，歸巢的倦鳥都沒弄出絲聲響來。

金桂也察覺到了，笑道：「定是大家想早點去占個好位置，聽說有篝火，燃起來甚是明亮。」

寧櫻不置可否。難得能與這麼多達官貴人一起出席，都想往前掙個臉熟，曾幾何時，寧櫻也是那樣想的，努力遊走於皇親勛貴間，努力想藉著別人來抬高自己的身分，只是後來才知一切都是枉然。

遐思間，她和金桂一前一後穿過假山，寧櫻走在前面，眼瞅著快出假山了，忽然眼前一暗，有人撲了過來，她驚呼一聲，伴隨著刺鼻的脂粉味傳來，她被人堵住了嘴，耳邊響起一道噁心的聲音。「六小姐，好久不見。」

寧櫻心下大驚，對方衝力大，撞得她身子直直往後倒，撲通一聲摔在地上，後背著地，疼得她悶哼一聲，眼裡起了淚花。

金桂見勢不對，欲伸手攙扶寧櫻，不待她有所行動，被後面伸出來的手抓住，堵住嘴拖著往後走，金桂嚇得花容失色。這會兒人大多去前面了，金桂看不清對方的容貌，只知若寧櫻被壞了名聲，她也別想活了，伸著手，左右掙扎著要救寧櫻。

聽見金桂的嗚咽聲漸漸遠了，寧櫻眨了眨眼，強迫自己冷靜下來，然而對方不給她機會，拉著她往旁邊山洞裡走，嘴裡的話下流粗鄙。

「在南山寺的時候就想對妳動手了，誰知被人壞了事，妳姊姊會勾引人，想來妳也不差，嘖嘖嘖……」

假山環繞，內有許多山洞，白天有孩子在山洞裡玩捉迷藏，洞口小，程雲潤拉著她彎腰才能過，在又一次程雲潤拉著她的身子往前穿洞時，她抬腳用力一頂，使勁全力踢向他的小腿，程雲潤好聲色犬馬，身子被掏空得差不多，寧櫻篤定他承受不了。

誰知，摀著自己嘴的手用力一扭，差點擰斷她的脖子，只聽對方咬牙切齒的聲音道：「是不是以為我會鬆開？沒嚐過妳的味道，我才捨不得放手。」

他也不準備繼續往裡了，推著寧櫻躺下地就欲行事。他打聽清楚了，譚慎衍和寧櫻已訂親，長公主和六皇子去寧府的事不是無的放矢，只是不知為何，消息沒有傳出來罷了。

想到譚慎衍加諸在他身上的痛，他恨得雙目充血，伸手開始拉扯寧櫻的衣衫，下流道：「待妳成了我的人，我看他怎麼面對。」

寧櫻被他猛力撞在地上，後背壓著細碎的石頭，疼得她嗚咽出聲，而身上的程雲潤開始拉扯她的衣衫，寧櫻身子被他壓著，動彈不得，只聽衣衫嗤的一聲破裂，她臉色煞白。

「果然是個尤物，這吹彈可破的皮膚，比妳姊姊的還好。」寧靜芸肌膚白嫩光滑，程雲潤愛不釋手，尤其交歡時，雙手掐著寧靜芸柔弱無骨的腰肢，越發亢奮，這會兒看見寧櫻露出來的大片鎖骨，他眼神一暗，俯下身去，重重咬了她一口，略有遺憾道：「這皮膚好是好，可胸都沒長出來……」

話聲一落，只感覺石縫中一道冷氣迎面撲來，不待他舉目望去，狠戾而來的箭已刺入他胸膛，帶著他一塊兒飛出去撞在石壁上。

譚慎衍站在假山外的庭院裡，雙目充血，幽幽望著石縫裡的一切，一箭後，他俐落地從腰間又取出一枝，拉弓，嗖的一聲，箭勢如破竹地飛了出去，沒入程雲潤另一邊胸膛。程雲潤難以置信地瞪大眼，滿腔復仇的狠勁化作無盡的驚恐，他被釘在石壁上，雙眼瞪得大大的，那種無邊無際的害怕竟讓他忘記了中箭的痛，雙腿不住地哆嗦著。

那種感覺好似又回到刑部監牢，任人宰割。

趁著程雲潤失神的空檔，寧櫻撐著爬起來，順著石縫口往外面走，背後衣衫被血浸濕了一片，她已顧不得，半邊身子剛探出石縫便被人抱了起來，寧櫻啊的一聲叫了起來，待聞到對方身上淡淡的花香，她忽然鼻子一紅，委屈地哭了出來，聲音低低的，像極力克制著什麼。

譚慎衍一手摟著她的腰，像抱小孩子那般抱著她，聽她哭得厲害，眼神閃過弒人的狠戾。

皇上設宴，文武百官都會去，他看寧府的人到了，問秋水寧櫻的去處，得知她還在風禮院，他歡欣鼓舞地來接她，暗想能和寧櫻多待一會兒，沒料到讓他遇到這事。

避暑山莊的別院以風花雪月和六部名稱相疊為名，風禮院、風戶院在最外圍，滿月院在最裡面。一路走來，路上的人漸漸少了，他沿路摘了一些寧櫻喜歡的花兒，遠遠地看見一小廝摀著丫鬟的嘴朝樹叢裡竄，若是別人，譚慎衍自不會多管閒事，但他一眼就認出那丫鬟是寧櫻身邊的金桂。金桂對寧櫻忠心耿耿，上輩子寧櫻的喪事都是由她操持的，譚慎衍心裡感激她，見此，他心知不好，心顫得厲害，花兒也掉了，疾步走上前，穿過假山時，聽到旁邊傳來一聲不同尋常的聲音，當即讓他渾身湧起一股難言的怒氣。

對程雲潤，他早就存了殺心，當日廢了他雙腿，餵他吃下絕育的藥，一半是懲罰他對寧櫻起了歹心，還有一半是不想讓他繼承清寧侯府，沒想到他竟敢打寧櫻的主意。

幽暗的目光透過石縫看向靠著石壁無法言語的程雲潤，陰沈道：「你自己不想活，我成全你。」

程雲潤面如死灰，顫抖著唇，說不出一個字，連喊救命都忘了。

譚慎衍抱著寧櫻快速地朝風禮院走，他一轉身，便有人上前鑽進山洞裡，很快，裡面傳來壓抑的嗚咽聲，聽得寧櫻身子一顫。譚慎衍聞到她身上的血腥味了，況且，手裡黏黏的觸感也提醒著他寧櫻受傷了。

金桂已被人救下，這會兒站在院子裡不知所措，看譚慎衍抱著寧櫻走過來，她看到寧櫻鮮血淋漓的後背，摀著嘴哭出了聲。

譚慎衍沒和她說話，兩名紫色衣衫的侍女過來給譚慎衍施禮後，推開寧櫻住屋的門，手腳麻利地抬著水進了屋。

寧櫻趴在譚慎衍的肩頭，腦子亂糟糟的。被程雲潤咬了一口後，總覺得她要死了，心裡竟然蔓延起無限的遺憾。她和譚慎衍好不容易才有重來一世的機會，她還沒告訴他自己的心意。

侍女放下水桶，將白色的小瓷瓶放在床前的櫃檯上，恭敬地走了出去，順勢輕輕帶上了門，金桂還沒回過神，遲疑著不知該不該進去？見兩人朝外面走，她咬咬牙，跟著走了出去。她身上的衣衫亂著，被人發現不好，金桂回屋，快速換了一身衣衫，想到方才的事忍不住一陣後怕，換衣服的手都是抖的。

譚慎衍褪下寧櫻的衣衫，後背的肌膚一塊一塊的血漬，他目光一沈，寧櫻趴在床上，這會兒回過神，有些不好意思，吸了吸鼻子，小聲道：「不然讓金桂進屋吧！」

看見譚慎衍的那一刻，她有許多話想告訴他，結果只顧著哭了，這會兒腦子恢復清明，卻又說不出口，等巾子碰到後背，疼得她倒吸一口冷氣，眼眶一熱，又落下淚來。

譚慎衍繃著臉，寬厚的手掌，揮刀、射箭百發百中，此刻捏著巾子的手卻有些許顫抖，渾身散發著壓抑到極致的怒氣。

寧櫻老實趴在床上，不敢說話，後背火辣辣疼得厲害，然後是一陣涼爽，涼得有些癢，伸手想撓，剛舉起手，便被譚慎衍按住了。

「待藥膏乾了就好。」

寧櫻點了點頭，不一會兒，藥效褪去，傷口又開始疼。她看了眼窗外，再過些時辰，晚宴就要開始了，今日皇上設宴，她不能不去，可身側坐著的譚慎衍悶不吭聲，她小聲提醒道：「時辰不早了，讓金桂伺候我洗漱，我娘還在雲雪樓等著呢！」

譚慎衍不緊不慢地站起身，從衣櫃裡挑了一件衣衫，衣袖上有些墨漬，看得出是寧櫻常穿的，又挑了件大紅色肚兜，他眼裡不帶一絲綺思，折身回到床邊，而寧櫻正摟著被子坐直身子，潔白如玉的臉上掛著淚痕，像被人欺負的小媳婦似的。

譚慎衍目光一軟，坐在床邊，伸手道：「我幫妳穿衣服。」

他到的時候看程雲潤埋頭親了她一口，現在鎖骨前的紅痕極為刺眼，他目光陡然銳利，嚇得寧櫻雙手一抖，差點鬆開手裡的被子。

「罷了，我讓金桂伺候。」他怕看到寧櫻胸前有更多被程雲潤侵犯的痕跡，他會控制不住將程雲潤殺了。

金桂換了衣衫就在門口候著，看門從裡面打開，譚慎衍神色不明地瞪著她，金桂呼吸一窒，垂頭屈膝施禮。她是寧櫻的貼身丫鬟，寧櫻出了事，她難辭其咎。

「妳進去吧！」

金桂頷首，小心翼翼走了進去，替寧櫻重新梳洗好，扶著她慢慢出來。寧櫻後背的傷有些觸目驚心，都是被尖銳的石子磕的，斑斑點點映在白皙的背上，極為刺眼。

金桂眼眶通紅，不時低頭抹淚，寧櫻安慰道：「沒事，過些日子就好了。」

譚慎衍看她臉上塗了厚厚的一層脂粉，濃妝豔抹，精緻的五官楚楚動人，目光暗了暗，上前牽著寧櫻，小步往外面走。「金桂留下，我讓紫娟跟著過去。」

金桂先是一怔，然後跪了下來，面色發白。

寧櫻回眸看她一眼，輕聲道：「跪著做什麼？快起來，譚侍郎不讓妳去是為了妳好，瞧瞧妳現在的模樣，去了雲雪樓，被裡面的主子瞧見了會認為不吉，妳回屋好好歇著。」

金桂眼圈紅腫，一瞧就是哭久的緣故，寧櫻是小姐，晚宴不能不參加，金桂倒是不用出席。

金桂抹了抹淚，哽咽得說不出話來，卻也知道自己這會兒去只會給寧櫻丟臉，難受地點了點頭。

紫娟是院子裡的侍女，寧櫻想起寧靜蘭的事來，問譚慎衍是不是他派人做的？她以為院子裡的侍女是宮裡的人，但看方才兩人對譚慎衍的恭敬，倒不像是宮裡的人。

譚慎衍沒有否認。「她不過是個登不上檯面的庶女，妳與她一般見識做什麼？那種人，往後直接打發了。」

說完，又問寧櫻傷口還疼不？寧櫻如實地點了點頭，看譚慎衍變了臉，急忙補充道：「不是鑽心地疼。你怎麼來了？我還以為……」

當時的情形寧櫻並未完全反應過來，心亂如麻，腦子轉不動了，如今反應過來卻是一陣後怕，若是被程雲潤得逞，她便不能嫁給譚慎衍了。

「別想太多，是我連累妳，他狗急跳牆，沒想到連清寧侯府的名聲都不顧，可惜清寧侯的一世英名。」

經過假山時，寧櫻身子有一瞬的僵硬，面上裝得雲淡風輕。

譚慎衍握著她的手感覺到她的抗拒，步伐微頓，問寧櫻道：「害不害怕？」

寧櫻搖了搖頭，小聲道：「你在，我怕什麼？」

回想起上輩子，譚慎衍並沒做過對不起她的事，她剛管家時，府裡的丫鬟、婆子看不起她，譚慎衍便送了她兩個婆子，壓制侯府的下人讓他們無話可說；她學管帳，譚慎衍立即送了她能幹的帳房先生；胡氏不喜歡她，他便想法子不讓她每天去青竹院立規矩；連她生不出孩子，他都不曾有過休妻的念頭。

有他在，她的確沒什麼好怕的。

譚慎衍猛地抱過她，如遠山的眉輕輕蹙著，聲音略微沙啞，張了張嘴，一個字都說不出口。

見他紋絲不動，寧櫻輕輕推了推提醒他後面有人跟著，眼角瞥到地上一抹亮色，驚訝道：「那兒有一捧花呢！」

五顏六色的花兒用枝葉捆成一小捧，孤零零地躺在小路上，成了最美的點綴。

譚慎衍順著她的目光瞧去，鬆開她，上前揀了起來，撣了撣上面的灰，放在寧櫻懷裡。「送妳的。」

本該歡歡喜喜地送給她，沒想到出了這種事。

打結的手法和寧櫻先前收到的花一樣，想像譚慎衍拿著花，看到她差點被人輕薄的心情，她喉嚨一熱，慢慢垂下頭去。

「走吧，晚宴快開始了。」譚慎衍不願回想那時的心境，索性寧櫻沒有出事，否則，他會將程雲潤凌遲。

雲霽樓人滿為患，大家繞著八仙桌，十人一桌，男女不分桌，兩人剛走進去，便有無數的目光投來，寧櫻鬆開譚慎衍的手，在一眾花紅柳綠中找黃氏的身影。

譚慎衍拉著寧櫻往裡面走，小聲道：「晚宴沒有那麼多規矩，我們往裡走吧！」

昨天若有人還因為譚慎衍和寧櫻的關係搖擺不定，這會兒看見都明白了，頓時，一眾官家小姐盯著寧櫻的目光變得不善起來。

六皇子和薛怡瞧見譚慎衍，起身朝譚慎衍揮手，譚慎衍會意，牽著寧櫻往六皇子一桌走。

薛墨有些時日沒見到寧櫻了，依照譚慎衍的醋勁，他可不敢招惹寧櫻，待寧櫻坐下後，他稍微打量寧櫻一眼。他是大夫，生平對血和藥極為敏感，寧櫻身上塗抹了藥，他吸吸鼻子就能聞見，再看寧櫻落坐時動作僵硬緩慢，料定寧櫻受了傷，心裡不免覺得詫異，以譚慎衍的為人，寧櫻受了傷，一幫人都會跟著遭殃，這會兒卻跟個沒事人似的。

薛墨咳嗽兩聲，往譚慎衍身邊湊了湊，小聲道：「六小姐受了傷，需不需要我幫忙開點藥？」

薛墨鼻子靈，寧櫻身上塗抹的藥膏是薛慶平調製的，專為止血消痛，由此看來，寧櫻傷得不輕，想到什麼，他忍不住往寧櫻身邊多看了兩眼，不懷好意道：「我可與你說，這藥雖說能止血消痛，可有些地方不能抹，抹了，往後容易得病。」

他想，以譚慎衍的定力，定是忍不住得手了，女子第一次行事都會流血，以寧櫻的小身板，哪承受得住譚慎衍的孟浪？難怪譚慎衍找了諸多藉口要把大家住的庭院換了，原來是別有用心，好些人不明就裡為何要從舒適敞亮的院子換到西邊，都以為是皇上心血來潮，殊不知是眼前這位搞的鬼。

不待薛墨想得更多，凳子被人一踢，喀嚓聲斷了一腳，薛墨身子一扭，摔了下去。

周圍坐著人，見此，好些小姐掩面笑了起來，望著薛墨，羞紅了臉。薛墨生得儒雅，偏生性子和譚慎衍一樣，都是不喜生人的，故而那張桌上，只坐了寧櫻、譚慎衍、薛墨、薛怡以及六皇子，周圍有許多小姐想要接近，然而都怕丟臉。六皇子受寵，譚慎衍和薛墨都是不近人情的，而她們和寧櫻不熟，若是譚慎衍開口攆人，誰都丟不起那個臉。

柳府的人也瞧見那桌的情形了。柳大夫人阮氏沒料到寧府會和柳府平起平坐，憶及每次柳氏開口都是為了娘家伸手幫忙，久而久之阮氏就瞧不上這個小姑子；沒承想，寧伯瑾入了禮部，寧伯庸去了戶部，假以時日，誰更高一籌還未可知，柳氏以前在她跟前都小心翼翼，這次明顯不同於往常，讓阮氏心裡不舒服，此時但看寧櫻和六皇子、六皇妃同坐一桌，心裡越發不是滋味。

寧府的小姐差不多都說親了，剩下來的是一些庶女，阮氏倒是想乘機和六皇子交好，苦於幾個女兒都說親了。

柳氏坐在她身旁，看見這一幕，像是出了多年的一口惡氣，哪怕寧靜芳因為寧櫻被送去莊子不能來，看阮氏不痛快，她心裡就極為快活，故意道：「小六和六皇妃關係好，大嫂不知道吧？六皇妃送了好些補品來寧府，說是給小六補身子，能得六皇妃青睞，也算小六的福氣。」

阮氏聽出柳氏在酸她，抿了抿唇，心下不屑，黃氏坐在旁邊沒吭聲。

「我看小六生得花容月貌，品行端莊，難怪六皇妃和她交好，只是小六畢竟是個小姑娘，和譚侍郎拉拉扯扯成何體統？」阮氏明褒暗貶，諷刺寧櫻不懂規矩。

柳氏沒急著說話，看了眼黃氏，見她沒露出反對的神色，掩面小聲道：「大嫂可別亂說，小六和譚侍郎可是交換了庚帖，若非譚侍郎和三弟還忙著，親事早就訂下了。」

阮氏暗暗吃驚，不動聲色地打量旁邊的黃氏一眼。看不出來，她教出來的女兒一個比一個爭氣，大女兒先是和清寧侯府世子說親，毀親後又挑中新科狀元，雖兩門親事都沒成，但黃氏的目光卻是大家有目共睹的，換作她，都不保證能從一堆寒門學子中挑出狀元，如今，寧櫻又和譚慎衍說親了。

青岩侯府什麼地方？有皇上敬重著，手裡握著實權，和一般侯府不同，京城裡想嫁到青岩侯府的小姐排著長龍，身分比寧櫻尊貴的比比皆是，憑什麼最後是寧櫻得手？阮氏不解。

天色暗下，篝火緩緩生起，黯淡了滿天繁星。

挺著脊背吃完飯，寧櫻後背又開始火辣辣地疼，她繃著臉，儘量忍著。

譚慎衍朝她瞅了眼，站起身，扶著她站好，朝六皇子道：「我帶櫻娘轉轉。」

六皇子揮手，他也要去陪皇上了，問薛怡。「妳與我一道，還是跟慎之他們一塊兒？」

語畢，感覺周遭的空氣陡然一冷，六皇子訕訕笑了笑，若有所思地看向譚慎衍。「罷了，你們去吧，我和怡兒陪父皇去了。」視線落到中間孤零零的薛墨身上，眼神不由得帶著同情。「墨之啊，你也讓岳父抓緊給你說門親事吧，否則，留下你一個人，姊夫我心裡過意不去啊！」

五個人，留下他一個，的確有些不太好。

薛墨嘴角抽搐了兩下，看向譚慎衍，商量道：「福昌留下陪我玩玩如何？」

他覺得福昌比那些嬌滴滴的小姐好玩多了，何況，他還有話問福昌。

譚慎衍挑了挑眉，沒吭聲，算是默許了。

六皇子看薛墨的眼神越發憐憫，和薛怡離開時，忍不住道：「該給墨之說門親了，和慎之身邊的小廝紮堆，傳出去像什麼樣子？」

薛怡抽了抽嘴角。「他估計是有事吧！」

六皇子沒有多問，到了皇上跟前，已收斂臉上開玩笑的神色，內斂地給皇上請安。

另一邊，譚慎衍和寧櫻沿著側邊的林蔭小路往回走，樹上掛滿了燈籠，暈紅的光映在寧櫻有些發白的臉上。

譚慎衍沈吟道：「是不是又疼了？」

兩側山林間有桌椅、長凳，二十步的距離就有一座涼亭，不過這會兒人多著，譚慎衍和寧櫻沒有進去。

程婉嫣瞧見寧櫻和譚慎衍走在一起，男的高大挺拔，女的小鳥依人，極為登對，想到寧靜芸的死，她算是明白為何寧櫻不當回事了。人家攀上高枝，享不盡的榮華富貴，有寧靜芸那樣的姊姊只會給她丟臉，寧櫻就是個捧高踩低的。

因而，旁邊的小姐說寧櫻壞話時，程婉嫣附和了兩句，卻不想，已走到前面的譚慎衍在此時回過頭來，目光迸射出陰冷的光，在搖曳的燭影下顯得陰森恐怖，程婉嫣看不清譚慎衍臉上的表情，只是被他盯得全身發毛，周遭的人一時安靜下來，不敢得罪這個刑部侍郎。

譚慎衍收回目光，繼續和寧櫻並肩而走，寧櫻步伐僵硬，若非後背疼，她會有閒情逸致欣賞周遭的風景。避暑山莊的地勢好，裡面的園林更是打造得美輪美奐，每一處都帶著皇家園林的尊貴，寧府的百年庭院完全不能與之相比。

「你把他怎麼樣了？」

寧櫻不是以德報怨的性子，她不會饒過程雲潤對她做下的事，然而，眼下不是計較的時候，少了人，很容易被人發現，譚慎衍在朝堂得罪了一幫人，若被人抓住把柄會連累譚慎衍，這是她不想看到的。

這會兒路上沒人，譚慎衍大著膽子牽起寧櫻的手，緩緩道：「死不了，他畢竟是清寧侯的長子。」

只是，他再也不會給程雲潤站起來的機會了。這件事倒是給他提了個醒，野火燒不盡，春風吹又生，給敵人留口氣就是給對方往自己身上捅刀的機會。

寧櫻點頭，回到風禮院，譚慎衍叮囑她好好休息，讓紫娟在院子裡守著，轉身闊步走了，沒纏著她耍流氓，也沒戀戀不捨，寧櫻覺得他應該是有事。

金桂受了驚嚇，伺候寧櫻的時候格外用心，一個勁地懺悔，寧櫻無奈。這件事不能怪金桂，她也沒料到程雲潤有這麼大的膽子，敢在這個地方動手。

如今她只能趴著睡，否則壓到傷口便疼得受不了，迷迷糊糊間，聽外面傳來說笑聲，聲音洪亮，寧櫻眯了眯眼，醒了過來。

金桂坐在床前的小凳子上，耷拉著耳朵，應該是對傍晚的事耿耿於懷，寧櫻動了動。

「是不是彤妹妹回來了？」

話聲剛落，寧靜彤便蹦蹦跳跳進了屋，似是沒料到寧櫻在睡覺，嚇了一跳，隨即歡呼起來。「六姊姊，妳怎麼睡了？山裡放了好多孔明燈，可漂亮了。」

她走到床邊，眼神亮若星辰，小臉上盡是笑，形容天上的孔明燈一番後，又說起另一事。「聽說二皇子他們比賽射箭，結果傷著人了。」

說得急，她有些口乾舌燥，跑到桌前，踮著腳端起桌上的茶壺給自己倒了杯茶，繪聲繪色道：「聽說傷著清寧侯府大少爺了……」

寧櫻身子一顫，雙手撐著床爬了起來，金桂忙起身扶她，身子跟著緊繃起來。

寧靜彤沒發現兩人的不對勁，以為寧櫻感興趣，越發來了精神，放下茶杯，歡天喜地走到床前，雙手撐著床沿，眨著迷人的眼睛，將程雲潤受傷的事娓娓道來。

「二皇子他們圈了一群雞在林子裡，比賽誰射得多，二皇子射著了人，聽聲音不對，以為有刺客，又射了一箭，誰知，把人抬出來才知是清寧侯府的大少爺，當即請太醫為程大少爺看病。程大少爺吃了藥不見好，且四肢癱軟，嗓子說不出話；小太醫也去了，說程大少爺沈迷女色，早已被掏空了身體，太醫開的藥方是針對受傷之人，像程大少爺這種身子，藥效太過，過猶不及，反而毀了身子。」

大家都在傳這件事。程雲潤之前的名聲一直不錯，從寧府退親後，程雲潤再次出現在眾人面前也多是苦情主兒的形象，但是庶長子的事情一出，眾人對他的看法才變了，如今又有小太醫的話傳出來，程雲潤的名聲算是徹底毀了。

「侯夫人和侯老夫人當場暈了過去，有的人說程雲潤金玉其外，敗絮其中，要不是侯老夫人捂著，程大少爺的名聲早就傳開了。」

有些事，寧靜彤不是很懂，大多是轉述別人口中的話，因二皇子認定程雲潤是刺客，清寧侯府的人不敢說什麼。

寧櫻沒料到譚慎衍膽子大到敢嫁禍給二皇子，她想到什麼，問旁邊的銀桂道：「可瞧見譚侍郎了？」

寧靜彤才五歲，有的事不懂，銀桂則不同，聽寧櫻一問她就明白了，徐徐道：「譚侍郎負責皇上的安危，二皇子嚷著有刺客，譚侍郎就去皇上那邊了，沒有牽扯進去。」

所有的人都說是程雲潤的錯，程雲潤喝了酒，醉得不省人事，臉上、身上還有許多傷，應該是喝醉酒在哪兒摔著了，幸虧是二皇子他們撞見，若是哪家小姐撞到了，有理說不清。

寧櫻心裡鬆了口氣。譚慎衍箭法精準，寧櫻不知他怎麼嫁禍給二皇子？只是，譚慎衍射程雲潤的箭是特製的，如果太醫對比箭的傷口就知道不對。她穿著鞋下地要去提醒譚慎衍，金桂擔心她拉扯到背後的傷，示意她小心些，寧櫻一怔，想到譚慎衍有能耐陷害二皇子，不可能沒考慮到箭的不同，她不過是關心則亂……

想到這裡，她脫了鞋，又緩緩爬上床趴著。寧靜彤玩了一天有些累了，銀桂抱著她去洗漱。

金桂看沒人了才敢小聲地和寧櫻說話。「小姐，譚侍郎……」

「傍晚的事只當什麼都沒發生過，往後也別再提了。」

程雲潤算是徹底廢了，往後再也掀不起風浪，她心裡鬆了口氣，至於程雲潤為何會說不出話，她也不想再多問。

寧櫻受傷的事瞞不過黃氏，得知程雲潤的下場，她沒有多說，只是感慨道：「回京就該訂下妳和譚侍郎的婚期了，有他護著妳，娘心裡放心。」

譚慎衍嫁禍給二皇子的確冒險了些，但他能為寧櫻出這個頭比什麼都強，換作其他人，或許直接毀親了，哪還會報復回去。

寧櫻點了點頭。和譚慎衍接觸越多，她越發覺得譚慎衍不像上輩子那般冷情，應該是後來發生了什麼事才影響他的個性。

山莊的生活千篇一律，寧櫻收到許多帖子，沒奈何她後背傷著，黃氏便一一替她拒絕。胡氏作為青岩侯府的主母，也來了避暑山莊，對別人問起譚慎衍和寧櫻的親事，她隻字不提，眉目間多有輕視之意，眾人都是心思靈活的，再看黃氏時，便帶著些鄙視。父母之命，媒妁之言，胡氏沒點頭譚慎衍就和寧櫻訂了親，定有什麼見不得人的陰私，甚至有人想到兩人是不是珠胎暗結，做了丟臉的事，因此才不得不成親。

黃氏表現得淡然。她不是愛解釋的人，別人拐彎抹角地問她當不明白似的，當初寧靜芸和程雲潤的事情她沒有出面解釋，這次亦然。

看雙方不對盤，眾人對寧府和青岩侯府的親事都不看好。還沒進門就招婆婆不喜的人，多半是品行不好，難怪寧櫻不出來見人。

消息越傳越厲害，寧伯瑾也一而再、再而三被人問起寧櫻的親事，對方的口吻明顯覺得寧府配不上青岩侯府。他不如寧伯庸圓滑，卻也做不出當面甩人臉面的事情來，溫和道：「譚世子和小女的親事，是青岩侯親自上門求的，長公主也在，父母之命，媒妁之言，樣樣不少，至於侯夫人不提，約莫是不知道吧！」

寧伯瑾這番話就是有些打胡氏的臉了。青岩侯被皇上囚禁在府，照理說不敢出門，但他們都知曉，青岩侯是離開過侯府的，御史臺有意藉此彈劾，但礙著之前皇上包庇的事情在前，只能睜隻眼、閉隻眼。

聽了寧伯瑾的話，眾人又忍不住想得更多。胡氏不是譚慎衍生母，中間或許有什麼齟齬，否則好好的，為何青岩侯會自己出面商議譚慎衍的親事？繼母和繼子，自古以來就是不和的。

於是，疏遠黃氏的人又開始對黃氏熱絡起來。說起來，胡氏不過是個繼母，譚慎衍是世子，又是刑部侍郎，胡氏的兒子卻什麼都不是，偌大的侯府都是譚慎衍的，該巴結誰，眾人心裡明鏡似的。

見風使舵的人多了，胡氏氣得咬牙切齒。她起初懷疑譚富堂出門是不是商量重回朝堂的事，曾拐著彎打探兩句，沒想到，他竟然瞞著自己給譚慎衍訂親去了，她是譚慎衍名義上的母親，譚慎衍的親事理應交給她才是，結果一群人都瞞著自己。

胡氏發了一通火，卻拿寧櫻沒有法子。寧櫻是老侯爺看中的孫媳婦，老侯爺對寧櫻比對她好得多。她和譚富堂成親，聘禮少得可憐，而寧櫻的，不用說，光是譚慎衍生母留下來的就夠了，何況還有老侯爺生平積攢的。

她氣憤歸氣憤，面上仍維持著一派從容，大方得體的舉止倒是讓眾人看不明白了，因而也不敢太過得罪她。

寧櫻後背的疤脫落，留下大片紅色印記，金桂看得落淚，寧櫻倒是沒怎麼放在心上。她不舒服的地方不是後背，而是胸，這幾日，胸口總會一抽一抽地痛，不敢碰，輕輕一碰便疼得她齜牙咧嘴，她隱隱知道應該是胸在發育的緣故，可那種疼，叫她有些受不了。

待回京時，她的胸微微鼓起了些，不過還不顯，這幾日金桂常常盯著她的胸瞧，銀桂也是如此，寧櫻渾身不自在，連黃氏落在她胸口的目光次數都多了起來。

第四十二章

回京後，老侯爺親自上門和寧伯瑾商量好寧櫻與譚慎衍成親的日子，定於後年秋天，九月初十。

老侯爺心裡明白自己活不到那一年了，回府後，露出諸多感慨來。

羅平攙扶著他，安慰道：「老侯爺別想太多，您好好的，會等到那天的，薛太醫出門遊歷時不也說過，有的人明明藥石罔效，卻一年又一年活了下來，您也會的。」

老侯爺本來有些自怨自艾，聞言，倒是打起了精神。「是啊，總要看著他過得好才行。你瞧著，小六真能和慎衍合得來？」

他一眼就喜歡寧櫻這個孩子，但又怕譚慎衍為了寬他的心，故意討個媳婦回來。

羅平明白老侯爺的心思，笑道：「世子爺什麼心思您還不懂？從小到大，您看他像是會委屈自己的人？」

老侯爺想想還真是。譚慎衍從小就是個受不得委屈的，當年他將慎平推進水池可一點都沒心慈手軟，感慨道：「那就好，婚姻大事豈能兒戲？他中意小六是再好不過，我也算安心了。」

老侯爺親自去寧府商議譚慎衍的婚期一事在京城上下傳開，要知道，今年老侯爺總共只出過兩次門，一次是上朝覲見皇上清理門戶，另一次就是為譚慎衍的親事。

一時之間，大家卯足了勁地打聽關於寧櫻的事，送到寧府的帖子更是源源不斷。柳氏不卑不亢，從中挑選對寧府有利的人家前往；秦氏要操持寧成昭的親事，一時半刻走不開；黃氏張羅著寧靜芸的親事，對應酬也沒多大的興趣。

中秋節時，昆州又來信了，苟志聽說寧靜芸已從清寧侯府出來，向黃氏提親想娶寧靜芸，黃氏中意這個女婿，可依寧靜芸的性子，黃氏擔心苟志吃虧，對此，她有些束手無策。京城外的人家不好找，且不知對方品行，寧靜芸又是個會惹事的，鬧大了，怕丟寧府的臉，於是，到寧成昭成親，黃氏都沒想到怎麼安置寧靜芸。

倒是寧伯瑾中意苟志，和黃氏道：「苟志在昆州，把靜芸送去讓她吃些苦頭也好，總在落日院關著不是法子。」

寧成昭成親，賓客滿座，寧伯瑾被灌了不少酒，這會兒有些喝醉了，臉色泛著不自然的緋紅，眼神迷濛，身子軟弱無力地靠在床上。也就在醉酒時，他才有膽子和黃氏說這些，清醒的時候是萬萬不敢提的，怕惹黃氏不快，夫妻倆過日子，總得有人妥協，黃氏妥協過一次，不可能再退讓了，他也沒臉再讓她退讓。

十一年前的事是他怒氣攻心，對不住她。

真的喝醉了，他眼中竟浮現剛和黃氏成親時的情形來。黃氏坐在繡架前，一針一線為他做衣衫，不時抬頭瞅他是不是在看書，若是的話，她會低頭繼續刺繡，若不是的話，便出聲喊他兩聲，他不應，她就立即放下繡針，橫眉怒目，瞪著眼，冷冷地望著他，如點漆的眸子，泛著不滿，以及淡淡的失望。

那段日子難熬，如今回想起來，卻是他最充實的時光了。心中有目標，不斷為之努力奮鬥，結果中舉後，心就空了，迷惘了……

吳嬤嬤聽他說話舌頭打結，後背靠在堅硬的床板上，有些於心不忍。

黃氏回京後就一直和寧伯瑾分床睡，十一年前那樁事是寧伯瑾不對，可日子長著，人要往前看，黃氏膝下沒有兒子，長此以往不是法子，她心裡怨寧伯瑾當年不肯護著黃氏，讓黃氏心灰意冷，如今又希望兩人能重修舊好，趁早生個兒子。

不孝有三，無後為大，兒子是女子在夫家立足的根本，再無奈，世道如此，沒法改。

想著，吳嬤嬤走到床邊，拿出一個富貴紅的緞面靠枕，扶著寧伯瑾坐起身，將靠枕塞至他身後，繼而看向黃氏，小聲勸道：「三爺醉了，夫人別和他一般見識。」

苟志沈穩，進退有度，比京中養尊處優的少爺還出色，寧靜芸已不是完璧之身，黃氏認為寧靜芸配不上苟志，心裡不贊同，連吳嬤嬤也是這般認為。

寧伯瑾真的醉了，儒雅的臉紅潤有光，好似抹了一層胭脂，修長的睫毛垂著，在紅彤彤的臉上映出一圈暗影，俊美無雙。黃氏有片刻的恍惚，日子好像回到兩人剛成親的時候，她性子剛硬強勢，得理不饒人，幾句重話說下來，寧伯瑾便沒了話說，跟犯錯的小孩子似地坐在椅子上，耷拉著耳朵求她原諒，她的氣來得快、去得快，見他這樣哪還生得出氣來？

吵吵鬧鬧，倒也算蜜裡調油，只是凡事盛極必衰，夫妻的感情也是如此，越往後，日子越平淡，爭執越多，若不能有商有量，夫妻兩人只會漸行漸遠，她和寧伯瑾便是如此。

想到往日種種，黃氏輕輕點了點頭，低聲吩咐吳嬤嬤出門打水。

吳嬤嬤見她神色怔忡，心下搖頭嘆氣，快速退了出去。

這一晚，蓮花色蚊帳內，夫妻兩人同榻而眠。

吳嬤嬤和秋水守在外面，聽屋內響起此起彼伏的喘息聲，聲音忽而重、忽而輕，伴著男子低低的呢喃、怒吼，兩人面面相覷，臉紅了紅，卻又各自鬆了口氣。

床頭吵，床尾和，黃氏和寧伯瑾總算跨出這一步了。

半夜，屋裡的動靜漸漸平息，傳來黃氏叫備水的聲音，吳嬤嬤喜不自勝，雙手合十地求菩薩保佑賜給黃氏一個兒子，激動得眼眶都紅了，秋水催促她兩聲她才回神，指了指眼角，遞給秋水一個「妳懂我」的眼神，弄得秋水哭笑不得。

寧成昭是寧府的長子，哪怕劉菲菲身分不顯，這門親事辦得還算風光。

起初秦氏一直不太樂意，但看劉菲菲的嫁妝豐厚，下抿的嘴角才有了笑，叫身邊的丫鬟小心翼翼盯著那些東西入庫，眼神落在只聽過名字的綾羅綢緞上移不開眼。劉府大方，陪嫁一百二十抬嫁妝，每一抬都裝得滿滿當當，沒有故意充場面、虛張聲勢的不值錢物件，秦氏心裡頭總算舒暢多。

沒人會和錢過不去，她也不例外。

秦氏在庫房守了一夜的事鬧了笑話。天涼了，夜裡濕氣重，聽說秦氏天色破曉時才從庫房離開，不時捣著嘴咳嗽，像是感冒了。

下人們竊竊私語，暗中議論紛紛，道秦氏是個見錢眼開的人。

寧伯信喝多了，寧國忠不好意思插手管這種事，故而沒人喚秦氏回屋，由著她在庫房待了一宿，好在遠房親戚都走了，否則傳到外面，秦氏少不得落下個惦記兒媳婦嫁妝的名聲。

今日是新媳認親，聞嬤嬤替寧櫻挑了一身桃花粉的織錦衫，下繫月白色櫻桃花網底馬面裙，身段窈窕，婀娜多姿，若是胸前再挺翹些就更錦上添花了。

聞嬤嬤服侍寧櫻穿衣，問道：「小姐身上還疼不疼？」

這些日子，寧櫻都有泡藥浴的習慣，能紓解胸口的疼痛，這兩日沒聽寧櫻喊疼，聞嬤嬤想著應該是藥浴起作用了。

寧櫻的胸部是在避暑山莊開始發育的，胸疼一直忍著，還是聞嬤嬤主動問起，她才說。隔天，聞嬤嬤從庫房挑了堆藥材出來，讓她泡藥浴，的確有所紓解。

聞言，寧櫻輕輕搖了搖頭，杏臉桃腮。「不疼了，奶娘的藥從哪兒來的？」

聞嬤嬤歡喜，笑道：「前兩日老侯爺過來，侯府管家送了一車，老奴不懂，虧得夫人提醒。」

老侯爺上門和寧伯瑾商議寧櫻與譚慎衍的親事，拉了一車綢緞、補品，聞嬤嬤清點出來放庫房的時候，黃氏提醒她那一箱藥材的用處，饒是她一大把年紀仍然紅了臉。寧櫻來小日子時，六皇妃送了諸多補品，如今長胸，侯府又送來藥材，她總覺得其中隱隱有什麼聯繫，可轉頭又想著譚侍郎沒理由借六皇妃的名義送東西給寧櫻才是，那會兒，兩人還沒說親呢！

寧櫻的眼角微不可察地上挑了挑，心虛道：「是嗎？」

不知譚慎衍哪兒看出她不舒服的，回京後，兩人沒有單獨相處過，她也沒提。說了親，兩人見面就有些避諱了，而且這門親事，京城上下議論紛紛，說她癩蝦吃天鵝肉，大家都在尋她的錯處，越是這樣，她越發小心翼翼。

她不在意，總要顧慮那些在意的親人。人活著，不能只圖自己爽快，不顧周遭親人的感受。

聞嬤嬤點了點頭，看她不好意思便沒繼續這個話題。

寧櫻站在銅鏡前整理好自己的妝容後，去梧桐院給黃氏請安。

寧伯瑾在正屋的桌前坐著，臉色有些發白，寧櫻上前施禮，寧伯瑾看她好幾眼，好似還沒回過神來。

寧櫻覺得詫異，往屋裡瞅了瞅，好奇道：「娘呢？」

不見黃氏身影，吳嬤嬤和秋水也不在，寧櫻低頭想了想，猜測是不是寧伯瑾和黃氏鬧了矛盾，但看寧伯瑾聽了她的話後臉紅了，不像是得罪黃氏的樣子。

正想著，簾子掀開，吳嬤嬤扶著黃氏走了出來，黃氏臉上塗抹了脂粉，妝容精緻，一眼看去，叫人眼前一亮。

寧櫻笑盈盈上前，稱讚道：「娘真好看。」

佛要金裝，人要衣裝，黃氏這麼一打扮，人好看許多。吳嬤嬤也笑著，不過她笑得可不是這個，提醒寧櫻道：「時辰不早了，該去榮溪園了。」

寧伯瑾脊背挺得筆直，白皙的臉慢慢爬上一抹潮紅。昨晚喝多了，做的事也迷迷糊糊，他以為黃氏會怪罪他，所以一直等著黃氏開口，但黃氏就跟沒事人似的，弄得他一顆心七上八下。關於嫡子的事，寧國忠催促他好幾回了，讓他和黃氏商量過繼個孩子養在黃氏名下，他不敢跟黃氏開口，就怕惹她生氣，日子不好過，他一直壓在心裡頭，寧國忠問起了，他便含糊不清地應付兩句。

昨晚，他糊裡糊塗爬上黃氏的床，現在心裡忐忑不安，轉頭，目光不由自主落在黃氏平坦的小腹上，暗暗祈求昨晚塞了孩子進去才好，否則等下次喝醉，估計只有等寧成德的親事了。然而，寧成德親事八字還沒一撇呢，得等到什麼時候？

寧櫻注意到寧伯瑾的反常，扶著黃氏另一隻手，上下打量一眼，擔憂道：「娘是不是哪兒不舒服？」

不怪她沒有往那方面想，實在是黃氏臉上的表情太過鎮定，而寧伯瑾又一副忐忑緊張的樣子，哪像是夫妻恩愛過的模樣？

黃氏眼裡閃過一抹不自在，很快便遮掩過去。「昨天忙活一天有些累著了，沒什麼，走吧，瞧瞧妳大嫂去。」

寧靜芸還關在落日院，寧成昭成親的大好日子都沒將她放出來。說來也諷刺，上輩子，寧櫻為黃氏守孝，府裡的喜事從不請她參與，寧成昭也是直到明年才成親，那時候黃氏才過世沒多久，府裡的人嫌她晦氣，讓她去祠堂待著，說是祠堂安靜，守孝更有誠心。她去祠堂住了三天，金桂從廚房端回來的膳食也不是喜宴的佳餚，而是平常的飯菜，說是人多，顧不到她，讓她忍著，她沒有吭聲，那時候心裡是有氣的，但只能咬著牙忍下去。

她感受到的排擠這輩子換成了寧靜芸去體會，只是寧靜芸幸運，黃氏早早就讓人將喜宴佳餚送去落日院，哪怕不能出來，起碼還是有人關心。

黃氏轉頭，看寧櫻眼底起了水霧，眼角發紅。「怎麼了？」

寧櫻搖頭。「沒，走吧，瞧瞧大嫂去。」

有些事離得遠了，忘得差不多了，可忽然想起來，心裡仍然會升起濃濃的傷感。

「姊姊今日不去榮溪園認親嗎？」寧櫻心裡明白黃氏正為寧靜芸的事情發愁。

其實，黃氏用不著擔心，程雲潤廢了，程老夫人難過之餘也認清了事實，料想他們是不敢再提起寧靜芸的事了。為了一個廢掉的孫子鬧得兩府對峙，程老夫人不會不懂其中利害，況且，程雲潤太早懂事，虧空了身子，不能再孕育子嗣，那個庶長子成了程雲潤唯一的兒子，不知該說是作孽還是慶幸。

黃氏嗯了一聲。「她的事我自有打算。妳和譚侍郎的親事在後年，該著手繡自己的嫁衣了。」

寧櫻的刺繡是跟桂嬤嬤學的，也算拿得出手，不至於太丟人，黃氏是放心她繡嫁衣的。

「知道了。」

寧伯瑾緩緩站起身，跟在黃氏和寧櫻身後，路上遇到寧靜彤她們幾個庶女。

談到寧靜蘭，寧國忠覺得庶女去皇家避暑山莊又被遣送回府很是丟人，將她送去了莊子，寧靜蘭往後的名聲算是毀了，頂多是到了成親的年紀隨便指門親事嫁出去了事，府裡連嫁妝都不會給。黃氏身為主母，明面上給兩抬也無妨，至於竹姨娘平日積攢的，都是給寧成虎，哪會留給寧靜蘭，寧靜蘭有今日也是自己作孽。

寧靜蘭被送走後，三房的那幾位安分許多，在寧櫻跟前不敢造次，低頭屈膝地彎腰給寧伯瑾、黃氏行禮。

黃氏臉上神色淡淡的。「起來吧，正好一起去榮溪園，見見妳們堂嫂。」

幾人點頭，寧靜彤上前抓著寧櫻的衣衫，因為寧櫻挽著黃氏，她只能落後一步。

一行人到榮溪園時，裡面傳來秦氏洪亮的嗓音。「哎喲，都說不是一家人，不進一家門，菲菲那孩子我看著是個好的，還是大嫂看得明白，這找兒媳就跟找女婿似的，門當戶對固然重要，最重要的還是兩人情投意合，往後和和美美過日子。」

寧櫻心下嘆息。秦氏也知劉菲菲身分低，像大家不知她看上的是劉菲菲的嫁妝似的，欲蓋彌彰說這番話。嫁女兒和娶兒媳的差別大著，柳氏嫁女兒的時候滿心為女兒考慮，擔心她在夫家受了委屈，挑了許久才挑中蘇家，寧靜雅肚子爭氣，進門一舉得子，在蘇家站穩了腳跟，上輩子有寧府的幫襯，蘇家在京城還算不錯。

而秦氏娶媳婦，雖是老夫人在背後作祟，但起初，秦氏對這門親事別提多看好了，為了什麼，明眼人都看得明白。

黃氏嘴角撇了撇。秦氏這番話的意思是蘇家配不上寧府不成？柳氏肚量小，怕是會記恨上秦氏了，蘇燁是柳氏千挑萬選的女婿，哪會任由秦氏將其和商戶子女相比？

果不其然，下一句便聽柳氏道：「蘇家是百年世家，和咱們也算門當戶對，靜雅公婆賢明寬厚，甚少過問她的事，晨昏定省也免了，二弟妹如今也是當婆婆的人了，多學學吧，菲菲那孩子剛進門，妳別嚇著她了。」

最後一句，柳氏故意拖長了音，明顯意有所指，諷刺秦氏惦記劉菲菲的嫁妝。

寧成昭成親，出嫁的小姐都回來了，寧櫻和黃氏進屋，裡面已經坐了不少人。秦氏和寧伯信坐在寧國忠下首，以往那是柳氏與寧伯庸的位置，約莫是看在寧成昭成親，秦氏和寧伯信是新郎父母的分上，故意安排的。

「呀，小六來了，快來。」秦氏抬起頭，看寧櫻站在門口，眉目溢出了笑，一個勁地稱讚寧櫻容貌美麗跟從畫裡出來的人似的。

要想受人敬重，除了錢財便是權勢，錢財如今他們二房有了，缺的便是權勢，而寧櫻往後的夫家可是很厲害的青岩侯府，秦氏當然要巴結好。

諂媚的嘴臉讓柳氏嘴角輕微抽搐了下，不置一辭。

寧櫻嘴角噙著得體的笑，上前給眾人見禮。寧國忠和老夫人還沒露面，想來是端著架子，倒不是寧國忠和老夫人看不起劉府，而是京城許多人家娶媳婦都是這麼做的。

秦氏上前一步扶起寧櫻，笑得眼睛瞇成了一條縫。「昨晚就該帶妳們認親的，二伯母給忙忘記了，小六別擔心，待會兒讓妳大嫂給妳一份厚重的見面禮。」話落，摀著嘴咳嗽兩聲，再開口，嗓音都啞了。

劉菲菲送她的禮果真厚重，一套足金的頭飾，金光閃閃，抱著盒子，寧櫻都能感覺其分量，不由自主抽了抽嘴角。屋裡只有她是未出閣的嫡女，然而她畢竟是三房的人，劉菲菲這樣子做，不怕得罪其他人？

劉菲菲懵然未覺，補充道：「這套頭飾是我爹花了大錢準備的，六妹妹收著吧！」

寧櫻臉上的笑有些僵了。劉菲菲的話擺明了其中還有層意思，與其說劉菲菲看重她，不如說是看重她未來身後的青岩侯府，這麼重的禮，她抱著有些手軟，道謝道：「謝過大嫂了。」

沒有分家，她喚一聲大嫂是對的。

劉菲菲頓時眉開眼笑，嘴角的梨渦漾開，給平淡的臉添了分靚麗，和藹可親，叫人討厭不起來。

她的禮最重，剩下的人倒是沒多大區別。不得不說，劉府確實有錢，給眾人的見面禮只怕都花了不少銀子，秦氏心痛，看劉菲菲笑得爽朗，忍不住出聲提醒道：「都是一家人，菲菲那般見外做什麼？」

秦氏的話一出，柳氏的臉頓時有些不好看了。劉菲菲贈禮給寧櫻的時候秦氏不開口，剛輪到寧靜雅，秦氏就說這番話，好似寧靜雅缺錢似的，她有心刺秦氏兩句，又礙於人多，隱忍著沒發作。

劉菲菲倒也爽快，回眸朝秦氏解釋道：「不礙事的，箱子裡多的是，我爹說府裡兄弟姊妹多，備了足足兩箱呢……」

好吧，上首的寧國忠和老夫人也忍不住抽了抽嘴角。劉府真的是財大氣粗，但，也就沒其他什麼可說的了。

劉菲菲沒什麼心眼，新婦不能坐，要伺候婆婆用膳，秦氏滿心都在劉菲菲的嫁妝上，並沒為難她。

劉菲菲溫婉和順，說話做事恰到好處，秦氏樂得合不攏嘴，人一高興就想顯擺，拉著菲菲道：「妳啊，要是早點進門，就能和我們一起去避暑山莊了，妳三叔表現好，得到皇上稱讚呢！」

能去避暑山莊的都是有頭有臉的人物，秦氏意在告訴劉菲菲，寧府在京城也算有頭有臉的人物了。

劉菲菲含羞一笑，不好意思地低下頭去。

而寧伯瑾卻因為秦氏的話驚恐起來，糾正道：「是尚書大人的功勞，皇上稱讚的是尚書大人。」

寧伯瑾在禮部，年年去避暑山莊，餘興節目都是唱歌跳舞，再好看的歌舞，沒有新意，皇上也膩了，寧伯瑾出點子改了其中環節，沒想到引得皇上和太后歡喜，得知是他想的法子，皇上順口稱讚了兩句，但寧伯瑾不是傻子，為官最怕張揚，因此他直言是禮部尚書的功勞，不敢居功，又點了另一侍郎的名才混過去。

能得皇恩眷顧是榮幸，可太過了，恐會招來嫉妒，這些是寧國忠教他的，他時刻謹記，生怕不小心掉了腦袋。他剛去禮部任職就夢見自己被砍頭，嚇得他夜裡睡不著，傍晚從衙門回來先睡一覺，天黑了找寧國忠請教，外人只當他是累著了，卻不知，是被那個夢嚇到的緣故，如此，寧國忠教他的東西倒是讓他記住不少。

而且他說的是實話，的確有禮部尚書的功勞，哪怕禮部尚書是看在譚慎衍的面子上才做的。

當時譚慎衍悶不吭聲，他以為沒戲了呢！

在避暑山莊的日子，讓他對譚慎衍有了新的認知。比起御史臺，他才是真正的閻王，輕描淡寫給你個眼神就夠你忐忑不安好幾天，連禮部尚書都有些怕譚慎衍。

秦氏說起避暑山莊時滔滔不絕，上首的老夫人面色不豫，陰陽怪氣道：「你們是快活了，就沒想過府裡的老人。」

寧伯瑾皺了下眉頭，老夫人斜眼掃過去，告誡道：「懂得收斂鋒芒是好事，但別總畏畏縮縮，譚侍郎不是你女婿嗎，你有什麼好怕的？」

說著，又把目光落在寧櫻身上。「溫柔嫻淑、寬厚仁慈才是主母的風範，妳將來是要嫁去侯府的人，別不小心得罪人，連累妳爹保不住官職。」

老夫人估計壓抑久了，當著一屋子人把事情說開，寧國忠當即沈下臉，重重放下筷子。「妳說什麼呢！」

老夫人身子一抖，不說話了。

早膳後，柳氏帶寧靜雅回院子說話，秦氏拉著菲菲問東問西，寧櫻得回去畫畫，沒有久留。

榮溪園，不如以前熱鬧了。

穿過寧香園，不遠處走來一個婆子，身後跟著一襲墨紫鑲金團紋長袍的譚慎衍，他峨冠博帶，身形玉立，手裡握著一幅畫卷，態度慵懶隨興，不知情的，以為他在逛自己園子呢！

她左右瞅了兩眼，金桂、銀桂識趣地轉開了頭。

寧櫻蹙眉。「你怎麼來了？」

雖訂了婚期，但譚慎衍明目張膽地上門，傳出去對名聲不好。

譚慎衍闊步走上前，遞上手裡的畫卷。「送妳的。」

寧櫻沈迷於作畫，投其所好，他總要送點東西。

「哪兒來的？」

「皇上賞賜的，讓我秋獵好生表現。」說完，他得意地勾了勾唇，炫耀意味十足。

寧櫻不好在此拆開，伸手收下抱在懷裡，領著譚慎衍朝亭子走。兩人已經說親，見面不用遮遮掩掩，她心中坦然，不怕人說。

想到寧伯瑾又受到皇上稱讚，她不由得想起秋獵一事。參與秋獵的多是武將，皇上將籌辦事宜交給譚慎衍和六皇子負責，寧櫻總覺得皇上過於器重譚慎衍了，隱隱有些不對勁，伴君如伴虎，她擔心譚慎衍一著不慎丟了性命。

「六皇子和薛姊姊成親有些時日了，為何兩人遲遲不去封地？」

朝廷沒有立儲，六皇子很早以前便被排除在外，成親後本應最遲兩年離京，這會兒卻沒聽到風聲，不只是她，京城好些人都觀望著呢！

六皇子能平安無事地長大成人，有皇上護著是其次，主要還是他和太子之位無緣，其他人沒有把目光放在他身上，如今他遲遲不肯離京，朝堂風向遲早會變。

寧櫻私心裡當然想六皇子繼承皇位，六皇子性子不著調，但深明大義，會是個賢明的君主，尤其看譚慎衍和六皇子走得近，若六皇子登基，青岩侯府不會被殃及池魚。

哪一次新皇登基，大赦天下之前不是血流成河？

「明妃身子不適，膝下只有六皇子一個兒子，皇上開恩讓六皇子留京侍疾，去封地之事暫時擱下。」

亭子裡沒人，譚慎衍掏出巾子擦了擦石凳才讓寧櫻坐下，他明白寧櫻為何會這麼問。明妃入宮的時間晚，受皇上榮寵幾年，有了六皇子後，皇上對明妃的態度轉冷了，宮裡水深，在宮裡一旦失了寵便只有任人宰割的分，明妃身子一日不如一日，這次六皇子和薛怡離京去宮殿向明妃辭行，外人都不知明妃的身子已快不行了。

嬌麗的容貌枯萎衰敗，臉色蠟黃，皇上看見也沒認出來，約莫又想到明妃的好了，才特許六皇子、六皇妃留京侍疾。明妃已病入膏肓，藥石罔效，文武百官唏噓的同時，也不忍在這事上彈劾六皇子。父母在，不遠遊，都是為人父母的，哪會沒有慈悲之心？六皇子和薛怡若要去封地，應該是要等到明妃逝世後了。

譚慎衍將前因後果慢慢告訴寧櫻。夫妻關係，是要兩人一同經營的，上輩子，寧櫻溫婉端莊、宅心仁厚地操持府裡的事務，努力地向他靠近，他卻沒有跟她分享朝廷的形勢和自己的工作，總以為她管著侯府的內務就好；殊不知後宅是朝堂的縮影，一個不懂朝堂錯綜複雜關係的人，如瞎子摸象地跌跌撞撞，他看見的是她的努力，可在外人眼中，她和一個小丑沒什麼區別，所以那些人才敢當面嘲笑她。

寧成昭雖娶了商戶之女，但絲毫不影響送到府裡的帖子，多得柳氏目不暇接。

黃氏以她要繡嫁衣為由不怎麼讓她出門，寧櫻樂得自在。譚慎衍送的是肖像畫，男子英姿宦發，威風凜凜，是誰不言而喻。

看畫筆，是他自己畫的，寧櫻不敢掛出來，讓金桂收到箱子裡藏好，接下來譚慎衍去秋獵，是想讓她時刻想著他？想得美。

在避暑山莊，譚慎衍指點她許多，在配色上受到許多啟發，繪畫能力長進大，在調顏料上進步不小，將花瓶畫得栩栩如生，回來後加上有王娘子督促，畫技更是突飛猛進。

到了年關，朝廷休沐，寧伯瑾偶然看到她的畫，嘖嘖稱好，拿著寧櫻的畫去寧伯庸、寧伯信跟前炫耀了一番，頗有寧櫻繼承他衣缽的榮譽感。

最初寧櫻能察覺自己的進步，漸漸就看不出來了。王娘子讓她畫畫的速度慢下來，底子打得差不多，便要在細節上多下工夫，精雕細琢後，畫才會精緻。

寧櫻聽王娘子的，不過她不敢懈怠，每日都會畫一幅底圖，須上色的畫作則慢慢來。兩世為人，這是她第一門拿得出手的手藝，格外在意。

天寒地凍，過年的氣氛漸漸濃烈，走廊、屋簷掛滿了燈籠。她也不去書房了，吩咐人在西窗邊安置了張漆木桌，早上繡自己的嫁衣，下午騰出時間作畫，日子過得充實。

年底到處都忙，黃氏忙著田莊、鋪子的帳冊，寧伯瑾則忙著宮裡的祭祀、宴會，連一直待在落日院的寧靜芸都忙了起來。

苟志有心娶寧靜芸，每月的來信中都會提及這事，寧靜芸安分守己地待在落日院，黃氏擔心寧靜芸假意服軟，實則還抱著攀龍附鳳的心思，卻沒拒絕苟志，只回信說再留寧靜芸一年，一年後再說。

吳嬤嬤憤憤然說起這事，頗有白菜被豬拱了的意思，兜兜轉轉，寧靜芸還是嫁給苟志，不知是良緣還是孽緣。

「小姐，莊子上送了野物過來，夫人說要您中午去梧桐院用膳。」金桂挑開簾子，秀眉上凍了層冰霜，一進屋，冰霜融化成水掛在眉毛上，她輕輕抹去，眨了眨眼，待適應屋裡的溫暖後，才抬腳走了進去。

寧櫻坐在繡架前，熟練地穿針引線，大紅色的杭綢上，一朵牡丹花栩栩如生。

寧櫻低垂著頭，光潔的額頭瑩白如雪，精緻如畫的眼低垂著，鼻梁翹挺，雙唇不點而朱，美人靜坐如蓮花仙子，金桂看癡了眼。寧櫻的胸長開了，身段越發纖細，凹凸有致，哪怕冬日穿得厚，也遮掩不住好身段。

「怎麼了？」寧櫻抬起頭，見她站在門口一動不動，嘴角勾起抹淺笑，不解地望著她。

金桂搖了搖頭，腦子裡不知怎麼就想起聞嬤嬤的話，有些臉紅。聞嬤嬤說寧櫻的這身段，世間沒多少男子受得了，她懂其中的意思，便是她看著寧櫻的模樣都有些臉紅心跳。

寧櫻停下動作，瞧了瞧自己的裝扮。今日穿了身靛青色鑲金邊褙子，下繫著靛青色緞面裙，衣服是秋水做的，在胸前領口繡了兩朵花兒，讓沈穩的顏色明亮不少，否則，她也不會穿。

稍晚，便是翻西窗進屋的譚慎衍都被她驚豔了一下。「知道我要來？」

女為悅己者容，尤其在喜歡的人面前。

他在桌前站定，肩頭積了雪，此刻漸漸融了，沒入衣衫裡，讓衣衫的顏色明顯深邃許多；髮梢淌著水滴，他渾然不覺，直勾勾望著把玩著蓮花燈的寧櫻，輕輕伸出了手，冰冷的手落在桌上的蓮花燈上，花瓣以薄薄的木板雕刻而成，上了淡淡的粉色，和寧櫻臉頰一樣的顏色，觸感光滑細緻，他心思一動，不由得想捏捏寧櫻的臉頰，抬眉，才發現寧櫻紅了臉，宛若盛開的梅花，鮮妍動人，他笑意更甚。「是不是？」

寧櫻臉色緋紅，咕噥道：「不是。」

譚慎衍拉過她，手在她臉頰輕輕捏了下，和蓮花燈的花瓣一般光滑，軟軟的，有些熱，手感更佳，他放輕力道慢慢捏著，跟逗小貓似的。

寧櫻皺眉，直起身子，臉色羞紅，一本正經道：「你怎麼來了？」

年底正是六部忙碌的時候，寧伯瑾早出晚歸，累得瘦了一圈，譚慎衍卻依然身形挺拔、清朗俊逸，多少讓寧櫻心裡納悶。譚慎衍雷厲風行，辦事效率高眾所周知，可看起來又好像太閒了？

「我不能來？」

譚慎衍的視線落在旁邊桌上的畫作。寧櫻著色速度慢，畫只完成了三分之一，寧櫻畫的是四方桌綠緞面抹布上擺設的花瓶和果盤，抹布的縐褶繪得一清二楚，極為逼真，譚慎衍想到什麼，眉頭一挑，但笑不語。

寧櫻順著他的目光看去，不明白譚慎衍笑什麼，湊上前，問道：「是不是畫哪兒不對勁？」

「不，妳長進挺大，假以時日就能出師了，我只是想，若畫上畫的是人，效果會如何？」譚慎衍繪畫是跟軍營的人學的，領兵打仗，要將走過的地方繪下來，拐角的植物、山石要標誌清楚，起初他只是簡單地學，之後在軍營發現大批的畫像，畫中是各種各樣的美人，無一不是袒胸露背、衣不蔽體，得知是士兵們打發日子看的，他沒有多過問，倒是忽然來了興致，學起了肖像畫來。他學什麼都快，畫出來的人活靈活現，只是畫上的女子美雖美，總覺得少了點什麼，認識寧櫻後，他的畫畫的人眉眼間皆有了人氣，更像人世間的人而非不食人間煙火的仙子。

往後，每畫一張畫，眉眼中都有寧櫻的影子，意識到時，他吩咐福昌將畫作全銷毀了，與其睹物思人，不如來寧府，寧櫻一個大活人還比不過畫中人？

得知寧櫻學繪畫的時候他就在想，寧櫻眼中的他會是什麼樣子？於是他湊到寧櫻跟前，笑道：「往後妳畫藝精湛了，畫一張我的肖像。」

他光明正大送她畫卷，不就是暗含了這個意思？

見他聲音低沈沙啞，唇角的笑不懷好意，寧櫻身子往後，靠在椅子上，臉上閃過狡黠，乾脆道：「成啊，就看你拿什麼換了？」

她本是想畫一些符合意境的畫掛在鋪子裡，營造氣氛；常常更換牆上的畫作，能讓客人有種新鮮感，生意蒸蒸日上，她賺得才多。

聽了譚慎衍的話，若他出得起價錢，贈他一幅肖像畫不是不可，人嘛，何須跟錢過不去？

譚慎衍眉眼一彎，笑了起來，揉著寧櫻臉頰。「妳畫出來再說，絕對包君滿意。」

他來還有正事和寧櫻說，談笑了幾句就把話題轉到正事上。「最近西南邊境動盪，皇上讓我戍守邊關，待邊關安穩後再回京，正月十六就得離開。」

皇上本來讓他初六啟程，他給推遲了十天。

寧櫻眼神微詫。西南邊境，蜀州和昆州外？

苟志在昆州，他的書信裡沒有說過昆州動盪之事，譚慎衍說得雲淡風輕，可她能聽出一絲不尋常，問道：「去多久？」

「說不清。邊境何時安穩，我就何時回京。我讓福昌留下，妳有什麼事找他。」

戍守西南邊境的是韓家二爺韓越，乃二皇子娘舅。韓家戍守西邊多年，還算安穩，最近鬧起來，是有人坐不住了，如今六皇子留在京城，多少讓人起了疑心。

譚慎衍說不上來，他驚詫的是，事情的發生比上輩子提前了許多，難道是他和寧櫻改變了周圍的事情嗎？

寧櫻眉峰微蹙。幾位皇子為了太子之位面合心不合，皇上身子康健，怕是有人想乘機謀亂，皇上清楚這點才讓譚慎衍去西南，譚家已不牽涉奪嫡之爭，皇上此番讓譚慎衍前去，分明是想把譚家拉下水。老侯爺追隨先帝，又扶持當今聖上，一直不願讓子孫牽扯奪嫡之爭。上一世她嫁進青岩侯府，入祠堂給譚家祖先上香時，供盤上放著封手札，是老侯爺臨終前寫下來的，禁止譚家子孫參與奪嫡之爭，譚家只效命皇上。

這輩子，皇上意欲把譚家牽扯進來，是老侯爺沒死的緣故，還是老侯爺還沒醒悟到從龍之功可能帶來的滅亡？

從龍之功無異於一場賭博，贏了有享不盡的榮華富貴，輸了則滿門抄斬，寧櫻不想譚慎衍牽涉其中。上輩子她死的時候，皇上身子骨兒已經不行，尚且沒有立下太子之位，如今別說這會兒皇上還好好的，要皇上立太子還早著，且幾位皇子都使著勁地鬥爭，誰贏誰輸猶不可知。

譚慎衍走錯一步可就是滿門抄家砍頭的大罪，她希望譚慎衍明哲保身，別陷得太深。

見她眉梢皺成了川字，譚慎衍抬手，輕輕撫平她眉梢的褶皺，笑道：「妳別擔心，最遲到成親時我就回來了。」

韓家在西南邊境坐大，皇上心裡早有忌憚，這次，韓越主動給了皇上除掉韓家的機會，皇上當然不會錯過。

寧櫻面露憂色，叮囑道：「你小心些。」

「嗯。」譚慎衍乘機拉過她抱在懷裡，撥弄著她鬢角的頭髮。大概常常喝補品的關係，寧櫻的頭髮烏黑濃密，以往毛躁的長髮柔順多了，輕聲道：「照顧好自己。」

這次機會是他自己向皇上要來的，很早的時候，他就向皇上表明立場，他願意追隨皇上心中的太子人選，哪怕困難重重，他也願意像老侯爺當年維護先帝那樣，為先帝殺出一條血路，衝破難關。

逆水行舟，不進則退，與其被動，不如主動出擊。

寧櫻推了推他，揶揄道：「你莫不是乘機占我便宜吧？」

這種事不是第一次發生，寧櫻深有感觸，譚慎衍以往沒少乘機吃她豆腐。

譚慎衍面朝著西窗，陰鷙肅殺的眸子忽而泛起了笑，捧著她的臉親了兩口，一副「我占妳便宜妳又奈我何」的無賴讓寧櫻又羞又惱，低低道：「你注意安全，讓福昌跟著你吧，我在京城不怎麼出門，不會遇到事的。」

和譚慎衍說親後，黃氏看她看得緊，可能因為寧靜芸的事在黃氏心頭造成陰霾，黃氏怕她遇到什麼事，平時的宴會都不讓她參加，她也不曾去晉府的賞花宴。

「以防萬一。」譚慎衍擁著寧櫻，沒有再動手動腳。

年後，寧櫻就十四了，一年的時間眨眼就過去，如此想著，譚慎衍倒是覺得在邊境的日子不難熬。

寧櫻看他態度堅決沒有反駁，想到老侯爺的身子骨兒，算著日子，老侯爺沒多少日子好活了，譚慎衍在邊關，也不知趕不趕得回來？

「祖父身子好好的，他奔波了一輩子，如今等著抱曾孫，不會那麼輕易走的。」

薛慶平之前說老侯爺活不過年底，然而，老侯爺還是挺過來了，精神不太好卻不至於奄奄一息，大概是心有牽掛，老侯爺捨不得走。

說了一會兒話，譚慎衍才離開。

見他消失在茫茫雪色中，寧櫻才收回身子，冰冷的風颳得她臉疼。關上窗戶，留意到桌上多了個荷包，荷包是上好料子縫製的，上面繡著一叢修竹，栩栩如生。她以為是譚慎衍不小心落下，打算收起來等譚慎衍下次來時還給他。

寧櫻心裡有一絲納悶。這荷包掂在手裡顯得太輕了，不像是裝了碎銀子或者小金子。好奇心作祟，她緩緩打開荷包，見裡面只有一張紙，讓她越發好奇，展開一瞧，上面寫著八個字：「新年快樂，我喜歡妳」。

字跡蒼勁有力，瀟脫豪放，若不是她認識譚慎衍的字，還以為是哪位官家小姐給譚慎衍傳情的信紙，繼而一想，難道是譚慎衍給她的？當著她的面為何不說？

她心裡甜蜜的同時有一絲擔憂。若是譚慎衍給其他人的，她豈不是自作多情了？

第四十三章

鵝毛般的雪紛紛揚揚，譚慎衍坐上馬車時，頭髮皆染上了白色。

福榮趕車，福昌在車裡和譚慎衍稟報西南邊境的情況。不得不說，譚慎衍未雨綢繆，早料到皇上會對付韓家，入夏時便已在西南邊境安插自己的人手。

「邊關動盪乃是韓將軍多次挑釁西蠻部落，西蠻部落統領達爾正值身強力壯之年紀，繼承統領後往西掠奪，侵占了其他幾個小部落，韓將軍的挑釁無異是對達爾的蔑視，達爾忍無可忍才挑起了戰事，不過達爾心有顧忌，沒敢全力以赴。」福昌握著鉗子，挑了挑火爐的炭火，緩緩回稟道。

譚慎衍拍了拍肩頭的雪，點了點頭。韓越的本意是想引他前去，試探他和六皇子的關係，卻不知，皇上將計就計要除掉韓家。

他靠在桃花粉色的靠枕上，鼻尖瀰漫著淡淡的櫻桃花香，是寧櫻屋裡的味道，他不知寧櫻從蜀州莊子帶來多少櫻桃花香胰子，每次接觸她，都會沾染上一些，他便差人做了一堆櫻桃花焚香，準備過年送給寧櫻。

「你在京城護好她，若有拿不定主意的事，問墨之，他會告訴你怎麼做。」他半閉著眼，神色微沈，不擔心西南邊境的事，反而擔心京城生變。

韓家勢頭盛，想要連根拔起談何容易，如果有人拿寧櫻來威脅他，譚慎衍沒辦法保證能否完成皇上交代的任務。

福昌心頭一驚，看了譚慎衍一眼。對譚慎衍和薛墨的關係，他原只是心裡猜測而已，朋友之間互相幫襯沒什麼，可薛家和譚慎衍走得太近了，以譚富堂的氣性，會罵譚慎衍胳膊肘兒往外撇才是；可譚慎衍將戰場上得來的稀罕物件送往薛府，譚富堂眉頭都沒皺一下，胡氏抱怨譚慎衍不懂孝順家裡人，反被譚富堂訓斥一通，著實透著古怪。

福昌快速地低下頭，應了聲是，只是心有猶豫。「薛爺的性子，正事上……」

譚慎衍知道福昌意指何事。薛墨看似冷淡不好相處，瞭解他的人就知道，他城府不如表現出來得深，之所以在外裝作冷冰冰的不易親近，是為了給人一種神秘感，叫外人認定他深不可測罷了。

「他腦子糊塗了，你揍他一頓就好，他若怪罪你，叫他來邊關找我。」

福昌苦笑。那可是六皇子的小舅子，哪是揍一頓就能了事的？而且薛墨比那些混帳還難纏，一想到在避暑山莊，薛墨拉著他說了一宿的話，又試了一晚上的草藥，他寧可薛墨揍他一頓，放過他就好。

回到侯府，羅平在門口候著，譚慎衍以為是老侯爺身子不好了，臉色一沈。「祖父不好了？」

羅平心知他會錯了意，搖頭道：「老侯爺好著，說有事和您說，請您去一趟。」

見譚慎衍肩頭濕了，羅平心下困惑。福昌撐著傘，譚慎衍怎麼還淋了雪？忍不住出聲提醒道：「世子回屋換身衣衫吧，別著涼了。」

年輕時不顯，待上了年紀就知其中痛苦了。羅平心下嘆息，聽譚慎衍拒絕道：「沒事，祖父身子如何？」

「薛太醫剛走，說老侯爺仍然是老毛病，沒什麼大礙。」羅平以為老侯爺活不了多久，入冬後就暗中準備老侯爺的後事，誰知老侯爺活得好好的，每天拿藥養著，沒什麼大礙。

院中鋪了一地的雪，譚慎衍步履從容地和羅平說話，遠處的丫鬟瞧見譚慎衍，遠遠地就蹲下身施禮，譚慎衍眼皮子都沒抬一下，和羅平道：「祖父身子好，那些事就暫時停下，我看祖父能長命百歲。」

老侯爺多活一日，他便覺得自己在世上有個家，而不是對著一屋子的陌生人。他從小是老侯爺看著長大的，身上的本事也是老侯爺教的，心裡對老侯爺的敬重比對譚富堂多。

他知道老侯爺心裡的打算，上輩子，他也謹遵老侯爺的遺言不敢越雷池一步，結果，他自己遭人設計沒了性命。一個人不管做什麼，活著就有希望，若死了，再有享不盡的榮華富貴都是枉然，對方為了殺他怕是謀劃多年，將他引出城，找上百人圍剿，他的命的確值錢。

老侯爺躺在床上，臉色蒼白，臉上的褶子細密深邃。老驥伏櫪，志在千里，朝堂的事瞞不過老侯爺。

想到老侯爺為他擔憂，譚慎衍心底有些許愧疚，搓搓手，上前坐在床前的小凳子上，輕聲道：「羅平與我說了，祖父別擔心，只要咱手裡有兵符，奪嫡之事咱就躲不了，您既然當初給薛姊姊添妝，便是給我做了選擇，成與不成，總要試一試。」

「你不會不明白我給怡丫頭添妝就是為了將譚家撇清了去，如今你接受皇上的旨意除掉韓家，往後就是他手中的刀刃，除掉西南隱患、南邊的福州，還有東邊的滬州，你可想好了？」老侯爺伸出手，羅平忙扶著他坐起來，在他身後墊了個軟枕。

他心裡和老侯爺想法差不多，譚慎衍走的這一條路難關重重，成事的機率太小了，將自己置於危難中不說，譚家也難獨善其身。

譚慎衍何嘗不明白，可是大家都不明白，很早的時候，皇上就已有立太子的人選，他臨死前才想明白，重來一世，一定要先站隊表明態度。

韓家已起了疑心，不能繼續留著，至於上輩子害他之人，他會想方設法找出來。

「祖父，您別擔心，好好養著身子，待我從西南回來後，給您娶個漂漂亮亮的孫媳婦回來孝順您。」譚慎衍笑著岔開了話。寧櫻孝順，常常逗得老侯爺哈哈大笑，寧櫻進門後，老侯爺一定會開心的。「您若想櫻娘過來陪您說話，和福昌說一聲，讓福昌去寧府接人。」

見他扯開話題，老侯爺沒法，朝羅平使眼色。羅平會意，轉身繞到床尾，蹲下身，敲了敲其中兩塊磚頭，一旁的牆壁往旁打開，羅平走了進去。

老侯爺屋裡的密室譚慎衍是去過的，臉上並未有絲毫詫異，反而笑道：「祖父想給孫兒護身符不成？」

老侯爺年輕時征戰四方，時隔多年，邊關的將士換了一批，可老侯爺餘威還在，譚慎衍相信老侯爺的手段，肯定會留人在軍營。

「你從小機靈，我也不知邊關是什麼情形，你看看有沒有派得上用場的地方？好好護著自己，別傷痕累累地回來嚇著櫻丫頭了。」老侯爺語速慢，說話囫圇不清。

譚慎衍一個勁地點頭。「您放心吧，她就等著我回來用八抬大轎娶她過門，要是我受了傷，她哪看得上我？」

老侯爺被氣得不輕，手在他腦袋上敲了一記，幫寧櫻說話道：「櫻丫頭不是膚淺的人。」話完，想了想，補充道：「護著你的臉，別傷在臉上。」

譚慎衍忍俊不禁。「下回我碰見櫻娘，可要告訴她您叮囑孫兒的話，讓她評評理，她是不是只看臉的人？」

羅平拿著個巴掌大的盒子出來，上面積了厚厚的一層灰，羅平拿布擦拭乾淨才遞給譚慎衍，譚慎衍毫不客氣地收下。「祖父，您睡吧，我研究研究，為了護著我一張臉，得提早下工夫才行。」

老侯爺抬起手，又在他腦袋上敲了下，語氣輕柔。「你研究研究吧，我睡一會兒。」

譚慎衍要去西南的事在京城傳開了，不過沒掀起什麼風浪，人人都以為譚慎衍去邊關是助韓家領兵打仗的，這種事往年也有，倒是寧櫻顯得心不在焉。譚慎衍離京，黃氏和寧伯瑾陪她一道出城相送，譚慎衍身邊跟了四個副將以及貼身侍衛，怎麼看都有些寒酸。

想到昨晚兩人一起提著花燈在河邊許下願望，一宿過去就迎來分別，寧櫻鼻子有些酸。寧伯瑾知道些朝堂的事，和譚慎衍在亭裡說話，寧櫻站在譚慎衍對面，多次張了張嘴想和譚慎衍說說話，沒奈何，譚慎衍一個眼神都沒給她。

寧櫻心裡不是滋味，待譚慎衍騎著馬走遠，她眼眶一熱，落下淚來，急忙背過身遮掩過去，覺得自己有些矯情。譚慎衍都沒表露出不捨，她哭什麼？

雪色茫茫中，譚慎衍的身影很快地只剩下一個黑點，寧伯瑾感慨道：「他小小年紀就能擔起重任，妳大哥他們還在翰林院熬資歷，他啊，比妳父親都有出息。」

黃氏撇嘴，拉著寧櫻回府，寧伯瑾一臉悻悻然。這話的確沒出息了些，他如今已在禮部站穩腳跟，大改從前的懶散樣子，也算不錯了。

寧櫻心裡有點氣譚慎衍，她在旁邊站著想和他說兩句道別的話，他卻連機會都不肯給。她氣了一會兒，又擔心起譚慎衍的安危來。昆州天高皇帝遠，韓家隻手遮天，譚慎衍身邊只有那點人，夠他使喚嗎？

回到府裡，見寧櫻悶悶不樂好幾日，寧伯瑾不甚理解。「青岩侯府是武將，出征是常有的事，櫻娘傷心做什麼？憑譚侍郎的本事，能出什麼事不成？」

寧伯瑾從小就是讓人家為他擔憂的，他哪裡掛記過別人？

黃氏斜著眼瞪他，寧伯瑾頓時不敢說話了。

成大事者不拘小節，哪能整天活在溫柔鄉裡？這是他想說的話，不過他為人父母，說這種話調侃寧櫻不合宜，黃氏也不會讓他好過。

寧伯瑾自認已改邪歸正，卻不瞧瞧三房的一眾妾室、庶子、庶女多得叫人臉臊。

天氣漸暖，褪去冬衫，寧櫻一身清爽裝扮，她每天都在屋裡繡自己的嫁衣、作畫。王娘子讓她練習畫花，奼紫嫣紅的花兒，千姿百態，寧櫻喜歡，一整日不知不覺就過去了，倒也不覺無聊，只是常常聽到有人敲窗戶，等她推開窗，連隻鳥兒都沒有。譚慎衍去昆州就沒了消息，連一封書信也沒有。走之前，譚慎衍答應她會寫信回來，結果一去就杳無音信，男人有時候的話，當真信不得。

金桂掀開簾子，看寧櫻望著西窗發呆，神色怔怔的。這種事常常發生，金桂習以為常，上前提醒寧櫻道：「客人們來了，小姐該出去了。」

老夫人心血來潮辦了個花宴，將以前寧伯瑾收集的名貴花草都擺在寧香園中。寧府地位高了一截，來的人多，老夫人點名讓寧櫻出門待客，待客無可厚非，只是老夫人的語氣，聽著令人心裡不痛快。

金桂知曉寧櫻不喜老夫人，沒提老夫人趾高氣揚、倚老賣老的語氣。

「知道了，都來了些什麼人？」

譚慎衍走後，她纏著寧伯瑾問了許多朝堂的事。朝堂的關係盤根錯節，寧伯瑾沒意識到其中不對勁，她卻是聽出些端倪來。六皇妃搬進明妃寢宮侍疾，明妃雖時日無多，最近卻有好轉的跡象；而朝堂的氣氛有些微妙，幾位皇子鬥爭得厲害，人人私底下拉幫結派，紛紛用聯姻穩固自己的位置。好比清寧侯府，程婉嫣指給了懷恩侯府世子，懷恩侯府是皇后娘娘一脈的，兩府早先為子女的親事鬧僵，如今又聯姻，且聯姻後的親戚關係比朋友關係穩固多了。三皇子得到懷恩侯府，又得到清寧侯府，勢頭正盛，而四皇子也毫不遜色。皇子之間的鬥爭，過不久就會擱到檯面上來，誰輸誰贏，沒有定論。

「清寧侯府和青岩侯府都來人了。」

金桂不知老夫人給青岩侯府下了帖子，胡氏在榮溪園坐了一會兒就打聽起寧櫻的事情，老夫人這才派人催寧櫻去榮溪園。金桂打聽了些胡氏和譚慎衍的事，知道兩人不對盤，胡氏此番前來，怕有立威的意思在裡面。

「哦？」寧櫻疑惑地問了一聲。

她覺得清寧侯府來人沒什麼。年前，清寧侯上奏請皇上改立程雲帆為世子，皇上准奏，陳氏做人圓滑，應該是不想和寧府交惡才來的；至於胡氏，那可是眼高於頂的人，打心眼裡瞧不起寧府，她來寧府做什麼？

上輩子她能嫁給譚慎衍，也有胡氏的推波助瀾，胡氏擔心譚慎衍找個強大的岳家威脅到她的位置，有意為譚慎衍挑個寒門小戶，拿捏住對方，將管家的權力牢牢掌控在自己手裡，胡氏作威作福慣了，容不得人騎在她頭上。

「走吧，出去瞧瞧。」

寧香園花團錦簇，蝴蝶翩翩起舞，清香撲鼻，甚是熱鬧。

寧櫻心下錯愕。她以為那些人會看不起劉菲菲，想來幫幫她，卻不想劉菲菲遊刃有餘。

一旁的丫鬟有眼力，看寧櫻步伐微頓，彎腰上前小聲解釋道：「大少奶奶過來時，給每位小姐送了支金簪。」

寧櫻嘴角微抽，難怪大家給劉菲菲面子。世家小姐都是愛美的，劉菲菲送的可是足金的簪花，拿人的手短，那些小姐倒是明白。

劉菲菲自己管著嫁妝，哄得秦氏眉開眼笑，燕窩人參、綾羅綢緞流水似地往秦氏屋裡送，秦氏樂得不給她立規矩，整日笑呵呵，還勸寧成昭待劉菲菲好些，當婆婆的能說出這種話已十分難得。

劉菲菲心思通透，難怪當初黃氏會那般稱讚她。

寧櫻繞過一株古樹，緩步輕盈走上臺階，劉菲菲和一眾小姐聊得正開心，看見她，劉菲菲頓時眉開眼笑。「六妹妹來了，快來，我正和諸位小姐聊起今年京城流行的花樣呢！」

劉菲菲身穿淺紫色金絲祥雲紋褙子，雲白色祥雲團紋長裙，髮髻上別著幾支玉簪，恰到好處地襯托出溫婉的氣質，說話時，嘴角的梨渦盈盈淺笑，完全看不出是商戶人家出身，言談舉止比好些夫人還要大方。

寧櫻笑了笑。這個大嫂懂得投其所好，不張揚、不跋扈，一點也不驕縱，說話做事透著股誠摯，哪怕拿錢砸人，也一副笑咪咪的樣子，劉府能養出這種女兒，只怕下了不少工夫。

「大嫂。」寧櫻軟軟喊了一聲，挽著劉菲菲的手，看向亭子裡坐著的眾人。人多，有些是寧櫻沒見過的，劉菲菲看她的目光落在其中幾位小姐身上，湊到她耳朵邊低語了幾句。寧櫻沒想到她功課做得足，來人都認識。劉菲菲抿唇不語，她有自己的法子收集消息，外人瞧不起她，她更不能被人小瞧了去，有錢能使鬼推磨，沒什麼她辦不到的。

寧櫻不是個會熱場子的人，不怎麼說話，可劉菲菲妙語連珠，逗得大家笑聲不止，寧櫻注意到程婉嫣在她進亭子時就別開臉，不時打量自己兩眼又不屑地冷哼，寧櫻猜到原因，想來是陳氏和程婉嫣說了寧靜芸沒死的事，程婉嫣認定寧府對不起程雲潤，埋怨寧靜芸欺騙她的感情，遷怒於她。

程婉嫣是真心把寧靜芸當作大嫂看待，只是造化弄人。

亭子裡歡聲笑語，寧櫻偶爾插兩句話，不熱絡也不冷場，還算融得進去。聊到悠玉閣上個月出的首飾，眾人興奮不已，眼裡閃爍著「我喜歡、我想要、我想買」的光芒，寧櫻失笑，心情放鬆不少。

這時，一個穿著月白色衣衫的女子從迴廊處緩緩而行，寧櫻抬頭望過去，認出是胡氏身邊的白鷺。白鷺甚得胡氏信任，在侯府，白鷺說的話就是胡氏的意思，下面的人不敢得罪她。

白鷺瞧見亭子裡的一眾人，說來也奇怪，她不知寧櫻長什麼模樣，然而當她的視線掃過眾人，一眼就認定手撐著長凳後靠背，只露出個側臉給她看的人就是寧櫻。容貌嬌美，比園子裡的花兒還鮮豔兩分，譚慎衍眼光高，沒有兩分姿色入不了他的眼。

白鷺托著裙子走上臺階，給寧櫻見禮道：「夫人說頭一回來寧府，想和六小姐說說話，還請六小姐移步去榮溪園。」

白鷺態度恭順，因為穿著不俗，說話的小姐們都停下來望著她。白鷺穿著華麗，若非腰間掛著青岩侯府下人的圓木牌，沒人敢說她是服侍人的，一時之間，目光都落在寧櫻身上。

方才眾人被劉菲菲說的話題給吸引，大家沒多打量，這時才端詳起寧櫻來，多看兩眼後，眾人心裡都不是滋味了。寧櫻生得花容月貌就算了，身段更是動人，胸前兩團鼓鼓的，比她們大了不知多少，腰肢卻纖細得緊，她們不是沒見過好身段的人。

難怪入了譚侍郎的眼，竟是靠著身段和臉蛋取勝，這是在場所有小姐的想法。

「六小姐平日吃了什麼？發育得比大家好得多呢！」戶部侍郎府上的小姐也在，忍不住酸溜溜地問寧櫻道。

聞嬤嬤早晚給她喝燕窩，又讓薛墨依照她的情況配了四物湯，不得不說，四物湯確實養人，喝了一段時間就能感覺皮膚滑膩許多。

寧櫻聽對方口吻泛酸，笑盈盈道：「早晚燕窩滋補著，再加四物湯調理著身子，陸小姐可以試試。」

陸琪只覺得寧櫻是當眾羞辱她。燕窩她平常喝得多，四物湯卻聽都沒聽過，而且，寧櫻的補品多是青岩侯府送的，真以為京城上下不知道呢！

陸琪臉色不太好看，卻又忍不住想變得漂亮。她今年十五了，身上肉多，偏偏不長在胸上，平時多吃點，肚子凸得比胸還厲害，她又氣又惱，偏生管不住自己的嘴，稍微遇到合口味的吃食就吃多，寧櫻的話戳到她痛處，卻不得不忍著，佯裝好奇道：「何為四物湯？」

她的話一問出口，好些小姐都豎起了耳朵。沒人不希望自己漂亮，聽寧櫻的口氣，這四物湯好似能養顏美容？

這下，寧櫻苦惱了。方子是薛墨開的，聞嬤嬤只和她說了大概，配藥她是不清楚的，遲疑道：「待會兒我讓金桂把方子給諸位，人各一份，如何？」

當然皆大歡喜了，眾人臉色好看不少，陸琪臉上也有了笑。「多謝六小姐了。」

白鷺看寧櫻完全不搭理自己，福了福身，將方才的話又重複了一遍，寧櫻不置可否道：「諸位小姐與我一起吧，榮溪園有幾株父親剛得來的花，大家一起去瞧瞧。」

眾人有事求寧櫻，樂得給她面子，且生怕寧櫻轉過身就忘記方子的事，亦步亦趨地跟著她想著適時提醒她才好，便閒聊著往榮溪園方向走。

劉菲菲和寧櫻走在前面，開門見山道：「六妹妹真有四物湯的方子？大嫂跟妳買如何？」

寧櫻好笑。「大嫂想要的話待會兒我讓聞嬤嬤多謄抄一份，不過給大嫂個方子，哪用得著大嫂花錢？」

寧櫻說的是實話，劉菲菲送她的狐裘、金飾值錢多了，方子不值錢。

劉菲菲笑容滿面，嘴角的梨渦笑成了漩，越發溫柔可人，讓寧櫻對她好感更甚。劉菲菲除去出身，各方面算得上優秀了，出身不是劉菲菲能選擇的，好比她不也在莊子上生活了十年嗎？

到了榮溪園，院子裡擺著幾盆珍貴的花，秦氏嗓門洪亮地逗胡氏開心，旁邊的胡氏卻無動於衷，目光停在寧櫻身上時，撇了撇嘴，滿臉不屑。「慎衍瞧上的姑娘還真是個美若天仙的仙子呢……」

胡氏拖長了音，語氣裡的鄙夷配合著她意味深長的表情，將世家夫人的嘲笑挖苦表達得淋漓盡致。

寧櫻挑了挑眉，從容不迫地理了理衣袖，抬眉睨著胡氏。

在場的夫人都是剔透玲瓏之人，哪不懂胡氏的意思，這六小姐，長得太過漂亮了些……

「六小姐的確長得好看，寧三爺丰姿俊秀，五小姐容貌就是出挑的，六小姐哪會差了？」開口的是陸夫人。她心裡有些瞧不上寧府，但陸府一得知寧府下了帖子，讓她來湊湊熱鬧，也是有心和寧府結交的意思。

陸夫人心知是朝堂起了變化，聯想寧櫻和譚慎衍的親事，陸府想巴結的是誰她豈會不知？

陸琪長得像陸夫人，富貴體態，五官算不上精緻，卻也是溫婉大方的容貌，寧櫻笑笑，回道：「多謝陸夫人稱讚了。」

胡氏沒料到寧櫻當面不給她臉，把玩著玉鐲的手頓了頓。她以為譚慎衍挑中寧府是自己識趣，待打聽清楚侯府給寧府的彩禮後，她才知譚慎衍哪是識趣，分明是自己喜歡。寧府不過正三品的官職，譚慎衍將那個死女人留下的物件全部添作彩禮就算了，老侯爺又添置許多，胡氏操持後宅多年，老侯爺的庫房她連邊都沒摸到，卻送了大半給寧櫻，不是愛屋及烏是什麼呢！

讓她生氣的還有一點，就是寧櫻來侯府，所有的人都得避著，她竟也不例外！她是侯府的主母，卻要給一個小姑娘讓道，胡氏毫不懷疑一旦寧櫻進門，老侯爺就會讓她交出管家的權力，那她多年的苦心豈不是為寧櫻和譚慎衍做了嫁衣？

念及此，胡氏挺直了脊背，聲音略顯尖銳。「六小姐可真是個妙人，我也稱讚了句美若天仙，怎麼不聽妳向我道謝，難不成是瞧不起我？」

「瞧夫人說的什麼話，來者是客，櫻娘哪敢瞧不起自己請來的客人，這不沒認出您是誰，不好莽撞得罪人嗎？」寧櫻言笑自如，儼然就是純真的小姑娘，讓人不由自主信了她的話。

怕認錯人，沈著冷靜不急著開口，待摸清楚對方底細了再出聲，這是世家待人接物的禮儀，這個藉口還算說得過去。

陸夫人露出讚許的神色，她身旁的柳氏卻輕挑了下蛾眉。換作別人不認識胡氏還說得過去，寧櫻去過青岩侯府好幾回了，在避暑山莊也和胡氏打過照面，哪是素昧平生的陌生人？

不過若胡氏只想用三言兩語就想拿捏住寧櫻的話，是打錯主意了，她這個姪女，沒兩分手段怎麼可能哄得譚慎衍為她神魂顛倒，還把長公主都驚動了？

胡氏不信寧櫻身邊的丫鬟不會打聽，她充耳不聞，擺明不把自己放在眼裡，又道：「妳如何認識陸夫人不認得我，莫不是瞧不起我？」

被點名的陸夫人一臉好奇地望著寧櫻。

「這不難。」寧櫻害羞地笑了笑，轉身，目光落在正和程婉嫣低頭耳語的陸琪身上。頓時，所有人了然。陸琪有七、八分像陸夫人，只要認識陸琪，哪會認不出陸夫人？

胡氏沒想到她的刁難成了寧櫻表達自己知書達禮的墊腳石，看眾人輕輕點頭，眼裡流露出真心實意的讚揚，她比吞了蒼蠅還難受，昂著頭，聲音較之前大聲了些。「倒是個聰慧的，難怪慎衍親自向老侯爺說要求娶妳，我和他父親也放心了，快過來讓我瞧瞧，這麼好的姑娘，真是便宜了我家慎衍。」

胡氏話鋒一轉，繞到了兩人親事上，一改方才的劍拔弩張，態度親暱許多，翻臉比翻書還快。

她的話一出，在場的夫人都微微變了臉色，胡氏的話看似沒什麼，細想就知其中的深意。婚姻大事，父母之命，媒妁之言，這門親事竟然是譚慎衍自己求來的，多少就有些耐人尋味，叫人忍不住猜測，是不是譚慎衍和寧櫻做出什麼私相授受的事情來，逼著譚慎衍娶她？

胡氏笑得和藹可親，順勢脫下手腕上的鐲子，準備等寧櫻走近了給寧櫻戴上。鐲子不值錢，是當年胡家給的陪嫁，嫁進侯府她從沒戴過，今日來寧府前讓白鷺找出來的，就為了給她這位未來的兒媳婦呢！

什麼人配什麼首飾，這鐲子，襯寧櫻。

寧櫻依舊站著沒動，臉上的笑冷了兩分，美色不減，反而增添了分凌厲之美。「櫻娘也聽譚侍郎說起過，老侯爺年輕時去過蜀州，說蜀州山清水秀，人傑地靈，故而給他說親時，打聽到櫻娘在蜀州長大就想上門提親，先讓櫻娘去青岩侯府，藉故問蜀州的地貌風俗，實則……」

說到後面，寧櫻緩緩垂下頭，臉頰泛起粉色的紅暈，若枝頭初開的桃花，美得精緻動人。

在京城稍微有風吹草動大家都盯著，尤其是青岩侯府，那會兒京城上下等著抓青岩侯府的錯處，想將青岩侯府一網打盡，故而老侯爺找寧櫻說話時，很多人心裡都好奇，直到後來長公主來寧府為譚慎衍求娶寧櫻，大家才恍然，老侯爺當時是相看孫媳婦呢！

寧櫻前世也算在世家夫人圈中周旋過十年的人，哪會不明白眾家夫人的心思？話說一半、留一半，剩下的她們自己想，不管想出來的結果是什麼，比她直腸子地說出來效果好多了。

她是老侯爺看上的，和譚慎衍沒多大的關係，胡氏想往她身上潑髒水，她不會順她的意，胡氏是譚慎衍名義上的母親，親事卻是老侯爺張羅的，其中隱含的意思就多了。

胡氏暗暗咬牙。是她小覷了寧櫻，將鐲子重新戴回手上，笑咪咪道：「這事父親與我說過，本來想讓我上寧府的，那段時間府裡忙得不可開交，這才煩勞長公主走一趟。」

鐲子滑至手肘，她不著痕跡地拉下衣袖蓋住。她原打算裝作喜歡寧櫻這個兒媳婦把手裡的鐲子送出去，在場的夫人都是識貨的人，瞧見她送的鐲子還有什麼不明白的？

可寧櫻太過狡猾，三言兩語就化解了去，她再送鐲子，就是給老侯爺沒臉了。老侯爺看重的孫媳婦，自己踩上一腳，傳到老侯爺耳朵裡，不會有她好果子吃。

老侯爺看似不問世事，可府裡的事什麼都瞞不過他，連譚富堂都不敢忤逆老侯爺，她哪有這個膽子。

見寧櫻臉上一紅，夫人們心裡略有遺憾。胡氏，算是輸了。

陸琪站在陸夫人身旁，心裡藏不住事，問寧櫻道：「六小姐別忘記了四物湯的方子，不如現在與我們說說。」

陸夫人每天操持的事情多，坐久了，小腹胖嘟嘟的，春日的衣衫不如冬衫厚，肚子上隱隱露出一圈肉來，帶著衣衫起了褶縐，不管穿什麼都不太好看，寧櫻身段窈窕，陸琪認定四物湯有塑身的功效，迫不及待想讓寧櫻說說。

陸琪的話勾起陸夫人的興致。「什麼四物湯？」

陸琪三言兩語就將寧櫻的話說了，不只諸位小姐，在場的夫人都來了興致，胡氏坐著沒動，臉上的情緒也有些許鬆動，動了動唇，想開口向寧櫻要方子。女為悅己者容，譚富堂房裡是有妾室的，不過胡氏手段好，沒惹譚富堂厭煩，換作其他夫妻到她和譚富堂的年紀，早已沒了年少時兩情相悅的情分，幾乎都是各忙各的，如今小妾、姨娘無論如何都越不過她去，膝下有嫡子、嫡女傍身，哪有心思花在爭風吃醋的分上？

而且，男人嘛，到了一定年紀，多少會力不從心。

金桂喚人回桃園向聞嬤嬤要方子了，算著時辰估計還要等上一會兒，寧櫻笑道：「四物湯是小太醫調製的，聽說對身子好，陸小姐再等一會兒吧！」

四物湯的好處，寧櫻一時半刻說不上來，聞嬤嬤心裡應該是清楚的。起初聞嬤嬤端給她喝，她不太樂意以為是中藥，嚐了一口，清甜爽口，倒也不反感，喝了一段時間，頭髮黑亮不少，她自是欣喜不已的。

「哦？」陸夫人來了興致，對薛墨的醫術自是信得過的。「六小姐常常喝？」

在場的人夫人都不是十三、四歲年輕的小姑娘，私底下也會琢磨各式各樣保養的法子，陸夫人更是日日不離燕窩，看寧櫻的容貌身段，也對四物湯生起極大的興趣。

寧櫻嬌羞地點了點頭。

黃氏平日裡也喝四物湯，不過和寧櫻喝的有所不同，她喝了一段時間，氣色好了許多，眼角長出來的斑也沒了，渾身上下通泰舒暢，委實神奇得很，她接過話道：「當日小太醫也給我開了方子，調養身體的方子因人而異，妳們別聽櫻娘瞎說。」

薛墨給她開的是桃紅四物湯，她臉色暗淡、長斑，薛墨給她開的方子主治這兩樣。

陸夫人更好奇了。「不知寧三夫人可否與我們說說方子？是藥三分毒，入口的東西當然要謹慎，說開了不怕大家笑話，我鼻子兩側長了淡淡的斑，尋常都拿脂粉蓋著，可總有蓋不住的那天不是？」

陸夫人的話得來好些人的贊同，殷切地望著黃氏，催促道：「寧三夫人與我們說說吧！」

寧櫻起了頭，黃氏就沒想獨占著方子，紅唇輕啟，緩緩道：「熟地五錢，當歸五錢，白芍三錢，川芎三錢，桃仁三錢，紅花兩錢，因為個人體質不同，酌情增減些，入口的湯不能含糊了，找大夫問問吧！」

在場的人不懂藥理，一次記不住，讓黃氏重複一遍。

美容養顏，亙古不變的話題，每每說起保養美容，女人都有說不完的話，看黃氏不藏私，眾人對她印象又好了幾分。平心而論，誰有點本事都喜歡藏著、捂著，生怕被人學了去，恨不能自己一個人漂亮，其他人都是醜的，黃氏和寧櫻能大大方方和她們分享，能不讓她們歡喜嗎？

胡氏面上淡淡的，腦子卻轉得快，生怕漏掉其中一味藥，同時又對寧櫻嗤之以鼻，難怪她長得花容月貌，竟然是靠著藥物的關係。胡氏還以為譚慎衍找了個多傾城傾國的人，結果是個藥罐子。

四物湯馬上就會在薛家藥鋪上販賣，黃氏告訴大家也無妨。

圍繞著美容保養的話題，眾位夫人妳一言、我一語，寧櫻留意著外面小路，看聞嬤嬤穿過拱門，她不動聲色退了出去。

聞嬤嬤給寧櫻熬的四物湯是譚慎衍送的，實際的功效沒有說，聞嬤嬤想著譚慎衍不會害寧櫻，就給寧櫻喝了，寧櫻容貌長開，身段更是好得沒話說，她正暗暗歡喜呢，結果寧櫻沒心眼，這麼好的方子竟要分享出去。

聞嬤嬤矮了矮身子，小聲嘀咕道：「小姐怎麼想著把方子送出去？那可是譚侍郎讓小太醫開的，傳到譚侍郎耳朵裡還以為小姐不珍惜他呢！」

聞嬤嬤是過來人，愛慕彼此的男女毫無理智可言，為了一點小事就能爭得面紅耳赤，在聞嬤嬤眼裡，這藥方就跟譚慎衍送寧櫻的玉珮一樣，寧櫻轉手贈給別人，譚慎衍知道後心裡鐵定不痛快。

寧櫻聽出聞嬤嬤話裡的意思，臉色微紅。「哪兒跟哪兒啊，不過一個方子能有什麼關係？」

想到譚慎衍現在都沒消息傳來，寧櫻擔心的同時又暗惱譚慎衍說話不作數，心思糾結著呢！她想好了，寧靜芸真要嫁給苟志的話，她便和黃氏說要去昆州送親，藉故去看看譚慎衍。

聞嬤嬤看寧櫻不懂其中的門道，嘆氣道：「小姐心裡多為自己考慮才是。」

同樣的事換作寧靜芸，絕對不會說，寧櫻著實不懂為自己打算，不管譚慎衍高不高興，給了其他人，說不定就是為自己添了一個強而有力的勁敵呢！京城上下愛慕譚慎衍的姑娘數不勝數，譚慎衍真要被人搶了，有寧櫻哭的時候。

「奶娘，我心裡有數著，可謄寫了幾份出來？」她不會和聞嬤嬤說她就是為著私心才把方子給出去的。

聞嬤嬤不情不願地拿出一疊紙，寧櫻認出是王娘子的字跡，高興道：「替我好生謝謝王娘子。奶娘與我一道吧，青岩侯府的人來了，妳給我壯壯膽。」

聞嬤嬤不怎麼出門，替她管著桃園，寧櫻有意讓她見見胡氏。上輩子，聞嬤嬤是青岩侯府的管事嬤嬤，半點面子都不給胡氏，胡氏拿聞嬤嬤沒有法子，氣得病了好幾回。

聞嬤嬤的本事寧櫻自然是信的，只是不懂，聞嬤嬤為什麼不肯認她？衝著她是自己的奶娘，寧櫻也會對她好的。

聞嬤嬤抬起頭，朝院子裡瞅了眼，哭笑不得。「小姐不是見過了，老奴給您壯什麼膽？您記著，您是老侯爺和長公主親自上門提的親，侯爺也在，往後不管發什麼事，您才是正經的譚家主母。」

譚慎衍是譚富堂原配妻子生出來的嫡子，寧櫻是譚慎衍原配，正統的譚家嫡支，胡氏一個繼室，哪能和寧櫻比？

寧櫻點頭，笑靨如花道：「記著了。」

聞嬤嬤抬頭，看寧櫻笑得燦爛，知道是寧櫻故意轉移話題，無奈地搖搖頭。罷了，各人有各人的福氣，寧櫻真要是像寧靜芸那種自私自利的人，也入不了老侯爺和譚慎衍的眼。

寧櫻將方子遞給在場的小姐，程婉嫣一臉尷尬。若她有骨氣些她不該收，可愛美的心思太過強烈，她生不出拒絕的骨氣來，扭捏著身子，神色糾結地站在人群中。

寧櫻沒為難她，輕聲道：「程妹妹回去後記得問問府裡的大夫，體質不同，藥量不同。」

她先解釋清楚了，以免後面吃出什麼毛病，大家上門找她，寧櫻不想惹來一身騷。

程婉嫣羞愧地低下頭，低低道了一聲謝謝，臉紅不已。

花宴的最後，各家夫人、小姐都在議論方子，走的時候，好些人拉著黃氏說話，胡氏昂首挺胸，眼睛都長到頭頂去了。

秦氏不喜。「這個譚夫人一瞧就是個尖酸刻薄、不容易討好的人，以為誰欠她銀子沒還呢！」

「娘別生氣，昨日我爹送了批鋪子裡剛打磨好的首飾，金步搖我嫌重了，娘試試如何？」劉菲菲挽著秦氏手臂，輕輕幫秦氏順著背後，安撫道。

從劉菲菲手裡拿出來的都是金子，她竟然嫌重，秦氏眼神一亮，當即咧著嘴笑了起來。「走吧，娘瞧瞧，妳啊，小胳膊、小腿的別累著了，重的都放娘屋裡來，娘天生是個操勞命，力氣大，多重的金子都扛得住。」

寧櫻和黃氏走在後面，聽見這話，嘴角抽搐了兩下。這種話也就秦氏才說得出來，換個人，哪有如此厚的臉皮？好在劉菲菲不缺這點錢，若娶個窮點的媳婦進門，秦氏估計三天兩頭鬧事。

看劉菲菲樂在其中，真的是周瑜打黃蓋，一個願打、一個願挨。

柳氏也知劉菲菲和秦氏相處的模式，退後一步，和黃氏道：「我看娘精神不太好，三弟妹如何想？」

老夫人給胡氏送帖子就是想藉著胡氏壓壓寧櫻，結果反而成了寧櫻和黃氏散播好名聲的梯子，她精神如何好得起來？

「年紀大了，哪還能和年輕時比，找張大夫瞧瞧吧！」黃氏不冷不熱，斜了眼柳氏，將她的心思看得明白。

柳氏是怕老夫人重新管家。

「對了，靜芸的事，三弟妹如何打算？」

寧靜芸今年十六歲了，再拖下去怕是不妥，柳氏提及寧靜芸，是想委婉讓黃氏開口允許寧靜芳回來，寧靜芳喜歡熱鬧，今年寧靜芳能去避暑山莊的話，一定會開心不已。

都是養女兒的，她希望黃氏能體諒她。

黃氏和寧伯瑾商量好了，入秋後讓寧靜芸去昆州，昆州日子清苦，希望她能體會到生活的不容易，好好珍惜眼下擁有的。

「苟志那孩子是個好的，有他照顧靜芸，我們放心。」

她和寧靜芸提過這件事，寧靜芸沒有鬧，她心裡也清楚自己沒有挑三揀四的資格。人，總要吃了苦頭才會長記性。

柳氏注意到黃氏的情緒，張了張嘴，沒提寧靜芳的事，如果沒有十足的把握，開口就是白費力氣。

因為四物湯的普及，京中提及寧三夫人和寧六小姐，不乏稱讚之詞，傳到老夫人耳朵裡後，讓她氣得暈了過去。

第四十四章

寧櫻以為譚慎衍會寫信報平安給她，然而青岩侯府遲遲沒有信件送來，她擔憂了些時日，讓吳琅打聽劍庸關的事，吳琅只說沒有壞消息傳來。

沒有壞消息便是好消息。

一場雨後，天氣乍暖還寒，金桂站在桌前，慢悠悠磨墨。

鼻尖縈繞著淡淡的香味，不細聞，壓根兒聞不到。

金桂鼻子嗅了嗅，看寧櫻坐在桌前，遲遲不動筆，金桂心知她擔心譚慎衍，無奈地嘆了口氣。

寧櫻心不在焉看了她一眼。譚慎衍讓她遇事找福昌，她連福昌的人影都沒瞧見，如今她心裡對譚慎衍的氣消了，只剩下滿心擔憂。她只是想譚慎衍寫信報個平安而已，但一直杳無音信，恐怕譚慎衍真遇到事情了。

寧櫻握著筆，輕蹙著眉頭，不知怎麼下筆。

手下紅色的顏料暈開，金桂收手，繼而磨另一方黃色的顏料，無奈地搖頭。

寧櫻怔了怔，輕握著筆，淺綠色的筆尖在嫩葉上掃過，死氣沈沈的葉子被點綴得亮了起來。寧櫻筆尖一轉，落到另一片樹葉上，一片一片，白色的紙上，成形的樹葉如花兒似的散開，生機勃勃。

金桂沈默了一會兒，問道：「可要叫吳琅來？」

「不了，近日榮溪園可有什麼動靜？」

「老夫人身體不舒服，日日要人侍奉，三爺好幾日沒去禮部了，老夫人要他侍疾。」金桂隱隱知道老夫人的意思。寧伯瑾性子軟弱，最好拿捏，老夫人還想像十年前那般拉攏小兒子。

寧櫻不屑地哼了聲。「她還沒放棄呢！」

寧國忠和老管家考察田莊的情形去了，一年之計在於春，寧府要養活一大家子人，哪能不好好經營名下的產業？隔兩年寧國忠便要出門一次，往年有寧伯庸陪著，如今寧伯庸去了戶部，手裡頭事情多，寧國忠只帶著老管家去了。

寧國忠一走，老夫人舊態復萌，頗有倚老賣老的趨勢。

寧伯瑾在禮部兢兢業業，留在府裡豈不是被拖累了？

她心思一轉，有了主意。「走，去榮溪園瞧瞧。」

金桂會意。「是。」

走到榮溪園外面，就看裡面匆匆跑出來一丫鬟，園裡有小聲的爭吵傳來。

月姨娘嗓音細細柔柔的，聽著叫人渾身順暢，像安眠的小曲不自覺讓人放鬆下來，這會兒聽上去卻有些尖銳，像是刀滑過臉頰溢出嘴的驚恐，叫人心揪了起來。

丫鬟沒想到寧櫻在，忙停下步伐給寧櫻施禮，目光閃爍道：「六小姐。」

「發生何事了？」

丫鬟頓時有些局促。這個六小姐可不是三言兩語能打發的，有老爺護著，誰都不敢小瞧了她，況且月姨娘正是三房的人。

她心虛地低下頭，支支吾吾道：「月姨娘言語衝撞了老夫人，老夫人讓人教訓她呢！」

月姨娘是三房的人，打罵也是由黃氏說了算，老夫人越過黃氏懲治月姨娘，黃氏恐怕會鬧事。

那一位，即使偃旗息鼓，也不是會安生的主。

「父親可在裡面？」寧櫻眉色淡淡的，明明是和風細雨的一句話，卻讓丫鬟起了一身雞皮疙瘩。

「三爺去書房了，老夫人讓奴婢請三夫人過來。」

「老夫人？」寧櫻冷笑一聲。

老夫人果然又出手了。

院子裡，兩個婆子左右架著月姨娘，惡毒的雙手狠狠掐著月姨娘肩頭、後背、胸前、腰間的肉，猙獰的臉色醜陋不堪。

「兩位嬤嬤真是厲害，敢對我三房的姨娘動手動腳，哪兒來的膽子？」寧櫻揚手，金桂大步流星上前，趁兩個婆子失神的瞬間，一人一巴掌搧了下去，聲音清脆，兩個婆子的臉上立即起了紅印。

老夫人坐在正屋，聞聲望過來，跳腳道：「妳做什麼？」

月姨娘被掐得發暈，髮髻的簪子散了，長髮披肩，衣衫凌亂，烏黑的秀髮下，臉上的手指印清晰可見。她抬頭看清是寧櫻後，猛地爬過來抱著寧櫻雙腿大哭，聲音沙啞細碎。「六小姐，您可要為妾身做主啊，老夫人為老不尊，妾身難受……」

月姨娘最是注重自己的臉蛋，這會兒臉上精緻的妝容花了不說，還微微紅腫著，其中更有淡淡的青痕。

「月姨娘先起來，說說怎麼回事吧！」

老夫人看寧櫻完全不把她放在眼裡，滿臉不悅。「妳瞧瞧妳什麼樣子，在長輩跟前如此不懂禮數，簡直是不孝！」

老夫人怒目而視，語氣陰沈，肅冷的臉上尖酸刻薄盡顯，和市井潑婦沒什麼兩樣。院子裡的丫鬟、婆子大氣都不敢出。六小姐回京後，下人們一直不敢碎嘴，一則是不敢，二則有寧靜芳的前例，招惹寧櫻，她不會讓妳死，她背後的人卻能讓妳生不如死。

老夫人是長輩，照理說，寧櫻輸定了，然而看寧櫻神色不動的架勢，下人們遲疑了。

月姨娘捣著臉，站在寧櫻跟前，梗著脖子道：「六小姐是為妾身出頭，老夫人要怪就怪妾身吧！」

月姨娘決意要和老夫人鬧開，抹了抹淚，楚楚動人的臉因為紅腫有些滑稽，渾身散發的氣質，是往昔沒有的。

「三爺在禮部提心弔膽，難得積攢了些名聲，您卻拘著他不肯讓他出門，還天天讓三爺請太醫，您是要毀了三爺的前程啊！」說著，月姨娘眼眶通紅，淚跟連線的珠子似的，啪啪往下掉。

寧櫻替她擦了擦淚，安慰道：「妳別說了，先回去上點藥。」

老夫人被一個姨娘指著鼻子罵如何受得了，重重拍桌道：「好啊，我兒侍疾乃孝順，妳一小妾竟敢爬在我頭上撒野！誰指使妳的？」

月姨娘就是一嬌滴滴的小妾，哪有膽來榮溪園鬧？黃氏，一定是黃氏做的。

寧櫻心底冷笑。此刻的老夫人神采奕奕，可不像纏綿病榻的人，她拍拍月姨娘顫抖的手，示意她別慌。

若真是黃氏的意思，也是老夫人咎由自取。

蔚藍的天空飄著幾朵白雲，寧櫻似笑非笑望著正屋的人，沈默不語。

這時候，寧伯庸過來了，身後跟著和面色憔悴的寧伯瑾。

寧伯瑾看月姨娘衣衫凌亂，老夫人鐵青著臉，雙眼充斥血絲，頭疼不已道：「怎麼了？」

聽見他的聲音，月姨娘悲從中來，啜泣道：「三爺，您可來了。」

寧伯瑾皺眉，上前扶著月姨娘，旁若無人地替她擦拭臉上的淚珠，輕聲道：「怎麼了？」

月姨娘搖頭，一個勁地哭，哭得梨花帶雨，我見猶憐，和黃氏的獨立強勢截然不同。黃氏是主母，性子剛硬，會心平氣和地和寧伯瑾說話，眼裡絕對沒有月姨娘看著寧伯瑾的那種愛慕的亮光。感情，從眼神就能透露出來。

月姨娘淚光閃閃拉著寧伯瑾衣袖，抽泣許久才說出一句話。「三爺，您瘦了。」

寧伯瑾眼角泛黑，清秀的五官憔悴而頹唐，月姨娘眼角一熱，又落下淚來。

寧櫻別開臉，忽然明白月姨娘為何和竹姨娘鬥了這麼多年沒有輸過，她有寧伯瑾寵她的資格。月姨娘善解人意，而竹姨娘心思歹毒，寧伯瑾寵的是寧成虎，卻不是她。

月姨娘全部的心思都在寧伯瑾和寧靜彤身上，甚至為了討寧伯瑾歡心，不準備再要孩子。寧伯瑾寵溺她，應該是清楚月姨娘的心思，是女人沒有不喜歡生兒子的，月姨娘卻為了伺候他不肯生孩子，溫香暖玉，眼裡又滿是濃濃的情意，是個男人都拒絕不了，何況是風流倜儻的寧伯瑾？

月姨娘不懂大道理，籠絡男人卻是一等一的厲害，她又跟著學了一招。

老夫人氣得嘴角發歪，捂著胸口，聲嘶力竭道：「老三，你來得正好。你瞧瞧，一個妾室對我指手畫腳，一個晚輩指著我鼻子罵，還要我老臉往哪兒擱？」

寧伯瑾眉頭緊鎖，看了看月姨娘，再看寧櫻，還有什麼不清楚的？

老夫人恐怕是想借題發揮。

「娘，您身體不好，在屋裡養著就是，小六年紀小，您和她計較作甚？月兒溫順，從不與人爭得臉紅耳赤的。」寧伯瑾在禮部待久了，已懂得如何應對。

聽了他的話，老夫人臉色一白，沒想到有朝一日，寧伯瑾不聽她的話了。她目光怨毒地瞪著寧櫻和月姨娘，咬牙切齒。

寧伯瑾心下不喜。不知何時起，他心裡知書達禮的母親越走越遠了。「娘，若沒什麼事，我帶月兒和小六回去了。」說完，左右拉著兩人就走。

寧伯庸看老夫人臉色不對勁，忙上前替老夫人順氣。「娘，您好生養著，府裡的事就別管了。」

寧伯瑾進了禮部，主意越來越大，老夫人從祠堂出來還是他求的情，寧伯瑾懂得明辨是非了，不再像往常那般好糊弄。

老夫人臉色青白相接，指甲摳著桌面，身子一仰，倒了下去。

她的兒子，不再親近她了嗎？

寧櫻的手被寧伯瑾牽著，因常年握筆的關係，寧伯瑾手心起了繭子，她去梧桐院的時候碰見過寧伯瑾手上塗塗抹抹保養他的手，進入禮部後，寧伯瑾好似沒在意過了。她以為，兩世為人，她永遠得不到寧伯瑾的愛，得不到一家人其樂融融的溫暖……

寧伯瑾心裡不是滋味。若不是老夫人太過分，他不會冷淡以對，想起以前，他哪有這麼多煩心事？

突然他感覺手背一熱，低下頭，就看見寧櫻垂著腦袋，修長的睫毛濕漉漉的，輕輕顫抖著，一眨眼，一滴淚又落在他手背上，如滾燙的水滴在他胸口，心跟著顫抖了一下，瞬間，他挺直了脊背。

老夫人罵寧櫻不孝，是要毀了寧櫻啊，他渾噩度日，誰來保護他的女兒？他已對她虧欠那麼多了。

「櫻娘別怕，有什麼事，父親擔著。」寧伯瑾想問問莊子上的事，嘴唇顫抖了兩下，卻又止住了。

他沒有資格問。他是個失敗的父親，明明寧櫻還在黃氏肚子裡的時候，他曾那麼期待她的到來，可是等她真的來了，他卻和黃氏鬧得不可開交，任由她去莊子，不聞不問，他不是個狠心的人，卻對一個兩歲的女兒做了最狠心的事。

他心鈍痛了下，緊了緊寧櫻的手，聲音有些許沙啞道：「走吧，妳娘該擔心妳了。」

「夫人，月姨娘會不會被老夫人發落出去？」吳嬤嬤站在黃氏身後，心有不忍。

月姨娘在其他姨娘跟前飛揚跋扈，卻對黃氏極好。

「不會。」寧伯瑾不會任由老夫人處置月姨娘的。

吳嬤嬤想想也是，看茶杯裡的茶有些涼了，換了杯熱的。「夫人為了小姐，真是煞費苦心。」

黃氏膝下沒有兒子，整個寧府能為寧櫻做主的只有寧伯瑾，寧伯瑾不振作起來，寧櫻的娘家，有相當於沒有。

而要寧伯瑾振作起來，就得從老夫人下手。

「委屈了月姨娘。」黃氏停下翻看帳冊的手，目光看向窗外。月姨娘一得知她的打算，毫不猶豫同意了，她和黃氏的目的一樣，都是為了女兒。為了女兒將來有靠山，只有把希望放在寧伯瑾身上。

愣怔間，看遠方走來三人，其中一抹桃紅色的身影嬌美婀娜，她微微一笑。「吳嬤嬤，櫻娘來了。」

吳嬤嬤循聲望去，看寧櫻臉上掛著淚珠，皺了皺眉。「小姐怎麼哭了？」

進了屋，吳嬤嬤拉著寧櫻詢問，寧櫻不好意思，說了榮溪園的事，吳嬤嬤大驚。「老夫人病糊塗了，您往她跟前湊什麼？您沒瞧見三爺都憔悴成什麼樣了？」

寧櫻瞅了眼旁邊神色不自然的寧伯瑾，打斷吳嬤嬤道：「吳嬤嬤，我沒事，我是和父親一起回來的。」

吳嬤嬤這才留意到旁邊的寧伯瑾，神色一僵，雙手不安地垂在兩側，屈身道：「給三爺請安。」

寧伯瑾臉上也不太好看，倒不是生氣，而是無地自容。太醫說老夫人身體沒病，是心裡的病，從何而來不言而喻。

他鬆開寧櫻的手，低頭整理自己的衣袖掩飾面上的羞愧。「和夫人說，我去看看月姨娘，她受了點傷，晚膳不用等我了。」

說完，他掉轉頭，大步流星地往外面走。往後，不能讓老夫人這樣繼續下去了。

黃氏以眼神示意寧櫻坐下，倒了杯茶到寧櫻面前，茶味清香，是去年在臘梅園摘的臘梅，寧櫻鋪子也賣花茶，故而去年摘臘梅時摘了不少，又存了些山裡的雪煮茶，甚得客人喜歡。

「前兩日吳管事找我，說鋪子買了一批好茶，給娘捎過來嚐嚐。」

鋪子裡賣的茶葉是蜀州種植的，吳管事在蜀州待了好些年，有點人脈，去蜀州運貨的商人會從蜀州帶些地道的茶回京，吳管事辨認得出茶的真假，不怕商人以次充好，反而因為買進的價格便宜，賣得貴，中間的利潤多，讓寧櫻掙了不少銀子。

黃氏笑了笑，輕聲道：「茶葉妳留著賣，妳父親的同僚送了不少，娘不缺茶喝。」

黃氏不是品茶之人，有茶味就成，寧伯瑾附庸風雅，倒是喜歡，想到這裡，又問寧櫻道：「妳怎麼去榮溪園了？」

寧櫻又呷了口茶，臘梅的花瓣在杯子裡散開，如隨風墜入湖面的花，輕輕的，鮮妍柔美。她心情微好，嘴角一勾，幸災樂禍道：「看熱鬧，父親和之前不太一樣了。」

沒有偏袒老夫人。

黃氏輕輕翻過這一頁，淡淡嗯了聲。

寧櫻知道黃氏不會和她說今日之事，便轉開了話題，說起寧伯瑾的改變來。

他們一走出榮溪園，下人們便驚呼說老夫人暈了過去，至此，母子倆嫌隙越來越大了。只是苦了月姨娘，不知寧伯瑾會不會從月姨娘挺身而出的行為裡，看到當年黃氏的影子？

黃氏為了他能有出息，和老夫人的齟齬可不只一星半點兒，寧伯瑾有沒有幡然悔悟？老夫人的病情反覆，拖到五月都不見好，寧伯瑾再不滿，那畢竟是自己親娘，休沐這日，和黃氏在榮溪園待了一整天，天黑才出來。

夜幕低垂，院子裡一片漆黑，丫鬟提著燈籠走在前面，在身後照映出一圈黑影，晚風吹來，竟稍顯涼意。

黃氏抬頭道：「靜芸出嫁在即，今年我就不去避暑山莊了。」

寧伯瑾走在前面，聽到黃氏的話轉過身來。他身量高，站在丫鬟身後，擋住了大半的光亮，濃密的俊眉輕輕蹙著。「靜芸七月離京，可打點好送親的隊伍了？」

寧靜芸嬌生慣養沒有出過遠門，寧伯瑾擔心路上出了差池。大女兒養在身邊他甚少過問，以為有老夫人教導，寧靜芸大方得體，會是個知書達禮的人；沒承想，寧靜芸脾氣大，說起來性子倒是有幾分像老夫人，上梁不正下梁歪，秦氏沒有說錯。

黃氏搖了搖頭。昆州路途遙遠，她準備讓莊子的婆子護送寧靜芸前往昆州，如何安排，眼下還沒有定論。

「等老管家回來，我讓他從莊子上調些人，讓他們送靜芸去昆州，成昭說他願意去。」

寧伯瑾擔心她冷著了，脫下外面的袍子隨手披在她肩頭上，黃氏怔了怔，雙手搭在肩頭撫著身上的衣衫，淡淡點了點頭。

寧伯瑾轉過身，風吹過他清瘦俊逸的臉頰，帶著淡淡的暖意。他覺得身後的視線暗了，接過丫鬟手裡的燈籠自己提著，不由得想起年輕時，忍不住回眸看黃氏，後者也正好抬起頭看他。

四目相對，沈默無言，片刻又移開了視線。

除去孩子，他們已沒了共同話題，十年，是他負了她。

黃氏開始挑選寧靜芸的陪嫁，並安排寧櫻送寧靜芸去昆州，態度堅決，寧櫻覺得裡面有什麼內情，還是答應下來。

近日，她的咳嗽好似又加重了，金桂和銀桂提心弔膽，夜裡睡不安生，她自己也感覺得到。

得知寧櫻要同去，最高興的莫過於吳嬤嬤了。黃氏讓她隨行伺候寧靜芸，吳嬤嬤不想黃氏為難，只得應下。她隨寧靜芸離開京城，除非荀志在昆州做出功績得到上面賞識，否則，一輩子都沒有回京的機會了。

有寧櫻陪著，心裡總覺得親切些。

「老奴以為這次就要離別了，好在小姐還能陪老奴一些時日。」吳嬤嬤坐在窗戶邊，感慨道：「夫人身邊沒人，老奴能為夫人分憂也算一份體面，您明年要嫁去青岩侯府了，夫人沒有兒子，往後的日子還得靠您和譚侍郎幫襯。」

想起什麼，吳嬤嬤瞅了眼門外，喚金桂、銀桂進屋把窗戶關上。

寧櫻看她慎重，不由得蹙起了眉頭。「什麼事需要這般小心謹慎？」

「有件事，不知是不是老奴想多了，老奴不在，您多勸著夫人些。」吳嬤嬤輕輕捧著寧櫻的手放在掌心摩挲。可能要離開京城了，她有些事不願意瞞著寧櫻。

「夫人回府後性子貞靜了許多，她不是看開了，而是等著後招呢！」

黃氏隱忍不發是礙於寧靜芸和寧櫻的名聲，尤其是寧櫻，往後的夫家是個厲害的，黃氏不敢冒著損害寧櫻名聲的風險和老夫人攤牌，黃氏不在乎自己，可不能不在乎寧櫻。黃氏運籌帷幄，只有等寧櫻成親後她才沒有後顧之憂，這回老夫人氣生病就是黃氏的功勞。

寧櫻一臉怔忡，久久，她才從震驚中回過神，輕聲道：「娘何須和她見識？被其反噬，不是跟著遭殃？」

黃氏對老夫人下手會揹上謀害婆母的罪名，死罪雖免，活罪難逃，為了那種人，不值得黃氏付出這麼多。

她只以為黃氏是因寧靜芸的事而恨老夫人。寧靜芸小時候粉裝玉琢，跟著黃氏哪兒也不去，寧櫻出生後，寧靜芸便喜歡看著她，一歲時寧櫻蹣跚學步，寧靜芸總是牽著她，生怕她摔著了，那時候的寧靜芸不過是個孩子，卻懂得照顧她了，那些回憶，在黃氏心裡陪著她過了十年，她眼中的寧靜芸，該比小時候更體貼孝順、善解人意，而不是驕縱成性、黑白不分、恬不知恥的小姐。

若不是怕自己回不來了，吳嬤嬤不願意告訴寧櫻，但她怕黃氏孤立無援。「您勸著夫人些，她心裡苦。」

「我自是會幫我娘的。」她之前心裡就納悶為何黃氏性子改了這麼多，原來是在韜光養晦。

她一顆心，沈重起來。

老夫人病情反覆，哪須黃氏動手，橫豎她沒多少年好活了，尤其再次見到老夫人，這種感覺更甚。

大房、二房的人去了避暑山莊，府裡就剩下三房的人。

老夫人知道三房與她離了心，沒喚人去榮溪園侍疾，可寧伯瑾時不時會去探望她，而黃氏則冷淡得多。

要不是寧靜芸出嫁在即，黃氏帶她們去榮溪園給老夫人請安辭別，她估計不會再踏入榮溪園。

老夫人精神不太好，上了年紀，身子多少都有病痛，老夫人想留寧靜芸說說話，被寧靜芸拒絕了。

老夫人的臉忽紅忽白，心裡百般不是滋味，道：「妳和荀志的親事將近，昆州路途遙遠，祖母沒什麼可送的，私底下給妳兩抬嫁妝，再撥四個丫鬟。」

長者賜，不敢辭，寧靜芸矮了矮身，臉上無悲無喜。「多謝祖母，到了昆州，靜芸也會記著祖母的養育之恩，還請祖母好生保重自己的身體，等靜芸回京再來給您請安。」話畢，假意地揩了揩眼角。

自己養大的姑娘什麼性子，老夫人心裡有數，寧靜芸的話外之意是讓她好好活著，看著她來年風光無限呢！

老夫人臉色一白，差點又暈了過去，只聽旁邊的黃氏道：「妳祖母身體不好，別打擾她休息，妳們先回去吧！」

老夫人撫著胸口，只覺得氣息不順，然而屋裡都是三房的人，她孤立無援，閉上眼道：「回去忙吧！」

「是。」寧靜芸眼皮都沒抬一下，餘光掃過旁邊花容月貌的四個人，嘴角揚起了嘲諷的弧度。

寧櫻站在寧靜芸身旁，將她的表情看得一清二楚。寧靜芸和老夫人有罅隙了，且是不可癒合的罅隙。

從榮溪園出來，黃氏就讓四個丫鬟跟著吳嬤嬤學規矩去，和寧櫻走在最後面，看寧櫻低頭想事，神色懨懨，黃氏心頭難受。

「妳是不是不願意去昆州？」

她讓寧櫻送寧靜芸去昆州有自己的私心，當下不便和寧櫻解釋。

寧櫻抬起頭，見黃氏一臉難受，心知黃氏想岔了。她不排斥送寧靜芸一程，只要黃氏高興。

「當然不是了，聽說昆州四季如春，氣候宜人，比蜀州好玩呢，我樂意。」寧櫻咧著嘴，笑靨如花，清澈的眸子滿是歡喜。

黃氏順了順她耳鬢柔順的髮，欣慰地點了點頭。

她從莊子上請了二十個人跟著，寧靜芸的嫁妝也儘量折成銀子，否則東西多了怕會遭人惦記，缺什麼可以去昆州買，她都交代好吳嬤嬤。

「妳素來懂事，娘放心。」

走在前面的寧靜芸聽見這話，動作頓了頓，頭也不回地走了。

頓時，黃氏落寞下來。

寧櫻眉峰微蹙，轉移黃氏的注意，說起了隨行的人。她準備帶四人，分別是聞嬤嬤、金桂、銀桂和吳琅，由吳琅負責趕馬車，依照她的意思去蜀州轉一圈再回京。

黃氏打起精神，笑著交代寧櫻路上注意安全。

黃氏先去桃園盯著下人準備行李，寧櫻則去了王娘子住處。

王娘子的住處在桃園東邊，是獨立的閣樓。寧櫻到的時候，王娘子正坐在院子裡，落日的晚霞照在她臉上，染上了濃濃的金光。她身邊的畫板上，落日晚霞躍然紙上，已落下一半的太陽，紅似火的晚霞，暈染成紅色的天空，暖色的院牆，朦朧的大樹，落日的光影被王娘子表達得淋漓盡致。

寧櫻低下頭，忍不住感慨道：「精湛。」

王娘子聽到說話聲，轉頭，抬了抬衣袖，示意寧櫻過去，笑著解釋道：「許久沒畫了略有生疏，妳何日離京？」

王娘子筆下的雲層、晚霞、院牆，皆是模糊一片，饒是如此，一眼看見就知王娘子畫的是眼前的景色，她不懂畫，可王娘子畫裡透露出的氣氛讓她喜歡。夕陽無限好，只是近黃昏，而她從王娘子的落日中，感受到的是外出勞作的百姓日落歸家的喜悅，意境樸實喜悅，讓人心情舒暢。

寧櫻由衷稱讚道：「王娘子的畫意境深遠，是我所不能及的。」

「畫由心生，妳心性豁達堅韌，筆下的畫有自己的韻味，每個人的畫都隱藏了自己的性格，各有千秋，堅持自己所長便是。」

寧櫻點頭，說起了去昆州的事宜。黃氏捨不得寧靜芸一個人去昆州是一回事，中間還有其他緣由，寧櫻不想多說。

「王娘子若認為我有兩分資質，他日回京後，還請王娘子繼續指點一二。」

她是誠心想學作畫，並非為了琴棋書畫樣樣精通的名聲。

王娘子傾著身子，輕輕吹了吹宣紙上的顏料，然後轉頭，看向寧櫻黑白分明的眸子，溫婉地說道：「古人在意有始有終，妳最初學畫是跟著我學的，我理應教導妳理解透澈繪畫的精髓，待妳回京，派人告知我一聲，我會來的。」

寧櫻面上一喜，眉眼彎彎，精緻動人，作揖道：「多謝王娘子指教了。」

王娘子沒去過昆州，對昆州的人文風俗充滿著好奇，說道：「我瞧妳這幾日畫上縈繞著淡淡哀愁，昆州四季如春，妳別擔憂太多，生活有苦有甜，無論困境、順境皆是妳自己的人生，坦然豁達，哪怕在逆境，也能過成順境。人常常掛在嘴邊的是好男兒志在四方，其實，女子何嘗沒有自己的志向？只是在後宅的約束下，女子的志向成了相夫教子，聽說西蠻部落的女子潑悍，男子在家帶孩子，女子在外養家，和咱的風俗全然顛倒，昆州就有西蠻部落的人，可惜有生之年，我怕是不能去了。」

「這還不容易，我畫下來，回京細細與妳說。」

「好，這樣的話，雖不能親自前往，也算沒有太大的遺憾了。」

意氣相投，兩人說了許久的話，太陽下山，她才準備離開，拿出金桂準備的銀兩，情詞懇切道：「王娘子的教導之恩非金錢能衡量，一點心意不成敬意。」

王娘子興致來了，卻也沒拒絕。「照顧好自己。」

微風徐徐，寧櫻站在走廊上吹風，嘴裡哼著不知名的小曲。蜀州百姓常常將曲調掛在嘴邊的，據說是古人留下來的，沒有名字，但調子輕快，朗朗上口，在蜀州，幾歲的孩子都會哼唱。

另一邊，和黃氏話別的吳嬤嬤想起一件事來。「譚侍郎在邊關，不知幾年才能回京，此行去昆州，可要給譚侍郎捎些禮物？」

「我安排好了，準備了一些冬衫、棉被，還有些藥材，到時候讓成昭給他送去就是了。」

譚慎衍是她未來的女婿，寧櫻的一輩子都繫在譚慎衍身上，為了寧櫻著想，她也該捎些禮。

聽見這話，吳嬤嬤頷首，拽著橙紅色的襦裙退了下去。黃氏讓寧櫻去昆州，是希望寧櫻和譚慎衍培養培養感情，並非擔心寧靜芸。

寧成昭本來隨二房去避暑山莊，因為要送寧靜芸，他和劉菲菲先回寧府了。劉菲菲嫁進寧府日子順遂，臉色紅潤許多，一身嵐媛藍色水霧裙穿在身上，落落大方，舉手投足高貴許多。兩人來梧桐院給黃氏請安，劉菲菲妝容婉約清秀，臉頰的梨渦如梨花展開，平添了幾分氣韻。

「相公送五妹妹前往昆州，我沒什麼好送的，左思右想，還是銀票實在。」說著，從衣袖中掏出一疊銀票遞給寧靜芸，不疾不徐道：「昆州人生地不熟，五妹妹好生照顧自己，我和妳大哥沒什麼能幫襯的，這點銀子，妳拿著傍身。」

劉菲菲出手闊綽，打賞丫鬟、婆子從不吝嗇，秦氏說過她好幾回，說不動，只得任由她。送給寧靜芸的銀票少說有三千兩，比公中給的還要多。寧櫻留意到寧靜芸嘴角下抿，眼裡閃過不屑，她心下明瞭，寧靜芸瞧不起劉菲菲的出身，寧靜芸生下來就是官家小姐，骨子裡帶著官家小姐的傲氣，她坐著沒動，不伸手接劉菲菲遞過來的銀票。

黃氏蹙了蹙眉，側目勸寧靜芸道：「既然是妳大嫂給的，妳就拿著吧，往後回京，給妳大嫂捎些昆州的特產回來。」

寧靜芸立即收斂起臉上鄙夷的神色，畢恭畢敬地點了點頭，唇角一彎，禮貌道：「娘說得是，那我收下了。大嫂，謝謝妳。」

劉菲菲笑得開心，擺手道：「哪兒的話，我當大嫂的，理應給下面妹妹們添妝，妳別嫌我俗氣才好。」

「哪會。」寧靜芸收了銀子，和劉菲菲有一搭、沒一搭說著話。

寧櫻坐在旁邊，偶爾插兩句話。說到昆州，劉菲菲又從懷裡掏出一疊銀票，這次不是給寧靜芸而是給寧櫻。

寧櫻疑惑。「大嫂給我做什麼？出嫁的人是姊姊。」

劉菲菲拉著寧櫻的手，態度明顯比對寧靜芸親暱，開玩笑道：「妳以為我給妳添妝呢？想多了，妳明年才嫁人，添妝也還早，我是有事託妳辦。妳陪五妹妹去昆州，身邊沒銀子傍身怎麼成？銀票妳拿著用，遇到好玩的捎些回來，讓我開開眼界。」

她給寧櫻的銀票不比給寧靜芸的薄，寧櫻看寧靜芸臉色都變了，拒絕道：「我身上有銀子呢，大嫂自己留著吧！」

劉菲菲搖頭不肯，臉頰的梨渦越顯深邃，索性逕自把銀票塞入寧櫻手中，打趣道：「妳大哥是個不解風情的，我有心讓他給我捎點禮物回來，看他的模樣是沒放在心上，妳做事心細，拜託他不如找妳，妳拿著。」

一旁的寧成昭正和黃氏說起陪嫁的丫鬟、婆子，聽見劉菲菲的話，不好意思地紅了耳根。起初他對這門親事有所排斥，後來知道避不過去就坦然接受了，男子有所為、有所不為，靠著岳家支撐的官職能有多穩固？劉家雖是商戶人家，劉菲菲卻是個知冷知熱的人，偶爾還能紅袖添香，依劉菲菲的性子，若不是因為她是商戶子女，輪不到他娶她。

寧成昭撓了撓後腦勺，狹長的眼盯著劉菲菲，尷尬道：「妳說什麼呢，我和六妹妹是送五妹妹去昆州的，怎麼到妳嘴裡像是遊山玩水的了？」

劉菲菲抬頭回以一個笑，眉眼毫無懼怕之意，黃氏看夫妻倆關係好，心裡為寧成昭高興，勸寧櫻道：「妳大嫂給妳，妳就拿著，沿途遇到稀奇古怪的玩意兒給妳大嫂買些回來。」

劉菲菲和寧櫻關係好，黃氏知道其中很大一部分和青岩侯府有關，她在旁看來沒什麼，親戚之間互相幫襯是理所當然的，何況劉菲菲沒有惡意。

寧櫻收下銀票，但聽劉菲菲道：「我與妳說說要買什麼，劉府的管事東南西北跑，說了不少昆州的事，妳拿筆記下來，別忘記了。」

見劉菲菲就事論事，好似真的要她買東西，寧櫻才鬆了口氣。平日劉菲菲送她的東西就多，若再無緣無故得了這麼多銀子，她心下不安，領著劉菲菲去了西屋，讓金桂準備筆墨紙硯，她煞有介事地問道：「大嫂想要買什麼？」

劉菲菲拉著她，朝裡走了兩步，揮退門口的丫鬟，丫鬟會意，識趣地把房屋的門關上，寧櫻明白過來，劉菲菲是有事情和她說，故意尋個藉口單獨和自己說話，她抬起手，把手裡的銀票遞了回去，輕笑道：「大嫂有什麼話就說吧，能幫的忙我一定幫。」

劉菲菲臉色微紅，彎彎的柳葉眉挑了兩下，拂開寧櫻的手，輕聲道：「銀票是真的給妳拿著花的，不過，有件事確實要拜託妳，事關我娘家，大意不得。我家祖祖輩輩是皇商，六妹妹可知我家是做什麼的？」

寧櫻搖頭。上輩子，有言官彈劾寧府和劉府勾結，以次充好，彈劾的人多，皇上那兒好像沒有反應，她也沒放在心上，現在看劉菲菲鄭重其事，髮髻上戴著鑲嵌珍珠碧玉步搖，耳間掛著赤金纏珍珠墜子，她大膽猜測道：「不會是金子吧？」

她記得劉菲菲給秦氏的全是金飾，款式新穎獨特，鐲子、簪花、步搖都是實打實的金子做的，而劉菲菲的陪嫁中，金飾也最多。

劉菲菲摸了下自己頭上的步搖，笑道：「猜對了，晉州一帶的金礦就是我娘家的。」

劉府是從晉州發家的，不過是祖上好幾代的事情了，劉菲菲在京城長大，大門不出、二門不邁，劉老爺年年都會去晉州，外面的人只以為金子值錢貴重，殊不知金子也有好壞，金子從金礦中挖出來，還要經過好幾道工序提煉，剛從金礦中挖出來的金子不能直接送往京城，劉家精益求精，這些年在金子的提煉上費了不少心思，每年送往宮裡的金子都是最好的。

只是前些日子，晉州發生了一些事情，牽扯到劉家的金礦，照理說算不得什麼大事，像劉家做金子生意的，都會有自己的庫房以備不時之需，偏偏寧國忠找她爹商量了些事，劉府和寧府是親家照理該互相幫襯，但有的事情能做，有的事情不能做，她爹還是拎得清的，和寧國忠合作，劉府會面臨巨大的考驗，她爹不敢冒險。

金桂端著筆墨紙硯過來，看房屋的門關著，心裡疑惑，看銀桂朝她搖頭，明白劉菲菲是有要事和寧櫻說，買東西不過是個幌子，她端著筆墨紙硯站在門邊，斜眼打量著劉菲菲帶來的丫鬟。劉菲菲不缺錢，她的丫鬟通身氣派快趕上小戶人家的小姐了，髮髻上戴著金簪，耳墜金光閃閃，寧府上下，也就劉菲菲的丫鬟敢如此張揚，生怕不知她們主子有錢。

屋裡，寧櫻聽了劉菲菲的話震驚不已，劉菲菲自己也不太相信，但寧國忠給劉足金寫了信，她為此還去書房找寧國忠寫的字核對過，的確是他的字跡。

「我爹的意思是暫時不急著回覆，聽說譚侍郎所在的住處離昆州不遠，六妹妹可否幫我問問譚侍郎的意思？」

她不知寧國忠遇到什麼麻煩，竟然要劉足金鋌而走險把入宮的東西換下來，劉足金哪有這麼大的膽子？劉家祖上的皇商之位是靠著劉家名聲得來的，哪能輕易聽信寧國忠的話？

寧櫻點頭瞅著手裡的銀票。沒想到，兩府勾結是寧國忠提出來的，寧國忠最是注重名聲，好端端地怎麼會生出這個想法來？而且，寧國忠和老管家出門巡視各個莊子的莊稼去了，怎會給劉老爺去信？

劉菲菲順著寧櫻的目光落在銀票上，以為寧櫻覺得銀票燙手，赧然道：「我娘生我弟弟的時候損了身子，而我爹素來注重嫡庶之分，故而，往後劉家鐵定是要交到我弟弟手裡的，祖父提出的事關係重大，我爹怕把劉府葬送進去便宜了其他人，還請六妹妹幫這個忙，大嫂往後一輩子都記著妳的好。」

皇商時隔三年就會重新選拔，和科考差不多，劉家能屹立不搖，不被其他商人擠下去，全靠過硬的本事，這些年不知惹來多少人的眼紅，劉足金為了保住皇商的名頭，每年往各處府邸送的金子、銀子不計其數，否則也不會想方設法把她嫁進官宦人家。

「我知道，我去了昆州看見譚侍郎的話會轉達的，祖父信上還說了什麼？」

寧國忠不會平白無故起這種心思，一定是遇到什麼事情，且極有可能和錢財有關，寧國忠需要大筆的銀子，以次充好，賄賂大臣。寧國忠想賄賂誰？

劉菲菲抿了抿唇，感慨道：「祖父信上說劉府為皇商，看上去掙得多，實際上掙的錢財多送往各府上去了，府裡沒有多少銀子，與其拿錢填補無底洞還得來旁人的白眼，不如集中錢財支持那些唸書的書生，待他們考中進士、入朝為官能為劉府所用。」

劉菲菲瞭解劉足金的性子，不得不說，寧國忠的話打動劉足金了，否則以劉足金的圓滑，直接就回絕了寧國忠，不會遲疑不決。劉足金很早的時候也有過這想法，可劉家世世代代是商人，商人沒有科考的資格。而支持其他族姓人家，要麼人家看不上，要麼劉足金看不上人家，商人重利，劉足金挑中的人家多是有希望中秀才的，那種上趕著要劉家錢財的，劉足金認為人家沒有骨氣，有骨氣的人又視金錢如糞土，瞧不上劉家。

而寧國忠給劉足金提供了人選，如何不讓劉足金心動？

商人沒有地位，劉府到處結交官宦人家的家眷，何嘗不是想找到可靠的人家攀附上去？對劉家來說，寧國忠說的法子的確是最好的。初入官場，打點需要花銀子，劉府有錢，能為其謀劃到一個不錯的官職，往後劉府遇到什麼事需要人挺身而出，之前花出去的銀子就有了回報。

銀貨兩訖，自己培養出來的人，比無頭蒼蠅似地往各府送錢有效多了，可是這還是說不通寧國忠為何會為劉老爺出謀劃策？

「祖父可說他要的條件是什麼嗎？」

劉菲菲聽寧櫻一針見血說到點子上，心下不由得佩服起寧櫻來。換作她，不是劉足金告知的話，現在都不知寧國忠的目的，哪怕劉足金是猜測的，劉菲菲覺得十有八九是真的，說道：「祖父說得對，劉家看似掙的銀子多，每年上上下下打點各處的官員花的銀子不在少數，有一年還虧空了銀錢，祖父的意思是開口要錢。」說到這裡，她看寧櫻皺起了眉頭，又道：「且需要的數額不小。」

寧國忠若不是急需很多銀錢，劉府樂意給他，畢竟每年劉府送出去的銀錢不是小數目，分一點出來給寧國忠沒什麼，寧國忠心裡不會不明白；然而寧國忠卻沒有開口，便說明要的錢不是一星半點兒，是會讓劉足金為難的數額，所以才拿條件交換。人，知道有些東西無法輕易得到，便只有走其他路子，以我所有易你所沒有，也算互惠互利。

寧櫻點了點頭，摩挲著手裡的銀票。劉菲菲給她的銀票數額至少是五千兩，寧國忠到底需要多少銀子？

兩人靜默不語，寧櫻不說話，劉菲菲也不敢說，劉足金讓她走寧櫻的路子是想靠青岩侯府了。劉足金找人評估過譚慎衍，入內閣是遲早的事，若劉府靠上青岩侯府，劉足金願意拿出劉府五成的利潤奉上，可眼下，這話不到說開的時候，劉足金混了這麼多年，明白什麼時候才是最佳時機。

「大嫂，我記下了，待去了昆州幫妳問問，之後書信給妳……」說到一半，她頓了頓，道：「之後我會書信去劉府，妳估算著日子回府住著。」

柳氏管家，府裡幾乎都是柳氏和寧國忠的人，她寫給劉菲菲的信不見得能到她手裡，落入寧國忠手裡就糟糕了。劉府想靠著青岩侯府，她沒法子幫譚慎衍做決定，事情如何，得讓譚慎衍自己決定。

劉菲菲鄭重地點了點頭，笑道：「多謝六妹妹了。」

為了不讓人懷疑，寧櫻喚金桂進屋，劉菲菲說了幾樣昆州的特產，寧櫻記在紙上，吩咐金桂放盒子裡別弄丟了，之後兩人才說說笑笑地去正屋。

寧成昭和黃氏商量好人選、路線，也準備回去了，看劉菲菲和寧櫻投緣，寧成昭打趣劉菲菲道：「六妹妹送五妹妹去昆州，結果倒成了給妳跑腿的了；六妹妹，可得讓妳大嫂多給些銀子才成。」

寧櫻臉色微紅，晃了晃裝銀票的袖子，脆聲道：「大嫂讓我買的都是些小玩意兒，不值錢，說起來我還賺了呢！」

明眸善睞，淺笑嫣然，寧成昭想還是老侯爺有眼力，去年和今年，寧櫻容貌一眼看去沒什麼變化，實則精緻許多。寧櫻比寧靜芸還要有氣質，寧靜芸是懸崖上孤芳自賞的牡丹，而寧櫻則是出淤泥而不染的蓮花，美得隨和卻不失氣性。

見寧成昭和劉菲菲出了門，黃氏招手，拉著寧櫻的手道：「路上多聽妳大哥的，我給荀志去了信，說你們慢悠悠趕路，讓他別著急，快到昆州時，妳大哥會往昆州送信。櫻娘……」

黃氏好似有很多話想說，到嘴邊又難以啟齒，拍著寧櫻蔥白般細嫩的手，嘆息道：「妳姊姊和荀志成親，怕還有折騰的時候……」

寧櫻失笑。「娘放心就是了，我和大哥一起去，荀哥哥不會欺負姊姊的。」

黃氏跟著笑了起來。「妳荀家哥哥沈穩大氣，不會和妳姊姊一般見識，先回屋休息吧，明日出城，娘就不送你們了。」

兩個女兒離京，黃氏心裡如何捨得，孩子大了，終究是要離開爹娘身邊的。

黃氏揉著寧櫻髮髻上的簪花，悵然道：「妳姊姊出嫁，明年就是妳了。」

「嫁了人也是娘的女兒。」寧櫻坐在黃氏跟前的凳子上，伸手環抱著黃氏，撒嬌道：「娘捨不得我，我也捨不得娘呢！娘在府裡好好的，我去蜀州，給娘帶牛肉回來，還有蜀州特有的紅辣椒。」

黃氏拉著她往外推了推，揶揄道：「多大的人了，還跟娘撒嬌，當娘不知妳自己喜歡吃牛肉呢！辣椒少吃些，容易鬧肚子，我讓吳嬤嬤準備些日常的藥材以備不時之需，風大，記得拉上簾子，別著涼了。」

想到回京途中，她和寧櫻差點沒了命，黃氏眼神一片陰冷，手裡的力道卻極輕，嘮叨了好一陣子才停下。

「晚上在這邊用膳，娘讓廚房做了妳愛吃的菜，多吃些。」

寧櫻回京後才養出挑食的毛病。寧櫻總說廚子弄的飯菜不好吃，她特意讓吳嬤嬤親自下廚。

飯桌上，寧靜芸殷勤孝順，每道菜都先挾給黃氏，之後再自己吃，黃氏一臉欣慰。

黃氏不厭其煩說起趕路的事，方才叨嘮寧櫻，此刻換作寧靜芸了。「妳沒有出過遠門，什麼事都聽吳嬤嬤的，別爭強好勝；妳是姊姊，要照顧好妹妹，到了昆州，妳大哥和櫻娘會籌辦妳的親事，志兒畢竟是一方父母官，拜堂成親是少不了的，妳不可再意氣用事，明白嗎？」

寧靜芸吃著菜，抬眸瞄了眼黃氏，淡淡道：「娘放寬心，我不會鬧事的。」

明日出行，寧櫻以為自己會睡不著，腦子裡想著譚慎衍見到她會是什麼表情，是嚇一跳還是欣喜若狂？想著想著，不知不覺就睡了過去。

第四十五章

晨曦從天際灑下一層灰白，院子裡傳來灑掃的聲響，金桂起身收拾好地上的涼蓆，瞅了眼簾帳裡睡得酣甜的寧櫻，輕手輕腳退了出去。

夜裡，寧櫻咳嗽醒了一回，迷迷糊糊地不見醒，嘴裡喊著難受，還喊著一個人的名字令金桂心驚。「侯爺……」

以前寧櫻呢喃時只會喊她或者銀桂，這是頭一回喊侯爺，金桂心下納悶不已，卻也害怕，寧櫻根本不認識什麼侯爺，她嘴裡的人是誰？若是譚侍郎的話，譚侍郎還是世子。

金桂收拾好神思，輕輕推開門，吩咐門口的丫鬟道：「去端冰塊來，小姐醒了怕是會喊熱。」見聞嬤嬤從拱門處走來，她慢慢迎了上去。「嬤嬤伺候小姐洗漱，金桂去前面提醒吳琅把行李擱馬車上以便趕路。」

聞嬤嬤點了點頭，理了理胸前的衣衫，小聲問道：「昨晚小姐可休息得好？」

金桂低著頭，怕聞嬤嬤看透自己的情緒。寧櫻呢喃的那兩個字傳開的話，誰都會遭殃，她重重搖了搖頭，心虛道：「和以前差不多，嬤嬤，小姐真的不是生病了嗎？」

「瞎說什麼，小姐真要是生了病，小太醫怎麼會看不出來？而且吳嬤嬤說過，小姐在莊子上沒夜咳的毛病，回京後水土不服導致的，清楚了嗎？」

聞嬤嬤話聲嚴厲，金桂打了個哆嗦，也反應過來自己說錯了話。京中小姐最忌憚的就是毀容和生病，若寧櫻夜咳的事情傳出去，可能會導致青岩侯府的人上門退親。

「金桂記著了，往後不敢亂說。」

聞嬤嬤這才擺了擺手。「讓兩個丫鬟幫妳把行李抬出去。」

寧櫻在聞嬤嬤開口訓斥金桂的時候就醒了，她夜咳的事是心病，一輩子怕是都治不好了，她也沒想過治好，這種咳嗽不會要了她的命，經歷過咳血，這種算什麼？

寧櫻撩起簾帳，聲音還帶著初醒時的沙啞。「奶娘，進來吧！」

聞嬤嬤聽到聲音，推門而入。今日出門，她特意挑了身素淨的衣衫，笑盈盈道：「是不是老奴說話聲音大吵著您了？別看天亮了，時辰還早呢，再睡會兒。」

大戶人家遠行皆會請人看日子，吉時出門，有利於行。

聞嬤嬤扶著寧櫻躺下。她在京城輾轉十年才回到寧櫻身邊，心裡遺憾當年不能隨她去蜀州，此行跟著寧櫻倒是能滿足她，聽寧櫻的意思會順道前往蜀州，她一大把年紀，能出去轉轉是件樂事，路途遙遠不假，可寧靜芸和寧櫻身子嬌貴，路上走走停停，跟遊山玩水差不多，別有一番閒情逸致，如何叫她不喜歡？

寧櫻望了眼窗外，依言躺下，腦子的確還有些混沌不清。「到時辰了，奶娘叫醒我。」

「睡吧，奶娘守著。」

入夏後，寧櫻身子清瘦許多，大概是夜裡睡不好的緣故，臉色難免略顯憔悴，聞嬤嬤不敢掉以輕心，日日都讓廚房熬著燕窩。寧櫻年輕，正是漂亮的年紀，不好好保養，過了這個年紀就後悔莫及了，她坐在凳子上，盯著寧櫻姣好的容顏，想起了她兒子，好些日子沒有他的消息。聞嬤嬤心裡擔心，可他過得是刀口上舔血的生活，身後仇家多，她不敢大張旗鼓找他，不見了人，聞嬤嬤才不安，她連他為誰賣命都沒問過。

這次離開京城，再見面就是過年的事了，聞嬤嬤怕他擔心，尋思著叮囑門房一聲，以免他來寧府找不著人。待床榻上傳來均勻的呼吸聲，聞嬤嬤躡手躡腳退了出去，問門房的婆子，知道她兒子沒有來，聞嬤嬤心下一陣失落，念著寧櫻醒來屋裡沒人，急急忙忙又回了桃園。

而此時，京郊外的一處莊子，冉冉升起的太陽照亮了整個院子，猩紅的血蜿蜒成溪，黑色對襟直裰的男子站在屋簷下，一臉肅殺之氣，和平日的狗腿模樣截然不同，冷眼望著院子裡的屍體，眉頭緊皺。

院門口一位衣著樸素的男子走近。「可查出他們是誰的人了？派人偷襲你多半怕是察覺到了什麼，世子爺在邊關……」

福昌吸了口氣。黑色的衣袍下滴著血，握著劍的手微微顫抖著，殺人到手麻，他算領會到了，看小廝訓練有素地拖著屍體出府他才轉身，恭敬朝男子道：「主子不想老侯爺傷神，昨晚的事，還請羅叔守口如瓶。」

男子面無表情，如玉的臉波瀾不驚。「老侯爺身子一直不好，只是世子爺如何料定昨晚會有人偷襲？來人可不是泛泛之輩，京郊大營出了叛徒？」

京郊大營隸屬青岩侯府，譚慎衍握著兵符，沒道理他們會把心思動到這邊。

福昌矢口否認。「不是京郊大營的人，看對方的身手，是某府的私兵。羅叔，主子還交代了事，我得回京一趟了。」

羅平看他臉上淌著血，皺眉道：「先讓大夫給你包紮一下，我既然來了，不會出事的，你別沒把世子爺的事辦好不說，中途還丟了命。」

福昌訕訕一笑。昨晚若不是他機警，沒準兒真死了，抬起衣袖胡亂地抹了抹臉上的血，一本正經道：「我臉沒受傷吧？」

若受了傷，譚慎衍交代的事情就不能做了。

臉上的血滴匯聚成血漬，血糊成一片哪看得清楚。

羅平別開臉，望著院子裡一夜間狼藉的景致道：「看不出來，世子爺交代你做什麼，我讓人去辦。」

「主子說六小姐心思敏銳，換個人的話恐怕會被六小姐識破……」

「六小姐？」羅平嘴角輕微地抽搐了兩下。不愧是譚慎衍，都這會兒了，還有心思兒女情長，不過也好，老侯爺知道了應該會歡喜的。

羅平指著升起的太陽道：「瞅著時辰，六小姐估計離京了，往昆州的官道和莊子相反，你追上去把人攔下來不成？」

老侯爺挑中的孫媳婦，平日已派人多留意著，他清楚寧櫻和寧成昭送親之事。

「什麼？」福昌瞳孔緊縮了兩下。「六小姐離京做什麼？」

「五小姐嫁去昆州，六小姐送親去了。」也許是血腥味太重，羅平推開門進了屋子，屋裡燃著熏香，能蓋住血的氣味。

福昌呆怔在原地，只覺得自己犯了大錯。譚慎衍離京後，他收到下面人的消息說晉州有異動，便前往察看，隨後是譚慎衍讓他去蜀州押解一名犯人回京，那人是推倒韓家的關鍵，他不敢馬虎，押解回京自己坐鎮守著，沒想過寧櫻的事；直到前兩日收到譚慎衍的信，他才恍然大悟，他把最重要的事情給忘記了，譚慎衍每半個月就會寫信給寧櫻，雖然他知道以譚慎衍的心思，信中頂多只有一、兩句話，可他若沒有把信送到寧櫻手上，譚慎衍不會饒過他的。

戰戰兢兢把劍收回劍鞘，福昌望著羅平。「羅叔，我怕是犯錯了，他日主子回京，您可得幫我說幾句好話。」

「好，下去讓大夫瞧瞧你可有受傷？別想太多了，有我呢！」

譚慎衍做的事難關重重，朝堂幾位皇子暗鬥得厲害，朝堂上立儲的聲音日益高漲，不知皇上會想什麼法子壓下這事。

富貴險中求，譚慎衍有老侯爺當年的風範，只是，這富貴於青岩侯府不過錦上添花，他不明白為何譚慎衍要把自己拖下水？

蔓延至遠山的官道上，望著巍峨厚重的城牆，寧櫻生出許多感慨來。她曾看著荀志的馬車在視線裡越走越遠，直至成了黑點，然後是譚慎衍，如今卻輪到她了。

天氣炎熱，寧成昭放棄了騎馬，寧櫻不想和寧靜芸一輛馬車，於是和聞嬤嬤、金桂、銀桂共乘，她們四個人不覺得擁擠，黃氏把行李減了又減，結果隨行的仍然有六輛馬車。

初次出遠門，金桂一臉興奮，撩起簾子，手舞足蹈道：「聽說昆州土地貧瘠，住的房屋和我們不同，不知是什麼樣子？」

聞嬤嬤替寧櫻搖著摺扇，她心情激動，卻懂得控制自己雀躍的情緒，呵斥金桂道：「放下簾子，別曬著小姐了，小姐皮膚嫩，曬黑了如何是好？」

這話從小聽到大，寧櫻擺手道：「沒事的，奶娘由著她們去吧，難得出京，放鬆心情好好玩。」

「小姐就慣著她們。」聞嬤嬤手裡的扇子不停，嘀嘀咕咕好一番，又說起在邊關的譚慎衍來。「您和譚侍郎雖然沒有成親，但他總該寫信報個平安才是，老奴去侯府打聽過，門房說譚侍郎沒有消息回來，也不知邊關是什麼景象？老侯爺在，譚侍郎該多給老侯爺報平安才是……」

聞嬤嬤絮絮叨叨好一會兒，金桂、銀桂對視一眼，笑著放下了簾子。

最初新鮮，望著沿途倒退的風景新奇不已，兩個時辰不到，兩人臉上就露出疲態。寧櫻沒有架子，讓金桂她們坐在軟墊上休息，否則一直坐在矮凳子上，雙腿容易浮腫，身子吃不消。

馬車沿著官道，兩旁的風景漸漸變得千篇一律，平淡無奇，寧櫻躺在墊子上，由聞嬤嬤輕柔地捏著她的小腿，出門前，王娘子送了她兩本書，正好打發時間。

午時，寧成昭找了一塊陰涼之地，樹木成蔭，樹影斑駁，安置好桌椅，幾人隨便吃些糕點，呼吸些新鮮空氣再趕路。

寧靜芸臉頰帶著不自然的潮紅和白，吳嬤嬤左右不離身地伺候著，擔憂不已。「五小姐莫不是中暑了？」

寧靜芸沒出過遠門，再舒適的馬車坐久了身子也不舒服，反觀寧櫻神清氣爽、杏臉桃腮，跟遊山玩水似的，一派輕鬆自在。

吳嬤嬤羨慕道：「六小姐精氣神真好。」

聞嬤嬤看著寧靜芸面色發白，血色全無，一陣風吹來就要倒下去似的，不由得蹙起了眉頭。

不在黃氏身邊，寧靜芸變了許多，收斂起周身戾氣，眼神不似那般會算計了。沒了黃氏的縱容，她或許會慢慢體會生活的不易，體諒黃氏的苦心也不一定。

「車裡準備了藥，熬了給六小姐喝吧！」聞嬤嬤道。

吳嬤嬤感激一笑，她以為聞嬤嬤開口便會針對寧靜芸呢！不管怎麼說，黃氏派她照顧寧靜芸，她就要照顧好了。

喝了藥，寧靜芸臉色恢復了些，休息片刻，繼續趕路。

太陽漸漸西沈，天際整齊平滑如線，潔白如雪的雲朵如染了鮮血似地一點一點暈開，遠處的山巒罩在火紅的光芒下，迎接太陽的墜落，波瀾壯闊，刺眼的光射來。

寧櫻眯了眯眼，馬車裡紅紅的，四處皆披上了晚霞的紗衣，寧櫻坐起身，驚呼道：「比京城的夕陽好看！」

主僕四人興致勃勃，聲音洪亮，寧櫻本就是大嗓門，之前一直壓著，這會兒看見壯闊的景色忽然就忘了，也沒刻意壓制，馬車外的吳琅將寧櫻的話聽得清清楚楚，偶爾側頭望著漸落的太陽，生出諸多感慨來。

寧櫻讓帳房先生教他識字管帳，又讓他到處打探消息，栽培之恩難以報答，想到在蜀州時他的志向不過是娶個溫柔賢慧的妻子，好好幫吳管事管理莊子，進了京才知，他早先的想法著實太過愚昧，一人得道，雞犬升天，他走得遠，往後的子子孫孫才能過上好日子。

是寧櫻讓他心境開闊了許多。

路上耽擱的時間長，到驛站已經天黑了。換了地方，寧櫻夜裡輾轉難眠，加上驛站的床硬，耳邊是嗡嗡的蚊蟲聲，鬧得寧櫻天明時分腦子才渾渾噩噩有了睡意。聞嬤嬤夜裡沒聽到她咳嗽，心知寧櫻沒睡著，這會兒看床榻上的寧櫻一動不動，也不急著打擾她，躡手躡腳退了出去，遇到吳嬤嬤從寧靜芸房裡出來。

吳嬤嬤指了指屋子，小聲道：「五小姐醒了，六小姐呢？」

聞嬤嬤比劃了個噤聲的手勢，朝打水上樓的金桂小聲道：「六小姐還睡著，白天睡多了，夜裡翻來覆去睡不著，剛睡下呢，妳去院子瞧瞧昨晚洗的衣衫可乾了？乾了摺起來放好。」

這時候，屋裡傳來寧靜芸的說話聲。「吳嬤嬤，我身子不適，告訴大哥晚點出發吧！」

吳嬤嬤一怔，和聞嬤嬤交換了個眼神，兩人心照不宣。

五小姐，是體諒六小姐嗎？

吳嬤嬤答了一聲好，挽著聞嬤嬤下樓，神色輕鬆愉悅，壓低聲音道：「妳說，五小姐是不是……」

「路還長著，以後再看吧！」聞嬤嬤往寧靜芸屋子瞥了眼，眼裡流過暖意。

她不得不承認，寧靜芸從沒做出過傷害寧櫻的事情來，和黃氏的關係，是她的心結而已。

寧櫻醒來時，外面已大亮了，她腦子昏昏沈沈的，耳邊好似還殘留著蚊蟲的嗡嗡聲，驛站的熏香對蚊蟲好似沒用，她心下煩躁，吃過飯，叮囑聞嬤嬤可以啟程了。她無心拖累大家，和聞嬤嬤道：「明日若是我繼續睡的話，妳記得叫醒我，日夜顛倒不是法子。」

聞嬤嬤整理好床上的褥子，回道：「老奴記著了，五小姐一大早就醒了，讓大少爺晚些趕路。」

有些話，該說的她還是要說，親姊妹，若能和好如初，再好不過。

「是嗎？」

寧櫻不太相信，難道寧靜芸轉性了？

下樓時碰見寧靜芸，後者一臉清冷孤傲，不欲多說，寧櫻不是自討苦吃之人，沒有問清晨之事，姊妹倆交流不多。

寧靜芸身子差，適應不了，馬車行駛得慢，九月底了還在昆州旁邊的欽州晃悠，聞嬤嬤也不抱怨，跟著寧櫻，一路上買了不少好玩意兒，價格實惠，絲毫不比京城的遜色。聽寧成昭的話，再有兩日就到昆州了，一路南下，高大宏偉的建築被矮小的房屋取代，泛舊的泥牆、灰白的院牆，透著古老而陳舊的氣息，田地間勞作的有男有女，說說笑笑，嗓門很是嘹亮，哪怕在馬車裡，也能將對話的內容聽得一清二楚。

聞嬤嬤想到寧櫻說話時的大嗓門。「欽州人和蜀州人說話都喜歡大嗓門？小姐可別沾染了這個習慣，大家閨秀，輕聲細語，笑不露齒是常態，您可別一出京什麼都忘記了。」

寧櫻撩起簾子，望著田野裡勞作的男男女女，生出一種親切感。「我從小說話聲音大，回京後刻意壓著，蜀州沒那麼多講究，想來欽州也是。入鄉隨俗，如果在這種地方，妳還故作京城大戶人家小姐的矜持，會被人看不起的，何況，我說話素來都是這樣子，奶娘可以問問吳嬤嬤。」

「那小姐注意著，別把嗓門喊破了，聲音是女子的第二張臉，重要著呢！」

「知道了，大哥說今日在欽州城轉轉，他給荀哥哥去信，明日再出發，妳看有什麼想買的儘量買，大嫂給了不少銀子呢！」

寧成昭向她謄抄了一份劉菲菲要的東西，想來是要自己買給劉菲菲。她記不清寧成昭和劉菲菲上輩子夫妻感情如何，實際上離開京城後，關於上輩子的很多事她都不記得了，她想，是不是生活久了，那些事自然而然就給忘記了？

聞嬤嬤探頭望著窗外，田野裡洋溢著收穫的喜悅，一路見識多了，聞嬤嬤倒是覺得後宅中明爭暗鬥的夫人、小姐有些矯情了。她們生來衣食無憂、養尊處優，不好好珍惜自己的日子，整日爾虞我詐，試圖爭個高低，換到這種地方，日出而作，日入而息，整日為田地裡的莊稼忙活，哪有心思放在雞毛蒜皮的小事上，過好自己的日子都不夠時間了呢！

人哪，毛病都是閒出來的。

欽州城牆有些年頭了，殘破不堪，聞嬤嬤有些擔憂。見慣了京城的富庶和繁華，現在一眼就能瞧見街頭衣衫襤褸的行人，她不適應，抬手遮寧櫻的眼睛，以防污了寧櫻雙眼。

寧櫻拉著她，習以為常道：「奶娘，這種人在蜀州到處都是，他們的衣衫好好的呢，打了補丁，妳仔細瞧瞧是不是？」

昆州四季如春，欽州毗鄰昆州卻沒有昆州的清爽，反而更熱，街上甚至有光著膀子行走的男子，聞嬤嬤驚呼一聲放下簾子，臉色通紅，旁邊的金桂、銀桂也不好意思地收回了目光，反觀寧櫻，一臉鎮定坦然，目不轉睛望著外面。

聞嬤嬤心急，不顧寧櫻反抗地拉著她轉身，聲音急切。「小姐莫看了，傳出去，您的名聲就壞了。什麼人哪，出門穿得如此傷風敗俗……」

想到那蠟黃黑瘦跳動的膀子，聞嬤嬤臉色發燙，說什麼都不肯寧櫻再掀開簾子。「待會兒小姐把紗帽戴上再下馬車，別被人衝撞了。」

寧櫻哭笑不得，解釋道：「欽州民風如此，奶娘不必心焦，妳瞧瞧，路上的行人好些都光著膀子呢，沒什麼大不了的。」

「不成，男女有別，您被人衝撞了怎麼辦？待會兒讓金桂、銀桂扶著您，您一路低頭，別東張西望。」聞嬤嬤神色嚴肅，臉紅成柿子。

寧成昭挑了一間裝飾得不錯的客棧，要了三間上房，寧櫻被金桂、銀桂左右扶著，上上下下裹得嚴嚴實實，寧櫻透過薄薄的紗帽發現小二見鬼似地瞪著她，她無奈地扯了扯金桂的衣衫。

而金桂被小二露出來的精壯胳膊羞得抬不起頭，倒沒留意到寧櫻掙脫了她去。她心想，欽州人怎麼這樣子，袒胸露背，和京城那些不正經的姨娘差不多。

寧櫻抽回手，兀自取下頭上的紗帽，大大方方看向小二，她肌膚勝雪，美目流盼，讓小二看花了眼，張著嘴，一時忘記自己要說什麼了。

掌櫃的坐在櫃檯後，抬眼，也被寧櫻的容貌驚著了，不過他看到的不是美色，而是對方不俗的身分，滿臉堆著笑從櫃檯後走了出來。「幾位客官可是住店？」

寧成昭擋在寧櫻身前，眼睛微眯，禮貌道：「屋子準備好了，不牢掌櫃的費心。」

他先上樓察看了下屋子，留下兩個丫鬟收拾樓上。自寧櫻捉蟲嚇唬過寧靜芸後，寧靜芸對住宿的要求極高，寧成昭自己都留下了陰影何況是寧靜芸，每到一處，必然會讓丫鬟把屋子打掃乾淨，又買了許多熏香燃著，防止屋裡有老鼠蚊蟲。

掌櫃看寧成昭氣度不凡，笑得越發和善。「客官說得對。」

回到屋裡，聞嬤嬤和金桂為寧櫻鋪床，嘴裡抱怨不已。「大少爺說這間客棧好，老奴瞧著什麼都不行。瞧瞧那小二穿的衣衫，哪是正經人穿的？該和大少爺說一聲，換間客棧才好。」

寧櫻打開窗戶，望著街道上行色匆匆的行人，輕聲解釋道：「欽州人都是這般打扮的，我看見縣衙就在旁邊街道上，此處應該是欽州繁華地段了，換其他客棧，比不上這間怎麼辦？」

聞嬤嬤一怔，想想也是，然而她瞧不起小二的穿著，尤其想到小二露出來的兩隻手臂便臉紅不已，放下手裡的褥子，道：「老奴找大少爺說說，讓店裡的小二穿得嚴實些，光天化日，衣不蔽體像什麼樣子？小姐別不當回事，傳到京城，不知會被多少人笑話呢！」

說著，她氣呼呼地出了門，寧櫻聽到對面屋裡傳來說話聲，然後聞嬤嬤走了出來，臉上紅暈散退不少。「大少爺說會和掌櫃的說，小姐坐下歇歇，這欽州城沒什麼可逛的地方，太陽毒辣，還是別出門了。」

聞嬤嬤瞧不起欽州還有一點，這裡的人普遍偏黑，皮膚粗糙得很，一白遮千醜，人一黑，立即醜了三分；只是欽州百姓的膚色和欽州城的氣候有關，她沒有品頭論足的權利，而且她管不了別人。

於是，她只有看緊了寧櫻，別人如何她不管，寧櫻不能黑了。

天熱，冰塊融化得快，故而欽州城用冰塊的人家都是有錢的名門望族，像客棧這種小地方是沒有冰塊的，寧櫻坐在窗戶邊，背後的衣衫濕了，貼在身上難受得很。「我知道了，不會出門的，天黑了我們再出門。銀桂，讓小二打點水，我洗漱一番。」

銀桂稱是。這些日子她也練就了大嗓門，不用下樓，站在樓梯口，徑直朝著下面喊道：「小二，備水。」

聞嬤嬤被聲音震得身子晃了晃，彷彿腳下的木板在顫動，向寧櫻抱怨道：「瞧瞧銀桂成了什麼樣子，都是小姐慣出來的，不知道的還以為哪兒來的野丫鬟呢！」

而隔壁屋裡，傳來寧靜芸不高不低的嬌弱聲。「吳嬤嬤，我頭暈，這屋子不是在晃吧？」

她聽到吳嬤嬤說：「是銀桂吩咐小二備水呢，五小姐別想多了，您先歇會兒，待會兒讓金翹下樓叫水。」

老夫人送給寧靜芸的四個丫鬟，冠以夕字，分別是夕花、夕雪、夕風、夕月，而黃氏為寧靜芸準備的丫鬟則以金字排序，金翹、金桔、金芍、金薇。吳嬤嬤看不起夕花四人，一路上也想找藉口打發了，誰知四人察覺到什麼，安分守己、規規矩矩的，嚴格如她都挑不出錯處來，沒找著機會打發。

想到馬上要到昆州了，不能讓四人繼續跟著，吳嬤嬤話鋒一轉，道：「罷了，金翹，讓夕花下樓吩咐一聲。」

木牆不隔音，寧櫻將吳嬤嬤的話聽得一清二楚。吳嬤嬤待寧靜芸的確有幾分真心在裡面，一路上，寧靜芸沈默許多。

太陽毒辣，寧成昭也不敢出門，問了小二城裡大致有哪些好玩的鋪子、分布在哪條街，準備太陽下山後帶寧櫻轉轉。寧櫻好玩，寧靜芸不愛走動，和兩個妹妹相處久了，他更偏愛寧櫻，寧櫻是個能屈能伸的人，潑悍起來，無人能敵。

想到寧櫻操著一口蜀州口音和人討價還價，爭執得面紅耳赤就為了十來文錢，寧成昭心下搖頭。寧櫻的性子他有些捉摸不透，說她沒有大家閨秀的風範，可進退有度，待人謙和有禮，禮數比寧靜芸還好；說她是大家閨秀，可大著嗓門，站在男子跟前毫不相讓，兩種反差在寧櫻身上竟一點都不矛盾，委實怪異。

日落西山，晚霞脫去紅衣，傾瀉下灰白的光，街頭喧鬧起來，傳來小販的叫賣吆喝聲。寧櫻睜開眼，睡前洗過澡，這會兒裡衣又濕了，她喚金桂為她穿衣。

門口傳來寧成昭的敲門聲。「六妹妹，想出門逛嗎？我陪妳。」

寧櫻面色一喜，回答。「好，大哥去樓下等我，半刻就好。」

金桂伺候寧櫻穿衣，隔壁屋裡又傳來動靜，是吳嬤嬤在訓斥夕花，用詞粗鄙，金桂蹙了蹙眉，下意識地看向旁邊的聞嬤嬤。

聞嬤嬤皺眉，低聲對著木門道：「一大把年紀了，訓斥丫鬟該說什麼妳自己拎不清嗎？六小姐在呢，別辱了六小姐耳朵，要罵人，找個隔音的地方去。」

頓時，隔壁的聲音沒了，不過接著響起女子壓抑的悶哼聲，像是在極力忍著什麼，怕是吳嬤嬤在教訓夕花。

聞嬤嬤無奈，握著木梳子的手微微動了兩下，湊到寧櫻耳朵邊，壓低聲音叮囑道：「待會兒和大少爺出門，緊跟著大少爺別走丟了，順便提醒大少爺，再有兩日就到昆州，給荀少爺去信可以挑成親的日子了。」

寧櫻點了點頭。聞嬤嬤擔心路上有人衝撞寧櫻，挑了一件在路上買的天青色繡折枝堆花襦裙，顏色樸實，款式平平無奇，走在路上不引人注意。她幫寧櫻盤髮，貴重的頭飾全收起來了，專挑木簪戴在寧櫻頭上，素淨低調。

聞嬤嬤又建議寧櫻。「外面天色黑人多，小姐別太出挑才是，待會兒讓金桂給她抹點粉，不是說入鄉隨俗嗎？大家都黑著，小姐太白了不太好，抹黑些，出門不顯眼。」

這點和寧櫻想得不謀而合，嗯了聲，問道：「奶娘不和我們一塊兒嗎？聽著吆喝聲甚是熱鬧，客棧有小廝守著，奶娘一塊兒去走走吧！」

聞嬤嬤還震驚於白天所看到的那些衣衫袒露的男子，聞言使勁搖頭。「老奴就不湊熱鬧了，欽州民風開放，小姐見多識廣、面不改色，老奴可做不到；不過小姐不害怕是一回事，買東西就別與人討價還價了，有了肌膚之親如何是好？」聞嬤嬤不想將話說得露骨，但白天所見太過驚悚，她不得不提醒寧櫻。「您說親了，譚侍郎一表人才，您不為了他考慮也得顧忌自己的名聲，傳回京城，老侯爺聽到了，心裡只怕也不痛快。」

一路走來，聞嬤嬤養成絮絮叨叨的性子，逮著誰都能念叨好一會兒，寧櫻聽得耳朵都起繭子了，可沒有法子，妳不讓聞嬤嬤發洩，她憋在心裡，時不時想起來就翻出來說，不如讓她一次性說個痛快，因而寧櫻認真聽著，一言不發。

妝扮好了，寧櫻望著銅鏡中黑了不少的人兒，差點沒認出來。手按在自己眉頭上，五官還在，因為黑了許多的緣故，容貌平平無奇，翦水的眸子也暗淡不少，熟悉又陌生，感覺很奇妙。

聞嬤嬤卻甚是滿意地點了點頭，不忘威脅寧櫻道：「小姐也知道黑了不好看吧？平日老奴說您，您都不當回事，眼下瞧著，是不是不如之前好看了？」

其實，寧櫻容貌還是好看的，不過以往膚若凝脂的人忽然黑了那麼多，誰瞧著都不習慣。人要衣裝，佛要金裝，可不是隨便說說的，換了身行頭，寧櫻氣質低調許多。

寧櫻扶了扶髮髻上的簪子，認同地點了點頭。「奶娘說得對，的確不能曬黑了。」

寧靜芸站在門口，一襲粉紅色百褶拖地長裙，身形曼妙，肌膚勝雪，清麗脫俗，寧靜芸生得好看是公認的事實，只是出門在外低調行事才是正經，寧靜芸這身穿著太惹眼了，更別論身後還跟著八個丫鬟，看樣子，寧靜芸也要出門轉轉。

聞嬤嬤看吳嬤嬤不在，頓了頓，道：「欽州不比京城，五小姐還是低調些。」

寧靜芸低頭打量了眼自己的穿著，不以為然。「六妹妹常說蜀州民風樸實，欽州和蜀州離得近，民風不會比蜀州差，不會出事的。」

說著便往外面走，前後左右簇擁著，引來不少人圍觀。

老實些的人看見寧靜芸紛紛自動讓開路，有些則動動腿想湊上前搭話，消息傳到寧成昭耳朵裡，寧成昭讓寧櫻等會兒，他把寧靜芸接回來再去逛。

都是嬌滴滴的小姐，寧櫻也出門的話，他怕照看不過來。

「沒事的，我帶著金桂、銀桂去隔壁街轉轉。」

一路上寧靜芸不怎麼出門逛，估計憋壞了。

「人生地不熟的，六妹妹別走散了，妳想買什麼吩咐吳琅，我追上五妹妹再說。」

寧櫻不願意寧成昭為難，點頭應下。

然而寧伯昭一走，她就跟著出了門。

地攤上賣小玩意兒的數不勝數，有蘆葦編的草鞋、花籃、兔子，寧櫻的目光落在草鞋上，心思微動，低下頭，買了雙大的。

金桂、銀桂不解，掏錢時有意想提醒寧櫻兩句。這種鞋子不管什麼場合都是不能穿的，而且寧三爺附庸風雅，這種俗物入不了他的眼，銀桂藏不住事，把自己的想法說了。

寧櫻臉色發燙。她是買給譚慎衍的，想著若他穿著草鞋下地幹活，那模樣一定很精彩，聽銀桂會錯了意，倒是提醒了她，她的做法不妥，找藉口道：「買給吳琅的，他整日趕路，黑了不少，這種草鞋蜀州也有賣，吳琅一定喜歡。」

想到吳琅是蜀州長大的，銀桂沒有多說，付了銀子。

人聲鼎沸，鋪子外懸掛的燈籠發出的光昏暗，路上行人眾多，人潮擁著她們往石橋上走，寧櫻示意銀桂先上橋。欽州的房屋矮些，鋪子大多有兩層，有的二樓是住人的，有的二樓則是為了好看，站在岔口，寧櫻瞧了眼前面的三條街，一條街掛滿了五顏六色的燈籠，熱鬧非凡，一條街則影影綽綽，明顯安靜許多。

寧櫻指著喧鬧的街道：「我們走那邊吧，記著來時的路，轉一圈就回去了。」

銀桂點頭，提著燈籠，把手裡的糖葫蘆遞給寧櫻。不得不說，寧櫻是個會享受的主兒，一路南下，寧櫻帶她們領略了不少美食，可能和寧櫻蜀州口音有關，那些人待她們還算溫和，寧櫻問什麼都會細心指路，沒起過爭執。

街道兩旁有許多叫賣的商販，主僕三人興致勃勃，買了不少東西，一路上皆沒有遇到寧成昭，寧櫻和她們轉了一圈就準備回客棧了，街道兩側鋪子錯落有致，燈光明滅，照得行人五官模糊。

回到十字路口，寧櫻被樹下一道黑影吸引了目光，黑影站在一處門前，低頭和對面的人說著什麼。

隔得遠，寧櫻聽不到他們說什麼，只是那熟悉的身形叫她目光一滯。

譚慎衍為何會出現在欽州？

不等她出聲喊他，他已大步流星地離開。

而樹下，走出一名身形曼妙的女子，身上穿了件薄衫，手裡揮舞著手帕，搔首弄姿，極為輕佻，她心神一震，心空了半塊。

金桂見寧櫻目光直直望著樹下，不由得好奇。「小姐看什麼呢？」

寧櫻瞇了瞇眼，眼角苦澀。「沒，走吧，回去了。」

回到客棧的時候，寧成昭和寧靜芸已經在了。

寧成昭坐在大堂等寧櫻，見她臉色不對勁，以為寧櫻埋怨自己只顧著寧靜芸不顧她，他一臉歉意道：「六妹妹，我……」

「聽說河邊賽龍舟，大哥可去看了？」

「沒。」寧成昭反問道：「妳們看了？」

寧靜芸弱不禁風，看著人多心裡就膽怯了三分，楚楚可憐地找他，寧靜芸有個三長兩短，他沒法子交差。

寧櫻心不在焉地搖頭，腦子裡滿是譚慎衍和女子站在樹下輕聲耳語的畫面。

「六妹妹，有件事還得請妳幫個忙。」寧成昭臉上掛著些許不自然的笑，指著後院讓寧櫻去院子裡說話。

寧櫻收起心思跟在寧成昭身後。「大哥有什麼事就說吧，大嫂給的銀子還沒用完呢！」

想到劉菲菲的出手闊綽，寧成昭感到好笑，朝走廊瞥了眼，見沒人跟著後才道：「夕月那丫鬟，妳能否想法子打發了？她若跟著五妹妹去了昆州，怕會起事端。」

寧櫻挑眉，抬頭望著寧成昭。那四個丫鬟可是吳嬤嬤想打發走的人，寧成昭和她說做什麼？知會吳嬤嬤，吳嬤嬤一定樂意效勞。

看寧成昭別過臉，渾身不自在，她眸子轉了轉，定是夕月做了什麼讓寧成昭不喜的事。劉菲菲溫柔可人，兩人又剛成親沒多久，寧成昭眼下沒有納妾的心思，而且這趟出來，名義是送寧靜芸出嫁，回京若傳出寧成昭和寧靜芸的丫鬟有了什麼，落到有心人耳朵裡，她們的名聲就壞了。

寧櫻點頭應下，不忘提醒寧成昭。「離開京城時，大嫂放心不下你，你可別鬧出什麼丟臉的事情來，回去大嫂還怪我為虎作倀呢！大嫂一生氣，往後不給我銀子花了。」

寧成昭啞然失笑。劉菲菲若生氣，秦氏也不會饒過他。「妳和吳嬤嬤說一聲，她知道怎麼做，這種事，我想由妳出面好些。」

寧靜芸穿得招搖，他擔心沒有眼力的人衝撞寧靜芸，亦步亦趨跟著，夕月走在最後，趁著人多往他身上靠，手也不安分，他怕引起寧靜芸懷疑，只有忍著，畢竟寧靜芸轉身的話，他就只有納了夕月，他不會讓夕月得逞，只有裝作享受的模樣。夕月有經驗，人潮湧動，更是別有番情趣，他舒服，卻不敢任由夕月得逞。

「大哥放心好了，我知道怎麼做。還有什麼事嗎？沒有的話我先回去了。」

寧櫻還要想想譚慎衍的事，譚慎衍骨子裡真是個好色之徒？

「早點休息，明日啟程去昆州，」

「好。」

夜晚，她咳嗽的毛病沒有好轉，反而因為木板不隔音，聲音格外刺耳。

聞嬤嬤服侍寧櫻喝了茶，小聲道：「小姐繼續睡，奶娘在呢！」

她覺得寧櫻咳嗽是回京途中受黃氏影響，就跟小孩學走路一樣，大人怎麼走小孩子怎麼學，有駝背的父母，孩子可能好好的，但看父母駝著背，自己不知不覺也跟著學，她傾向寧櫻屬於這種。

旁邊屋裡，被寧櫻咳嗽聲鬧醒的寧靜芸皺了皺眉，問吳嬤嬤道：「六妹妹到底怎麼了？好似常常聽到她夜裡咳嗽。」

吳嬤嬤面色一僵，狀似不經意道：「是嗎？可能水土不服，回京後就好了。」

寧靜芸神色一暗。看吳嬤嬤明顯不願意多說，識趣地沒有多問，再躺下，在吳嬤嬤看不見的地方眼神漸漸黯淡。

第四十六章

從欽州離開的譚慎衍回到軍營已經天亮，軍營建在山腳，周圍的樹砍光了，地勢平坦，若有敵人進攻，一眼就能發現敵情，韓越選擇在此處駐紮，確實是好地方。

暗黑色的身影穿過重重守衛，無人敢出手阻攔，且人人臉上都露出難以置信來。看譚慎衍的馬進了門，好些人還沒回過神，他們都以為譚慎衍在軍營養傷，何時他出去了竟都不知。

傳到將軍耳朵裡，他們難逃懲處，想到這個，人人面上露出叫苦不迭的表情來。

福盛等在營帳外候著，譚慎衍的馬一出現，他立即迎了上去，躬身施禮，心下鬆了口氣。「主子可算回來了，韓家派人來了好幾次，怕是察覺到不對勁。」

「韓越老奸巨猾，可不是察覺到那麼簡單。福昌平安回京了？」譚慎衍隨後把韁繩遞給身旁的侍衛，走了兩步，便看韓越在幾個副將的簇擁下大步走來。

韓越冷峻的臉上帶著質問。「譚侍郎總算出現了，本將就知譚侍郎心不在軍營，你的屬下倒是忠心，一口咬定你在裡面養傷，什麼傷，養了一個多月都沒好？」

譚慎衍面不改色，撩起衣袖，猩紅色的刀疤剛長出的新肉，觸目驚心。「這個算藉口嗎？韓將軍不會不知這道口子怎麼來的吧？」

韓越面色微變，惡狠狠瞪了眼旁邊的副將，笑道：「如何不知，都是本將部署不周連累了譚侍郎，還請譚侍郎不要見怪才是。」

譚慎衍初生之犢不畏虎，來軍營的第二天就要部署攻打達爾、生擒達爾，韓越和達爾的恩怨多，有時候瞭解自己的不是親朋好友，而是敵人。達爾一旦被抓，韓越在邊關做的事也會傳到京城，韓家就完了；但譚慎衍是皇上派來的，出兵的理由充分，韓越只能任由他出兵，好在譚慎衍和他商討過對策，他藉故不小心改了其中作戰方案，本想讓譚慎衍吃點苦頭，沒想到會受重傷。

這件事瞞著沒有上報，不然依照皇上的性子，會立即派兵攻打西蠻，對韓家來說，達爾暫時不能死。

部署周密，偏生自己身邊的副將酒後失言，把真相抖了出來，害他有把柄在譚慎衍手上，不敢硬闖譚慎衍的營帳。這段時間，譚慎衍去了哪兒他毫無所察，譚家效忠的是皇上，韓家能拉攏譚家的話，如虎添翼，自然欣喜；但譚慎衍不僅僅是譚世子，還是刑部侍郎，未來的刑部尚書，韓越不敢貿然暗示，一有不慎，賠進去的就是整個韓家。

譚慎衍面色冷峻。「沒事的話，我先回去休息了。福盛，弄點吃的來。」

福盛點頭，小跑著走了。

回到帳內，桌上堆積了厚厚的書信，算著日子，又該往京城送信了。他寫去的信，寧櫻一封都沒回，他心裡有幾分不痛快，想著自己哪怕離得遠，不管手頭有什麼事，必定準時半個月寫封信，寧櫻卻不聞不問，拿起紙，猶豫著寫什麼，想到自己離開京城時寧櫻哀怨擔憂的眼神，明明想單獨和他說說話，卻低著頭不吱聲，他也不知怎麼想得，沒有搭理她。

他想，她回去應該是要氣好幾天，每次生氣的時候都會想著自己，也算牽掛的一種方式，想到遠在京城的寧櫻，清冷的臉上有了絲溫暖。

收拾好桌上的信件，他挑了幾封加急的信件察看。晉州總兵私底下招兵買馬，隱隱在為宮裡的某位皇子積蓄力量；薛墨去晉州了，會趕在他們成功之前除掉總兵，然而這不是長久之計，說起來，能信任的人太少了，有的事他分身乏術，還得挑幾個可信的人上來。

福盛端著點心進帳，放在旁邊的四方桌上，回稟近日軍營發生的事。韓越早晚都要來看看對外沒有什麼動作；欽州知府來過兩回，韓越沒有接見，但是欽州知府送來的銀兩，韓越全部收了。

「欽州知府的事不用過問，他是貪得多了，心裡害怕，想找個靠山，昆州那邊怎麼樣了？」

荀志志存高遠，上任後做的事利國利民，如今在昆州闖出了名堂，再回京，六部任他挑了。

「荀知府親自下地幹活，疏導水渠，昆州的百姓對他沒有之前排斥了，甚至說得上是擁戴，只是昆州太窮，一人怕無力回天。」

窮鄉僻壤出刁民這話一點不假。荀志初來昆州，縣衙的人陽奉陰違，百姓見慣了貪官污吏，排斥官員，縣衙被人砸了好幾回，連修葺的銀兩都沒有。苟志先懲治了城裡魚肉百姓的地主員外，把抄家得來的糧食全分給百姓，說起來不過是為民除害，然而強龍難壓地頭蛇，苟志因此吃了不少苦；如今昆州的風氣好多了，城裡的偷盜事件也少了許多，縣衙的捕快是苟志自己提拔起來的，孔武有力，老實憨厚，讓百姓對縣衙的看法有所轉變，不再想到縣衙就是一味增加賦稅而已。

譚慎衍淡淡點了點頭。「他胸有大志，若他需要幫忙，你派人幫襯一把，京城寧府可有信來？」

哪怕知道沒有，他仍然想問問。

「沒，羅叔來信說有人偷襲，福昌受了重傷，京城的事情暫時由羅叔管著，老侯爺那邊瞞不了多久，讓您自己寫信和老侯爺說。」福盛站在書案前，躬身回稟道。

譚慎衍臉上閃過失落，不過一瞬即逝。「罷了，沒有就沒有吧！」

譚慎衍讓福盛磨墨，該寫的信還得寫，否則寧櫻秋後算帳，全變成他的不是了。

譚慎衍時時刻刻把寧櫻的事情放在心上，若是沒有這些信件，他可能和寧櫻就分道揚鑣。寧櫻骨子裡看重感情，一旦認定他無情，她轉身走得就會有多堅決，重來一世，寧櫻看似更堅強，實則更脆弱了，禁不起信任之人的背叛，尤其是他。

昆州毗鄰欽州，氣候差異大不說，進入昆州地界，眼前的景致也變了，早兩個時辰還是身處水深火熱的炎夏，現下卻是如舒爽微涼的春天，寧櫻身上的衣衫有點薄了，聞嬤嬤替她罩上一件桃紅色襖子，馬車的軟墊鋪了層軟軟的褥子。

「不過兩個時辰的路程，氣候卻是截然不同。小姐，您瞧著外面，到處高山環繞，山上能種出多少糧食？難怪昆州窮。」

的確，山腳有田地，但看栽種的莊稼，明顯比不上欽州境內，卻和蜀州有些地方相同，離水源遠，莊稼長勢不好。

夕月被吳嬤嬤打發了，賣到人牙子手裡，黃氏向老夫人要四人的賣身契就是為了打發她們。夕月在欽州憋不住，不怪吳嬤嬤心狠，殺雞儆猴，夕花三人更安分了，話也少了許多，吳嬤嬤想要發落三人更是難了，如今只能走一步、算一步。三人如果沒有壞心眼，伺候寧靜芸不是不可，只看三人怎麼選擇。

在欽州境內不覺得，一進入了昆州，寧成昭自己都能感受到昆州的貧窮。四季如春，卻因為環繞的群山種不出糧食來，說來也怪異，樹木和莊稼同樣生存，樹成了參天大樹，而莊稼卻不盡如人意。

荀志收到寧成昭的信，帶著人在城門口等著，雨停了，湛藍澄澈的天空下懸著一彎彩虹，如五顏六色的拱橋，鮮豔明媚。

金桂跳下馬車，抬頭遠望時忍不住驚呼了一聲，寧櫻掀開簾子，也瞧見了，雨後天晴，彩虹懸空，甚是漂亮，忍不住感慨道：「衝著這番美景，不枉走這一遭了。」

荀志時常去周圍的村子轉悠，人曬黑了許多，周正的五官稜角分明，身形清瘦，卻更顯得神采奕奕，他走上前，笑著給寧成昭作揖。「大少爺一路行來，怕是諸多不習慣吧！」

寧成昭這會兒頭有些暈，由身旁的小廝扶著，如實地點了點頭。「聽古人言蜀道難，難於上青天，此刻才知，古人也有狹隘的時候，沒來過昆州，便認為蜀州的路是最難走的了。」

寧櫻踩下地，站在荀志跟前打量幾眼，笑著打招呼道：「荀哥哥，好久不見。」

荀志一怔，看清是寧櫻後，黝黑的臉上帶著溫和的笑。「櫻妹妹長高許多，女大十八變，我差點沒認出來。」

寧成昭回以一個認可的表情。丫鬟都下來了，然而寧靜芸的馬車卻沒有動靜，寧成昭皺了皺眉，朝另一輛馬車道：「五妹妹，到昆州城了，下來見見妳荀家哥哥。」

荀志認寧伯瑾和黃氏為乾爹、乾娘，寧成昭的一句荀哥哥沒有錯，而且，寧櫻也是這般喚荀志的。

緊接著，嚴嚴實實的簾子掀開，露出吳嬤嬤稍許蒼白的臉頰。「大少爺，五小姐身子不適，怕是沒力氣走路了，不如先找個地方安置下來，待五小姐休息好了再說？」

吳嬤嬤被顛簸得頭昏腦脹，從蜀州回京也不見她暈車，此刻卻是氣力不足。

寧成昭歉意地瞅了荀志一眼，看他面色鎮定，臉上沒有絲毫不快，才說道：「成，妳服侍著五妹妹，我們進城找住處。」

昆州路難走，別說寧靜芸，他也有些受不了。

寧櫻不上馬車了，而是跟在寧成昭身後，四處打量著昆州城。和欽州城比起來，昆州窮得太過了，青石磚的街道有石磚碎裂，低窪處積了水，兩旁的房屋有些年頭，門牆陳舊不堪，鋪子外飄著的旗子經歷過風吹雨打，早已沒了本來的顏色，房屋矮小，密集地排列著，參差不齊，使得街道寬窄不一，雜亂無章，絲毫沒有對稱的美感。

街上只有零零星星的行人，昆州、欽州、蜀州方言有相通的地方，寧櫻能聽懂些，卻不足以理解他們的意思。

苟志找縣衙的主簿看過日子，五日後日子就不錯，縣衙後宅素來乾淨整潔，隨時都能搬進去住。收到黃氏的書信，他擔心寧靜芸瞧不起，買了好些家具，雖比不上京城寧府，卻也是他能給得最好的了。

五日的時間不長不短，寧成昭覺得可行，低聲道：「路上耽擱了許多時日，這兩日我在城裡轉轉。出門前三嬸吩咐了，嫁妝能省則省，但有些東西不能少，五日的時間給我們準備該足夠了。」

寧成昭和苟志是同年進士，想到殿堂上那個學富五車、不卑不亢、對答如流的才子，如今任一方父母官後越發沈穩內斂，他心下感慨道：「我聽說了一些事，你照顧好自己，沒必要太拚了。」

苟志謙遜地點了點頭。「食君俸祿，忠君之事，我只為了對得起金鑾殿上那個點我狀元的皇上罷了。走吧，縣衙收拾出來了。」

寧家嫁女，禮俗多，住縣衙多有不便，傳出去對寧靜芸和苟志的名聲都不太好。

寧成昭搖頭道：「你和五妹妹即將成親，我們住縣衙不妥，找間好一點的客棧，待你和五妹妹成親後再說吧！」

苟志也反應過來。「是我思慮不周，走吧，我領你們過去。」

接下來就是忙寧靜芸嫁妝的事。時間趕，陪嫁的床不能少，寧成昭看寧櫻做事細心，拉著她出門給寧靜芸置辦嫁妝。昆州物資匱乏，床明顯不能和京城做工精細的相比，而且昆州多為竹床，款式單一，只怕寧靜芸瞧不上。

早出晚歸，累了四天，寧櫻整個人都快散架了。

在路上不見她消瘦，這兩天下巴尖了不少，好在後天寧靜芸就嫁人，等兩人成了親，她回京對黃氏也有個交代。

昆州氣候怪異，出門前小雨霏霏，一會兒就停了，彩虹看多了都不覺得稀奇。風清月朗的天忽然又下起了雨，雨聲清脆悠長，像不知名的調子，寧櫻瞅了眼窗外，出太陽下雨是常有的事，而此時天色已晚，飄著雨，彷彿置身縹緲的江南煙雨中，別有番意境，寧櫻無力地躺在床上，讓聞嬤嬤給她揉捏小腿。昆州說大不大，賣東西的鋪子卻不少，一天走下來，寧櫻雙腿都快廢掉了。

聞嬤嬤揉捏著寧櫻小腿，小聲道：「小姐為五小姐忙得腳不沾地，五小姐倒樂得輕鬆自在，整天出去遊玩，真要把之前的玩回來不成？」

「她成親，她說了算，我和大哥累些無所謂，等她嫁人就好了。」

離開前，黃氏把寧靜芸的庚帖交給寧成昭管著，雙方合了庚帖，天作之合，上輩子兩人就是夫妻，如今也算修成正果。

寧櫻瞇著眼，想到譚慎衍還不知她來昆州了，猶豫著要不要給譚慎衍送個信？

太疲倦了，她沒想出個結果，人已沈沈睡了過去。雨勢小了，聞嬤嬤叮囑金桂推開一小扇窗戶透透風，這時身下的地板晃了一下，聞嬤嬤差點摔倒，以為是金桂惡作劇嚇她，板著臉欲訓斥兩句，但看金桂站在窗戶邊，睜大著眼，一臉驚恐害怕，她覺得不對勁，緊接著，地板又晃了兩下，幅度明顯大了，連睡著的寧櫻都驚醒了，而且外面喧鬧起來，於寂靜的夜裡分外刺耳。

昆州人日出而作，日入而息，除了逢年過節，大晚上還在街上遊蕩的多不是正經人，而此刻外面人聲鼎沸，有人撕心裂肺地喊著，聲音模糊，聞嬤嬤聽不明白。

這幾日貨比三家、討價還價，剛開始有些吃力，卻也能聽懂些昆州的方言。

「地龍翻身了。」外面人吶喊的是這句話。

寧櫻腦子昏昏沈沈，不待她會意過來這句話的涵義，門口已傳來急促的敲門聲，夾雜著寧成昭急切的嗓音。「六妹妹快下樓，地動了！」

聞嬤嬤大驚，身手敏捷地拉著寧櫻就往外面衝，屋裡的貴重物品全顧不得，金桂、銀桂緊隨其後。這時，屋子明顯傾斜了兩下，寧成昭臉色發白，扛著寧櫻就往樓下跑，隔壁屋裡的吳嬤嬤扶著坐在銅鏡前的寧靜芸也準備離開，沒奈何寧靜芸放不下盒子裡的銀票、首飾以及剛淘來的巴掌大的木盒子，轉身要拿，屋子劇烈晃動著。

吳嬤嬤嚇得臉色慘白，聲音尖銳了許多，怒吼道：「五小姐，快走啊……」

而房裡伺候的丫鬟早奪門而出。

屋子開始左右搖晃，寧成昭扛著寧櫻跑出去，金桂、銀桂也跟著衝出來了，夕花幾人也跑了出來，卻不見吳嬤嬤和寧靜芸的身影。寧成昭大驚，不只是房屋，地下的石磚都晃著，且被震碎了。他朝裡喊了兩聲，仍不見寧靜芸身影，他跺跺腳，咬著牙朝裡跑了進去。

夜幕低垂，街道上兩旁鋪子的燈被風吹滅，黑暗中，二樓亮著的屋子格外顯眼，剎那間，右側的房屋倒了下去，寧櫻花容失色，擔心寧成昭出事，張嘴大聲道：「大哥，你快出來！」

看抱著木箱子的吳琅跑出來，寧櫻指著屋裡。「吳琅、吳琅，我大哥、姊姊、吳嬤嬤……」

吳琅把箱子一扔，轉身跑了回去……

寧靜芸緊緊抱著兩個盒子，下樓的樓梯斷開，她驚恐不安地站在樓梯口，能聽到轟然倒塌的房屋聲，吳嬤嬤跟在她身後，聞言，當機立斷道：「小姐，快跳下去，晚了就來不及了。」

房屋若下沈，她們都會被活埋此地，寧靜芸身子瑟縮，跑進屋的寧成昭上不去，嗓音嘶啞道：「趕緊跳，我接著妳，晚了就來不及了！」

寧靜芸急得哭了起來，懷裡還抱著盒子，吳嬤嬤心知不能遲疑，縱身一跳，剎那間，屋裡的燈滅了。

黑暗中，兩聲撲通聲重重響起，寧成昭接住一人，抱著人就跑，吳琅看不真切，只能循著哭喊聲的方向，拽著人焦急地往外面跑。

地面晃得厲害，身後的人努力拽著自己，他一咬牙，把對方扛在肩頭衝了出去。

周圍又有房屋倒塌了，此起彼伏的轟隆聲音，似黑暗中嗜血的魑魅魍魎啃噬著人的身軀，鼻尖充斥著濃濃的灰塵味，寧櫻鼻子發酸，大聲喊著寧成昭。

頃刻，周遭生起了火堆，是聞嬤嬤和金桂把自己的外裳脫了點燃，照亮了小小的一方天空，寧櫻看見寧成昭抱著吳嬤嬤走了出來，身後的吳琅把寧靜芸扛在肩頭，在他們衝出門的剎那，身後的房屋轟然倒塌。

二樓的光熄滅了，黑暗中，只剩下身旁的一堆火維持著光亮，周遭的人都聚集了過來，找爹娘的、喚孩子的，焦急嘈雜，持續許久都不曾安靜下來。

寧成昭放下吳嬤嬤，感覺懷裡撲來一人，寧櫻緊緊抱著他，哭得聲嘶力竭，他也有些驚魂未定，任由她抱著，顫抖的身體說不出一個字來。

吳琅把寧靜芸放下，喘著粗氣道：「小姐，我們先離開。」

他見識過不少事，此處人多，恐會生出變故來，一剎那的光景，所有人都成了難民，難民做事，瘋狂成性。寧靜芸身子一軟，直直倒了下去，寧櫻抬起頭，才發現寧靜芸縮在地上，面無血色，雙唇哆嗦著。

寧櫻大駭，鬆開寧成昭，聲音還帶著顫意。「姊姊，妳怎麼了？」

寧成昭這會兒腦子一片木然，從小到大沒經歷過這種事，腳下的地仍然在晃動，他面色慘白，走上前詢問道：「五妹妹，妳怎麼了？」

周圍聚集的人越來越多，吳琅抱著箱子，再次提醒。「小姐，扶著五小姐先離開，其他的事，稍後再說。」

寧櫻也反應過來了，這會兒大家都在找失散的親人，等他們找到人，下一步就是謀劃未來，作為外地人，他們占不著分毫便宜，寧櫻想到書裡說的「易子而食」，渾身打了個哆嗦。

「金桂、銀桂，妳們扶著五小姐，我們去縣衙。」苟志是知府，只有縣衙才是安全的。可寧櫻忘記了，房屋倒塌，縣衙又怎能倖免？

吳琅抱著箱子，兩個小廝在前面舉著火摺子，火光微弱，地上的坑坑窪窪照不清楚，然而眼下不是嫌棄的時候，誰都沒有抱怨，亦步亦趨跟著走。

金桂、銀桂左右攙扶著寧靜芸，而夕花和金翹她們知曉自己做錯了事，危難之際棄寧靜芸不顧，單這件事情，吳嬤嬤就能把她們打發了。

夕花淚光閃閃，擔憂、懼怕、茫然，各種情緒交織在心頭。老夫人把她們送給寧靜芸，除了給黃氏和寧靜芸添堵，想讓她們各憑本事爬到自己想要的位置，夕月在欽州犯了大錯，被吳嬤嬤發賣了，走的時候聲淚俱下，她不想走上夕月的地步，緊跟著金桂，顫抖地伸出手。「金桂，妳扶六小姐吧，奴婢照顧五小姐。」

金桂蛾眉緊緊皺著，聞言，讓出了位置。寧靜芸渾身使不上勁，昏暗的光影中，一張臉毫無生氣，唯獨懷裡捂著個盒子，金桂心裡覺得不對勁，鬆開寧靜芸的手，掉頭走向和寧成昭並肩而行的寧櫻，湊到寧櫻耳朵邊小聲道：「小姐，奴婢瞧著五小姐不太好，怕是受傷了。」

寧櫻皺眉。黃氏從莊子上挑了二十個隨行的小廝，寧成昭自己帶了兩個，寧成昭正欽點人數，商量對策，聽了金桂的話，寧櫻喊著寧成昭，指了指前面的寧靜芸。的確，被吳琅扛著出來後，寧靜芸哼了兩聲，眼下卻安靜了，這種安靜透著怪異。

寧成昭朝小廝擺手，少了五人，怕是埋在裡面了，他吩咐道：「跟緊別走丟了。」說完，大步走向前面的寧靜芸。寧櫻吩咐小廝停下來，拿過火摺子，一照寧靜芸，才發現她咬著唇，嘴唇被她咬出血絲來，雙目緊閉著，臉色發青，像是失了神志。

寧櫻臉色微變，示意丫鬟放下寧靜芸，地上的青石磚凹凸不平，寧靜芸的月白色乳煙緞攢珠繡鞋掃過低窪處渾濁的積水，已是泥濘不堪，月白色的裙襬糊上一層泥，寧櫻以為她冷著，褪下身上的褙子搭在她身上，聲音有輕微顫抖。「姊姊，妳是不是哪兒不舒服？」

她累了一天，回屋後並未急著洗漱，身上的衣衫是清晨出門時聞嬤嬤叮囑她穿在身上的。

寧靜芸咬著牙，白皙的牙齒被血染紅，寧櫻大驚，抬頭問寧成昭拿主意，才發現寧成昭臉色煞白，瞳孔急劇收縮著，像是透過寧靜芸想起了什麼。

「六妹妹，五妹妹怕是傷著了。」

黑暗中響起兩聲撲通聲，他卻只來得及救下一人，抱在手裡就知道他接錯了人，那時候他腦子一團亂，只想著接住人早點跑出去，寧靜芸怕是跳下樓的時候傷著了。

冷風吹來，火摺子的光滅了，寧成昭來不及多做解釋，讓小廝擦亮火摺子，他蹲下身揹起寧靜芸，焦急道：「待會兒再和六妹妹細說，去了縣衙，立即找一個大夫給五妹妹瞧瞧，快！」

他不喜歡寧靜芸，但也不想她死。

路不好走，不遠的路，幾人許久才走到縣衙，而縣衙已成了一片廢墟，廢墟中，只有西南角立著兩間屋子，屋簷下，掛著兩盞燈籠，燈籠的光若隱若現，門口聚集了好些人，話聲嘈雜。

寧櫻喊了聲苟志，並沒有人望過來，繞過廢墟，一行人艱難地到了門口。

「大勝多帶些人，把平日玩得好的漢子全部叫上，務必不能讓城裡的百姓亂了；濤子把庫房的火把拿出來點上，疏導人群聚在閒雲橋附近，我稍後就來。」晦暗的光下，苟志聲音鏗鏘有力，肅穆的五官在暈黃的光下格外高大。

苟志吩咐完，一眾人各司其職，迅速走了，他這才轉頭，朝寧櫻道：「城裡不安全，我讓人找馬去了，你們先離開，去劍庸關找譚侍郎，待我安置好了再去找你們另做打算。」

他正和管家商量後日成親的事宜，地下一晃的剎那他就察覺到了。來昆州前他讀過不少關於昆州的史書典故，昆州地勢特殊，昆州邊界每隔幾十年都會鬧地龍翻身的事，年紀稍長的老人都經歷過，他沒想到，地龍翻身會出現在自己任期內。寧櫻第一聲喊他，他就聽到了，只是，不把事情安排好，一夜之間，昆州城內的百姓群龍無首，不知會鬧出多大的事。

他知道譚慎衍在劍庸關，不過，縣衙和軍營素來井水不犯河水，他和譚慎衍素無往來。寧成昭背上的寧靜芸紋絲不動，他害怕道：「五妹妹從二樓跳下來受傷了，苟志，能不能找個大夫給五妹妹看看？」

苟志眉頭緊皺。時間緊急，他大步上前，讓寧成昭放下寧靜芸。

寧靜芸微睜著眼，臉成了青白色，他臉色微變。常常隨百姓一起下地，累積了不少常識，他蹲下身，顧不得男女有別，手先搭上寧靜芸膝蓋，只看寧靜芸哼了聲，眼角溢出了淚花，然後大叫起來。

苟志又按了按她的小腿，見寧靜芸沒反應了，他篤定道：「傷著膝蓋骨了，這會兒大夫不好找，寧大哥，你們先去軍營，軍營有大夫，城裡百姓慌亂，我得先過去。」

看著嬌美如花兒的人如今奄奄一息，苟志神色動容，拉起寧靜芸的手，眼眶微紅。「妳別怕，我既願意娶妳，不管妳什麼樣子我都不嫌棄。」

突然，昏迷不醒的人側開臉，流下兩行淚……

遠處的嘈雜聲越發洪亮，他不能再待下去了，起身叫人把馬牽過來。這匹馬通靈性，馬廄其他的馬兒已不知所蹤只剩下這一匹。

「我讓人領你們出城，沿著西南方向的官道走，兩個時辰就到了。」

不遠處傳來喊聲，荀志拱手作揖，叫過身旁的小廝，急急忙忙往前面走去。

這時，一個青色麻布衫的少年牽著馬兒從黑暗中走出來，馬鞍上掛著兩個背簍，上面的裝滿了火把，下面的像是裝著糧食。「大少爺，把五小姐放在馬兒上，奴才送你們出城後回來還有事情做。」

寧櫻不敢耽擱。荀志心懷百姓，他們不能給他添亂，催促寧成昭道：「大哥，把姊姊放在馬兒上，我們趕緊出城去吧！」

寧成昭回過神，抱起寧靜芸，欲讓寧櫻也坐上去，寧櫻搖搖頭。

「不用了，我們先走吧！」

寧靜芸趴在馬鞍上，哪有她的位置？背簍裡裝著糧食，負重的話，中途出事反而事倍功半，先離開才最重要。

腳下的地時不時晃著，小廝牽著馬走在最前面。許多房屋都倒塌了，剩下的只有零零星星少數的房子，眾人心情沈重，沈默不語，可能因為有光的關係，身後跟來好多百姓，呼吸聲、腳步聲混在一起，驚悚恐怖。

聞嬤嬤扶著寧櫻的手顫抖著，她回頭看了眼，昏暗中，那一雙雙眼黑亮猙獰，她緊張不安道：「小姐，他們會不會撲上來？」

寧櫻回頭，用力抓著聞嬤嬤手臂，語氣堅定。「不會的，奶娘別怕。」

前面城牆屹立不搖，守門的官兵站在城門口，臉上有慌亂、有害怕，卻堅持守在自己的位置上。

看著他們，寧櫻忽然安定下來。「奶娘，不會出事的，妳看看，守門的官兵還在呢！」

幾人看見小廝，迅速開了城門。沈重的門打開，迎來的是另一方無止境的黑暗，無月無星的晚上，只能感受到遠處呼呼而來的風聲，以及隨風晃動的樹影。

「大少爺，奴才還有事先回去了，背簍有火把和糧食，足夠到軍營。」

寧成昭張了張嘴，有些不知所措，他側目看向寧櫻。「六妹妹，我們可以留下。」

小廝聽了這話，不等寧櫻開口，直接拒絕道：「城內情形不明，還請大少爺速速離去。」話完，他退後一步，示意官兵關城門，而身後的百姓瞧見了，著急地往上撲。

小廝面不改色，喊道：「大家莫慌，那是劍庸關韓將軍的親戚，苟大人命我送他們離去；苟大人在閒雲橋等著大家，請大家去閒雲橋，房屋沒了，苟大人幫著大家重建，糧食沒了，縣衙有。」

苟志來昆州後，為百姓做實事，去農田察看水稻，親自下河疏導溝渠，百姓聽了這話，躁動的人群漸漸安分下來，又看把守城門的官兵巋然不動，和祖祖輩輩流傳下來的故事大相徑庭。

「往後的昆州城，只許進不准出，大家隨我去閒雲橋，荀大人有話說。」

隔絕的城門後，小廝的聲音如雷貫耳，寧成昭自愧弗如。「荀志，不是一般人。」

換作他，早已六神無主了，荀志卻應付自如，他轉身看著寧櫻，見寧櫻也是波瀾不驚，眉目間帶著堅毅，他問道：「六妹妹怕不怕？」

寧櫻心裡自然是怕的，尤其如今安靜下來，心裡的恐懼更甚，但怕有什麼用，解決不了任何事，避不開就勇敢面對。

她堅定地搖了搖頭，聲音清脆。「不怕，我們都活著比什麼都強。」

寧成昭點頭。是啊，活著比什麼都強。

經過幾個村子，皆鬧烘烘的，身後又跟來一群人。

寧櫻他們人多，倒是不害怕，黑暗中，光亮最是惹人注目，若跟來的人多了，會發生什麼事就難以預料。寧櫻原本想把人引往昆州城，荀志在最短的時間內就做出安排想必有後招，她猜測得沒錯的話，屹立於廢墟中不倒的是縣衙的庫房，荀志應該是把縣衙糧食都存放在那兒，所以哪怕他們走了，那兒仍然有人守著。

昆州城的百姓說荀志是個學富五車的窮知府，能去私塾指導功課，能下地幹活，只為了討一口飯吃，和之前的知府都不一樣，百姓這才樂意親近他。荀志在百姓心中地位高，臨危不亂，從守城門的官兵就看得出苟志平日的為官之道，下面的人信任苟志，出了事，才沒人倉促逃跑。當官的不亂，百姓心中有主心骨兒，也亂不起來。若真能安撫好一州百姓，苟志升官是早晚的事。

身後的腳步聲越來越多，寧櫻猶豫許久，終究沒有開口把人往昆州城引。她不知苟志儲存了多少糧食，如果糧食不夠，怕會瓦解百姓對他的信任，她把百姓引過去就是給苟志增添負擔，但不能任由他們亦步亦趨追隨在後面，否則一旦有人慫恿，他們就會做出搶奪東西的事情來。

念及此，她鬆開聞嬤嬤，朝旁邊的寧成昭走了幾步，壓低聲音道：「大哥，你讓小廝辦件事……」

寧成昭會意，停下步伐，和隨行的小廝耳語幾句，於是，小廝依照寧成昭的吩咐說書似地說起劍庸關來了京官，有好幾位德高望重的大人，心腸好，出了這等事，他們一定會出手相助的。

寧櫻試圖告訴身後的那些人，到了劍庸關會有人做主，有糧食吃，餓不死是他們所求。寧櫻不提韓將軍有她的考量，韓家背後是二皇子，如果軍營肯接濟百姓，傳上去是軍功一件，功勞落到韓家頭上便是幫了二皇子，她不知曉最後誰當了太子，如果是二皇子，她不介意提早讓寧府在二皇子跟前賣個好；但誰贏誰輸還沒個定論，比起二皇子，她覺得三皇子機會更大，三皇子是皇后嫡子，占著嫡字，又有懷恩侯府和清寧侯府文武相幫，勝算更大，若三皇子最後贏了，寧櫻更不敢和韓家有所牽扯。

小廝的聲音低沈沙啞，驚醒樹梢的鳥兒，嘰嘰喳喳不停，寧櫻讓小廝拿兩支火把送給身後的百姓，如今大家都是難民，互相幫襯總是好的。

寧成昭讚許地看了寧櫻兩眼。這個六妹妹，聰慧機靈，便是他都想不到。

路上不時有小廝宣揚劍庸關幾位大人的俠義心腸，他們一路不停歇，翻了兩座山頭，才到劍庸關，正是半夜，周圍的地勢平坦許多，不遠處，軍營燈火通明，而木柵外聚集了人群，想來是周圍村子裡的人也來避難了。

迎面而來的風呼呼颳過寧櫻臉頰，讓她瞇起了眼，身後的人歡呼起來，氣勢洶洶地跑了過去。

寧櫻打了個冷戰，手伸向自己脖子，用力一拽，拉扯下一塊玉珮，白皙的脖頸上起了一圈紅色印記，她理了理衣衫，深吸兩口氣，鎮定道：「走吧！」

劍庸關也發生了地震，不過營帳和房屋結實，沒什麼影響，馬背上的寧靜芸似乎感覺到了什麼，垂著的手動了動，旁邊的夕花看見了，急忙抓著寧靜芸的手。「小姐，我們到劍庸關了，您別怕。」

她們棄主逃離，難逃懲罰，夕花只想將功補過，不想被賣去伺候粗人。老夫人說把握住機會能翻身做主子，她如今也不妄想做主子了，只求寧靜芸別賣了她們。

不過，寧靜芸的手只有動了動，並沒有醒來。

木柵裡，幾個人正爭執不休，其中一方提議派兵去欽州探查情況，另一方不為所動，反駁道：「軍營歷來只管領兵打仗，不讓百姓受侵略踐踏之苦，至於其他，自有欽州知府做主，雙方互不干涉是朝堂的規矩。欽州地震，和軍營無關，朝廷賑災有賑災的大臣，憑什麼要我們越俎代庖參與此事？」

「憑你們吃的糧食是老百姓種出來的。立即派人打探欽州境內的情況，安撫百姓，否則待我回京，會如實稟明皇上，皇上怪罪下來，哼……」

寧櫻認出說話的人是秦副將，上輩子譚慎衍身邊的得力副將，正月時隨譚慎衍一起來邊關。

「秦副將！」她喊了一聲。

說得面紅耳赤的男子轉頭，看人群中一個小姑娘盯著他，他上下打量自己兩眼，走到木柵外，抬腳踢了兩下，怒吼道：「給老子打開！難民多，還不趕緊搭個營帳安頓他們？」

然而，方才和他對峙的黑色戰衣男子一動不動，周圍亦沒有一個士兵付諸行動，秦副將怒不可遏，盯著一身狼狽不已的寧櫻，覺得她眉眼有些眼熟，一時想不起在哪兒見過，黑著臉道：「小姑娘別怕，待世子出來，他們會找地方安頓你們的。」

寧櫻摩挲著手裡的玉珮，頓了頓，問道：「災情不是發生在昆州嗎？欽州也受到波及？」

秦副將一怔，驚訝道：「你們從昆州過來的？」

欽州發生地震，房屋倒塌，一個時辰前就有難民聚集在此地了，偏偏關外有動靜，譚慎衍帶人出去了，軍營裡多是韓家部下，不肯聽從他的安排去欽州安撫百姓。他輾轉到過許多地方，福州水患也經歷過，百姓最是良善，可被逼到絕境也會心生謀反之意，自古以來，百姓謀反的例子不在少數，他雖一介武將，卻也知水能載舟、亦能覆舟這句話的涵義。

寧櫻知道，欽州也地震了，只是不知哪州更嚴重？

「妳別怕，有人去通知世子了……」

他的話還沒說完，南邊就傳來噠噠的馬蹄聲，秦副將歡呼。「世子回來了，還不給老子開門！」

這回有人聽他的話了，快速拉開木柵，木柵刮著地面，咯咯作響，寧櫻掉轉頭，見一群人騎著馬快速而來，譚慎衍一身黑衣坐在馬背上，身後跟著一眾人，風吹得他的袍子飄揚起來，清冷肅然的臉上面無表情，人們驚恐萬分地讓開一條道。

嗖的一聲，譚慎衍蹬著馬鞍一躍，從木柵上躍了過去，順勢拔起腰間的劍，澄亮的光閃得寧櫻眯起了眼，這一瞬，只聽刷的一聲，周遭忽然安靜下來。

第四十七章

針落可聞，耳邊只餘呼呼的風聲，方才急著想進去營地的百姓們都縮了縮脖子，直往後退。

「欽州、昆州受難，身為守衛百姓的副將竟不管百姓死活，這等人活著也是浪費。秦副將。」

劍尖，還滴著溫熱的鮮血，譚慎衍的臉上沒有絲毫動容。

殺人不眨眼，寧櫻忽然想到這個詞。

秦副將躬身，高聲道：「末將在。」

「領一百士兵去昆州，協助苟知府安撫百姓，直到朝廷的賑災大臣下來。劉副將，你領兩百士兵去欽州，讓李知府送五百擔糧食去昆州，由你親自押送，他拿不出就給我抄了李府。」

兩位副將領命，點了幾個百戶的名字，準備即刻起身。

風吹得地上的的血匯聚成了蜿蜒的小溪，一個人能流多少血，寧櫻不知道，她第一次看見的死人是南山寺的刺客，那時候譚慎衍的人訓練有素，不待那人血流乾就把人拖著走了，只聞到濃濃的血腥味；如今眼前多了具屍體，卻好似聞不到血腥味，她鼻子嗅了嗅。

在場的人何時見過這種場面，皆捣著嘴嘔吐起來。

寧櫻久久沒回過神，望著馬背上衣袂飄飄的男子，是熟悉的，也是陌生的，冷硬的五官在光的照射下帶著嗜血的肅殺。寧櫻的身子不由自主地哆嗦了一下，張了張嘴，可她的聲音卻被一道女聲蓋了過去。

「譚爺……」一個粉色紗裙的少女衝了過去。

此女髮髻高綰，容顏清秀，她仰頭望著坐在馬背上的譚慎衍，風吹得眼角的淚如雨飄落，晶瑩剔透地落下。

寧櫻身子一顫，直直盯著站在馬兒右側的女子。

她就是那日樹下的女子？

比起妝容精緻、梨花帶雨的美人，相形之下，寧櫻身形狼狽，甚至算得上淒慘萬分，髮髻鬆鬆垮垮掛著，臉上有雨水流過的痕跡，混雜著房屋倒塌時沾染上的灰，衣服髒得看不清原本的顏色，還劃破了許多口子，褶縐破舊不堪。她握緊了手裡的玉珮，手心一陣疼。

美人似乎一點都不害怕譚慎衍手裡的劍還滴著血，抬手，輕輕落在銀色劍鞘上，小臉上盡是關切之情。「譚爺，欽州有些房屋倒塌了，亂成一團，奴家心裡害怕，就來找你了。」說著話，蹭了蹭譚慎衍的腿。

譚慎衍蹬了下，縱身一躍，翻身下馬，美人立即撲了上去，想要抱著譚慎衍腰身，被譚慎衍一拉，扯開了。

「恬不知恥，不要臉。」寧櫻暗罵了一句，瞪著眼，深吸兩口氣，緩緩走上前。

寧成昭還處在震驚中沒回過神。從小到大，今晚的經歷算得上最驚心動魄的一回，想到地上那雙睜大的眼，他又嘔了起來。半晌，吐得差不多了，才想起正事，直起身子，但看寧櫻走進木柵，站在美人身旁，然後揚起手，給了美人一耳光。

他大驚。「六妹妹！」

美人摀著臉，惡狠狠瞪了眼來人，低喝道：「哪兒來的難民潑婦……」

她手還沒摸到譚慎衍衣袖的邊，便被譚慎衍避開了。

譚慎衍以為自己看錯了，微瞇了瞇眼，看著眼前忽然出現的女子，視線落在她泥濘不堪的腳上，皺緊了眉頭，誰都沒有說話。

寧櫻眼眶泛紅，嘴角不受控制地抽搐著，仰著頭，冷冷瞪著譚慎衍。

美人楚楚可憐地抱著譚慎衍腰身，撒嬌道：「譚爺，你看她……」

「滾。」譚慎衍的臉很是陰沈。

美人一怔，下意識地鬆開了手，猙獰怨毒地瞪著寧櫻，恨不能拿眼珠子殺了她。

譚慎衍掃了一眼木柵外的寧成昭，以及馬背上趴著的女子，眼裡盡是陰鷙之色，語氣比方才還冷上兩分，疾言厲色訓斥寧櫻道：「妳來這種地方做什麼？留在京城當妳的官家小姐養尊處優就好，瞧瞧妳現在成什麼樣子了？」

他行軍打仗，對血腥味格外敏感，寧櫻身上的血腥味瞞不過他的鼻子，想到這，更是一臉冷然，目光掃過外面的寧成昭，讓人不寒而慄，寧成昭動動唇，想解釋什麼，被譚慎衍森然的目光盯得脊背生涼，渾身動彈不得。

第一回看譚慎衍如此動怒，欽點好人數準備離去的秦副將和劉副將皆停了下來，兩人面面相覷，不知發生了何事。

寧櫻吸了吸鼻子，只覺得光刺眼得讓自己睜不開眼，她動手擋住身前的光，明明該生氣的人是她，但她卻異常平靜，聲音沒有一絲波瀾起伏。「昆州地震，家姊傷了腿，聽說軍營有大夫前來診治，不方便的話我們就走了。」

腦海裡想過千萬次兩人重逢的場面，獨獨沒有想到他這般不待見自己，他若真喜歡自己，怎麼會沒有一封書信？

男子喜新厭舊，纏著妳時百般獻殷勤，新鮮勁過了，便當妳如敝屣。

想到自己眼下的狼狽，寧櫻忍不住自嘲地笑了笑，掉轉頭就走。

譚慎衍臉色又沈了幾分，上前一步抓住她，狠戾道：「妳還要去哪兒？嫌不夠狼狽是不是？」

達爾被抓住了，西邊幾個部落蠢蠢欲動，昆州本就是危險之地，她不計後果地前來，連提前告訴他一聲都不曾。

譚慎衍緊了緊手裡的力道，恨不能捏碎她的骨頭。讓她知道疼以後就會乖乖聽話了。

周圍的人皆看出不對勁，落在寧櫻身上的目光透著探究和打量。寧櫻知道自己此時和譚慎衍吵架不是明智之舉，沒奈何她管不住自己，胸口好似燒著一股火，心肺都要炸開了；尤其看著譚慎衍鐵青的臉，更是氣不打一處來，抬腳朝譚慎衍踢去，卻看他眉頭皺得死死的，側身躲開了，目光森然。

「嫌日子太輕鬆是不是？」

寧櫻單腳踩在地上，重心不穩摔了下去，頭上的木簪掉落，滿頭青絲蓋在臉上，和市井潑婦沒什麼兩樣。譚慎衍的手裡還握著劍，這畫面怎麼看怎麼血腥，不少百姓轉過頭，不想再看人頭落地的場景。

寧櫻癱坐在地上，秀髮遮蓋住她臉上的情緒，只是，以往清明澄澈的眼，此刻卻黯淡無光。金桂回過神，喊了聲小姐，上前欲攙扶她，被寧成昭制止了，看譚慎衍的臉色，誰要敢上前，下場怕和地上的死屍一樣淒慘。

而且，兩人平白無故吵起來，著實莫名其妙。

燈火通明，旁邊的屍體還在流血，周圍死一般的靜寂。

寧櫻歪歪扭扭地爬起來，此刻只覺得雙腳鑽心地疼。她強撐著身子，撩起額前的頭髮，露出灰撲撲的臉，以往白皙精緻的臉如今讓人目不忍視，她望著譚慎衍，高舉起手，把手裡的玉珮砸了過去，怒吼道：「我的事，用不著你管。」

玉珮墜落，沒有激起一絲聲響，譚慎衍反手扔了手裡的劍，劍入劍鞘，帶著猩紅的血，一併被收入鞘中。

寧櫻轉頭，不想被人看輕，大步朝外面跑了出去，眾人處在震驚中，而譚慎衍一張臉黑得比遠處的夜色還要猙獰。

「寧櫻，是不是把妳寵壞了，讓妳不知天高地厚，敢這樣子對我？」譚慎衍罵了句，跑在前面的寧櫻步伐不停，姿勢彆扭地往外面跑，譚慎衍咒罵了句，抬腳三、兩步追了上去，打橫抱起寧櫻訓斥了幾句，轉身往軍營走，掃了眼看熱鬧的人，怒斥道：「沒事做是不是？看人受傷了不知道請大夫嗎？」

秦副將和劉副將如醍醐灌頂，咳嗽一聲，吩咐士兵請大夫，朝譚慎衍拱手，領著人急急離開。再待下去，不知會被譚慎衍如何發落呢！

「你放開，我的事不用你管。」寧櫻在譚慎衍懷裡劇烈掙扎著，揮手打向譚慎衍，譚慎衍雙手穩穩抱著她，騰不出手來，臉上挨了好幾拳，他沈著臉，卻沒有鬆開。

在場的人震驚不已，要知道，方才這小姑娘抬腳踢人，被譚慎衍躲開了，如今手打在譚慎衍臉上和胸口，他竟然不閃躲了，委實怪異。

「我不管，誰管？安分點，這事待會兒再和妳算帳。」

他是真的氣著了。昆州乃苦寒之地，她來湊什麼熱鬧？

寧櫻眼眶蓄著淚，仰著頭，將淚逼了回去，梗著脖子道：「總之和你沒關係，要抱抱別人去，別抱我，等著你抱的人……」

「寧櫻……」譚慎衍陡然停下，雙目紅得充斥著血絲，手搭在寧櫻後背上，恨不能將她扔下去，讓她瘸了算了，厲聲道：「妳想說什麼？我抱誰，妳說說我抱誰了？」

他半個月一封信，再想不出話都不忘給她報聲平安，她不理不睬就算了，如今還懷疑他和其他人有染，她當他的誓言是假的嗎？無論他多努力把心攤在她面前，她從來都不信任自己。上輩子不顧他的感受為他納妾，生病後躲著他，連死前都不肯見他最後一面，他眼睛瞎了才看上她。

寧櫻沒注意他的反常，冷嘲熱諷道：「誰？你心知肚明，和人家花前月下忘記了？」

「寧——櫻——」譚慎衍幾乎是從牙縫中喊出這兩個字，額上青筋直跳。「花前月下？」

也就是說她早就來欽州，看見自己卻不肯露面？虧他馬不停蹄趕回來後還琢磨著寫什麼能得來她的回信，原來是他自作多情了。

見他臉上黑雲密布，寧櫻以為他會把自己隨手扔出去，心中忐忑不安，誰知，他把自己穩穩放了下來，雙腳一著地，又是鑽心地疼，她蹙了蹙眉，再看譚慎衍，他面上已恢復了平靜，不知為何，卻讓她覺得害怕。

「寧櫻，妳從來就愛自以為是，總覺得妳所做、所想是別人需要的，拿妳自己的心思去衡量別人，以前是，現在還是，我和她見面不假，可我坦坦蕩蕩，妳呢？妳把我當作什麼？哪一次不是我上門找妳？此刻我就想，如果最初不是我厚臉皮纏著妳，妳會同意我倆的親事嗎？」譚慎衍語氣平平，寧櫻心頭一跳，只聽他又道：「那句並非良人，想來是妳真實的想法，我真是豬油蒙了心才喜歡妳。」

寧櫻緊緊抿著唇，低頭望著泥濘不堪的鞋面，面色慘白。這句話不過是當初應付黃氏說的，沒想到他還記著，算帳，是算這個嗎？

「看著我。」譚慎衍單手抬起寧櫻下頷，力道重得寧櫻悶哼了聲，兩頰的肉都變形了，但譚慎衍沒有絲毫手軟，逼著寧櫻與他對視。「妳從來就只會縮在自己屋裡折磨關心妳的人，懦弱無能……」

寧櫻偏了偏頭，抬手揮舞著拳頭，腦子成了一堆漿糊。她想起來了，秋水死後，她懷疑另有隱情，但查不到線索。黃氏死後，吳嬤嬤走了，她身邊只有金桂、銀桂，給黃氏守孝時，她偷偷走出祠堂想查秋水的死因，經過祠堂外的假山遇到兩個丫鬟提著食盒給她送飯，言語間全是對她的可憐，說老夫人容不下她，找著機會怕會對付她。

至此，寧櫻便歇了繼續查秋水死因的心思，安安心心待在祠堂為黃氏守孝，她當時只有想著自己要好好活下去……

她說過要嫁給不納妾的男子，可是進了青岩侯府，卻主動給譚慎衍納妾，她確實懦弱無能，譚慎衍說得一點都沒錯。

她身子一軟，慢慢蜷縮在地上，摀著嘴，忽然劇烈咳嗽起來。

譚慎衍也是舊事湧上心頭，氣寧櫻不相信他才說出這番話，這會兒看她可憐兮兮地蹲在地上，鞋子破了洞，露出血肉模糊的腳趾，心口一軟，蹲下身，才發現她咳得脹紅了脖子，他心裡來氣，寧櫻慣會用這種方法折磨他，明知他關心她，卻不肯對自己好些。

他抱起她大步走向自己營帳，大夫早就在裡面候著了。

大夫心想不知來了何方神聖，竟讓世子爺大動肝火，還殺了人。

寧櫻咳得有些厲害，一聲高過一聲，譚慎衍知道寧櫻有心病，他離京的時候還沒有現在嚴重，聽見這咳嗽聲，只覺得心煩意亂，斥道：「別咳了，妳身體好好的，矯情給誰看呢！」

譚慎衍心裡認定寧櫻是故作咳嗽讓他心軟，在避暑山莊時，他偷偷去寧櫻屋裡，偶爾她便會故作咳嗽，只要她一咳嗽，自己保管什麼都答應她。他這會兒心情複雜，心裡有氣不假，卻寧可寧櫻是故意騙他的。

他把她放在竹青色的架子床上，讓開身，讓大夫給她看診。

大夫小心翼翼地伸出手，卻被床上的人躲開了，寧櫻兩下就滾到裡面，大夫為難。這是譚慎衍的床，他可不敢踰矩了。

看她還有心思嘔氣，譚慎衍氣得抓狂，彎腰，一把將她從床裡面撈了出來，語氣明顯好了許多。「別動，讓大夫給妳瞧瞧。」

「不用你管。」寧櫻踢著腿，雙手捂著頭，不肯配合。

大夫垂著眼皮，眼觀鼻、鼻觀心，難怪譚慎衍為了眼前的女子對溫副將拔劍相向，原來是一朝發怒為紅顏呢！聽著兩人的話，明顯是小情人鬧矛盾了，想到譚慎衍在軍營的作風，沒想到卻對眼前的小姑娘束手無策，真是一物降一物。

「妳氣什麼，真以為我喜歡妳是不是？」

寧櫻搗著頭。他擔心自己傷著她了，方才捏著她下巴就見她疼痛難忍，如今，不敢再像方才那般了。

「你走，不用你管我死活！」寧櫻聲嘶力竭，鬆開手，撩起頭髮，嘶啞道：「你說得對，我矯情，我們的親事作罷，往後橋歸橋、路歸路！」

她氣得狠了，推開譚慎衍下地就要離開，譚慎衍看她怒氣沖天，走路雙腿都在打顫，心裡也發了狠。「成，走出這道門，以後遇到事別來找我。」

她總不珍惜自己，總拿這種方式折磨他，料定他會一次又一次妥協是不是？

寧櫻擦了擦眼角，憋久了，一旦淚找到出口，就如決堤的洪水，再難抑制，她頓了頓，罵了句混蛋，抬腳就走，哭聲卻不可抑制地脫口而出，冷風吹來，她低下頭，搗著嘴，又咳嗽起來，混著淚的掌心，有什麼東西黏在上面，她身子一僵，愣在原地。

譚慎衍看她不走了，心裡鬆了口氣，正想說兩句軟話緩和下氣氛。他沒想和她鬧到這一步，只是氣她不懂得愛惜自己，從京城到昆州，路途遙遠，她的身子哪吃得消，而且還是和寧靜芸那種包藏禍心的人一起，路上出了事，連個收屍的人都沒有。她在欽州看見自己還不肯露面，把自己折騰得如此狼狽，想著她就在昆州，離自己三十里路的地方，若她在昆州有個三長兩短，他會恨自己一輩子。

誰知，不待他開口，只聽她道：「如你所願。」

夜色深重，冷風中火把的光忽明忽暗，寧櫻眼淚越掉越多，猩紅的雙唇不由自主地哆嗦著，她眨了眨眼，頭重腳輕地朝外面走，慢慢垂下去的手無力地攤開，陰冷的風一吹，掌心的血被吹散開，輕輕滴落。

血腥味變重了，隨風入鼻，譚慎衍皺了皺眉。瞅著她步伐虛浮無力，隨時都要倒下去似的，他心口一痛，恨不能將那些渾話全收回來，大步上前抱著寧櫻，語氣稍緩道：「讓大夫給妳瞧瞧，妳腳受傷了。」

昆州地龍翻身，欽州、蜀州皆受到牽連，何況夜路難走，她鞋子都壞了，腳不知傷得有多重？

譚慎衍手圈著她，下巴抵著她頭頂。剛被她氣得失了理智才會說出那些混帳話，有些話上輩子他就想說，壓抑久了，他才知自己心裡的怨氣如此重。

他力道大，寧櫻再難前行，索性不走了，手輕輕搭在他粗實的手臂上。「我回去了。」話完，又是一聲咳嗽，雙腿慢慢彎曲，弓著腰，血一滴一滴沿著嘴角滴下，落在譚慎衍的手背上。

譚慎衍身子一顫，拉過她身子，被她嘴角流出的血嚇得面色大變，他聽到自己的聲音顫抖著。「妳哪兒不舒服，怎麼咳血了？大夫、大夫……」

寧櫻抹了抹嘴角的鮮血。不知為何，她竟然想笑，想著，便笑了出來，好似出了口惡氣似的，輕鬆道：「沒事，老毛病了。」

「妳別說話。」他以為她是故意逗他的，否則的話，他一定不會惹她生氣，不會逼她。譚慎衍不顧寧櫻意願，抱著她就往床榻走，不安道：「福盛、福盛，把薛墨叫過來，快！」

寧櫻是真的沒有多餘的力氣了，任由他把自己放在床上。薛墨前世曾說若早點為她診治，她的病或許就好了，這番話，不過是譚慎衍指使他說的，為了寬慰她的心罷了。再開口，她已有些喘不過氣。「親事，作罷吧！」

她伸出手，抓著譚慎衍的衣襟。有的話，好似現在不說就沒機會了，她沈吟片刻，緩緩道：「謝謝你。」

起碼，他們曾有過歡樂的時光。

眼皮越來越重，眼前的他重重疊疊越發不真切，她笑了笑，緩緩鬆開手，閉上了眼。

譚慎衍抓住她滑落的手，臉色發白，旁邊的大夫被他驚慌的神色嚇到，撲通一聲跪了下去，爬上前，戰戰兢兢伸出手，把寧櫻的手從譚慎衍懷裡拿出來，但聽譚慎衍的聲音冷若冰霜道：「她若死了，我要你們全家陪葬。」

譚慎衍從沒看過她如此虛弱的模樣，哪怕她病重，也多強撐著精神，說話時大著嗓門想讓自己知道她沒事，方才那番話，分明是死前遺言了，他抱著寧櫻，沙啞道：「什麼話我們留著以後說，妳不會有事的，不會有事的……」

福盛站在營帳外，聽見譚慎衍聲音趨於哽咽，心知壞事。他陪著譚慎衍，知道他給寧櫻寫信時臉上的表情有多溫柔，那種溫柔，他們都以為終其一生不會出現在譚慎衍的臉上，但寧櫻出現了，左右著譚慎衍的情緒。

譚慎衍會看些兒女情長的書籍，學著那些紈袴二世祖如何戲弄人、如何討姑娘歡心，譚慎衍的書房，留出一小排書架，上面放的全是這些書籍。譚慎衍為了討寧櫻歡心，私底下費了不少工夫，如果寧櫻有個三長兩短，福盛不敢想，禁不住打了個寒顫，掉頭就走，走了兩步就跑了起來。

譚慎衍抱著寧櫻，以手為梳順著她的頭髮，喃喃道：「頭髮還在，一定不會有事的。」

上輩子，寧櫻病情加重是從掉頭髮開始的，大把大把掉頭髮，身形日漸消瘦，咳血已經是後期的事。他坐在床沿，定定望著大夫，一絲一毫細微的表情都不肯放過，他怕大夫被人收買了，故意瞞他。

被一雙如利刃的目光盯著，大夫面色僵硬，半晌他緩緩放下手，抬頭瞥了眼陰鷙盯著他的譚慎衍，立即低下頭去，支支吾吾道：「操勞多日，困乏疲憊，再有……」

「再有什麼？」譚慎衍的聲音冷若冰霜。

大夫哆嗦了下，雙手撐地伏跪道：「小姐肝火旺盛，又急火攻心才導致咳血，醒來後安心靜養，飲食清淡，慢慢就好了。」

急火攻心？

譚慎衍默唸著這四個字，粗糙的指腹滑至她臉頰。她真的氣自己嗎？還是外面那個女人？那人是他安插在李知府身邊的人，沒想到卻把寧櫻氣出病來，心裡覺得好氣又好笑。

他撫著她瘦了不少的臉頰，又道：「沒有其他症狀？」

上輩子，老夫人毒害她和黃氏的毒還沒有找到，薛墨說，那種毒極有可能是祖上流傳下來的，而他派人打探過余家，沒人手裡有毒，不是老夫人隱藏得太深，就是老夫人背後另有其人，無論如何，寧府怕是遇到一些麻煩事了。

寧櫻或許不知道，明妃的症狀便是中了此毒，因有些年頭，已經無法醫治，如今不過儘量拖延時間罷了。

大夫遲疑地搖了搖頭，不敢把話說死。「或許下官醫術不精，看不出來。」

譚慎衍心底鬆了口氣，緩緩放下寧櫻，瞥了眼還跪著的大夫。「還不下去抓藥？跪著能熬出藥來是不是？」

大夫一哆嗦，急忙爬起身往後退，沒看見身後的桌子，直直撞了過去。他咬著牙，顧不得身上的疼，快速退了出去，到門口時正欲喘口大氣，裡面卻傳來譚慎衍狠戾的吩咐聲。

「拿治傷口的藥膏來。」

大夫大聲回了一句，陰冷的晚上，他額頭布滿了細密的汗，背後的衣衫皆濕了。

營帳外的大樹下，兩個男子一前一後佇立，身後稍顯矮胖的男子道：「二爺，溫副將的死就這麼算了？」

被稱為二爺的男子面無表情，沈吟不語，風吹過樹梢，樹葉隨風飄落，他的聲音才隨之傳來。「不只是溫副將，李知府也保不住了。好個譚慎衍，當真是遇神殺神、遇佛殺佛，韓家與他有什麼仇？」

多年領兵打仗，韓越自認為他才是殺伐決斷之人，然而在譚慎衍跟前，卻失了膽量，手起刀落就要了副將的命，此等狠戾，他做不到。

樹葉落在肩頭，韓越動了動，吩咐道：「記得把李知府那邊抹乾淨了，他若是個機靈的，幫襯昆州百姓走出困境還能保住自己項上人頭，不然，只怕活不過今晚。」

「屬下領命。」想起譚慎衍懷裡的女子，他心思微動。

誰知，韓越好似看出他的想法，先他一步說道：「那個人你要是動了，譚慎衍能把你祖上三代的墳墓都挖出來，趁早死了這個心。」

其中利害，韓越權衡得清楚。

福榮端著木盆進屋，看譚慎衍臉色不太好，他把木盆放在床邊的櫃子上，想了想，說道：「奴才把寧府的人接進來了。寧五小姐受了傷，寧大少爺拜託奴才找大夫過去，您看？」

譚慎衍換了位置，坐在寧櫻腿邊。因下了雨，官道泥濘，寧櫻的衣衫、鞋子髒得慘不忍睹，尤其是戳破鞋子露出來的腳趾，糊著泥，血漬都被染成了灰色。

他淡淡點了點頭。「寫信問問福昌，他是不是傷得嘴巴都張不開了……」

福榮明白，譚慎衍這是要秋後算帳的意思了。離開京城前，福昌留在京中，一是為了接收信件傳到譚慎衍手裡，二就是照看寧櫻；寧櫻來昆州，福昌沒寫信告知譚慎衍，這回樓子捅大了。

福榮俯首帖耳，見譚慎衍托著寧櫻腳上的鞋子，好似無從下手，他遲疑道：「要不要奴才幫忙？」

譚慎衍沒有說話，輕輕脫下寧櫻腳上的鞋，感覺寧櫻縮了縮腿，哭了起來，他目光一暗。「你下去吧，你娘也在，讓大夫給她瞧瞧可有傷著了？」

福榮一怔，感激道：「奴才替她謝謝您。」

他八歲就跟著譚慎衍，聞嬤嬤輾轉待過許多府邸，不願意和他說寧府的事，還是到後來京城有人閒言碎語寧府的事，聞嬤嬤說老天開眼，夫人和小姐能從莊子回來了，他多問了幾句，聞嬤嬤才說了實話，然而，他心裡一直存著疑惑。京中的謠言是譚慎衍吩咐他們傳出去的，私底下，他暗暗想過，譚慎衍是不是知道聞嬤嬤的心事，看他忠心耿耿的分上幫一回？後來，譚慎衍和寧櫻頻頻接觸，他隱隱覺得不對。

譚慎衍或許有自己的目的，他不敢深想，不管怎麼說，聞嬤嬤和他不是對立的敵人就好。

白色的襪子破了，黏在腳上，他每拉扯一下，寧櫻就往後縮一下，見狀，他越發放輕了動作。他把脫下來的鞋襪隨意扔到旁邊，擰了巾子，輕輕替她擦拭著腳上的泥，目光溫和，好似望著自己喜歡的珍寶，生怕不小心摔壞。

大夫拿著瓷瓶進來，瞧見的便是這一幕。譚慎衍在軍營說一不二，連韓將軍都要退讓三分。領兵出關，英勇過人，譚慎衍素來是冷的，而眼下，大夫從他繃著的臉上卻能感受到他的溫柔。

大夫晃了晃頭，躡手躡腳走上前，遞上手裡棕色的瓷瓶，說不出為什麼，他不由自主壓低了聲音道：「福盛給卑職的，說是小太醫準備的。」

譚慎衍嗯了一聲，側著身子，擋住大夫的目光。「換盆水來。」

大夫不敢猶豫，把瓷瓶放在櫃子上，端著木盆走了出去。水渾濁不堪，混著血，腥味讓人作嘔，大夫以為譚慎衍是為了這位才對溫副將下手，沒想到，是為了欽州和昆州難民之事，好在他沒說錯話，不然的話……

想到這裡，只感覺脖子一涼，打了個冷戰，大步離去。

寧櫻雙腿糊了許多泥，換了四盆水才洗乾淨。譚慎衍拿過瓷瓶，揭開蓋子，小拇指輕輕一勾，勾出大塊灰色藥膏，低下頭，慢慢抹在她模糊的傷口上。她腳傷得重，腳底被細碎的石子磨得紅腫不堪，有些地方直接破了口子，想到她來找他求助，他非但不輕聲細語哄她開心，竟板著臉訓斥她，他恨不得搧自己兩個耳光。

待仔仔細細抹完藥膏，瓷瓶裡的藥膏已見底，他順勢坐在床前，盯著她的眉眼，哪怕睡著了，她的眉也緊緊皺著，眼角又有溢出的淚花，她委屈到睡著了都在哭嗎？

譚慎衍捧著她剛上過藥的手，喃喃道：「我與她能有什麼，值得妳委屈成這副樣子？」回答他的是寧櫻忽然響起的咳嗽，譚慎衍扶著她坐起身，輕聲喚道：「沒事，妳作夢呢，都好了，好了。」

腳上傳來陣陣清涼的感覺，一咳嗽她立即就醒了，察覺譚慎衍在，她大力抽回自己的手，背過身，蜷縮著身子，哭道：「你走。」

她終究還是會死的，嫁不嫁人有什麼關係？

譚慎只覺得心被扎了下似地疼，擔心她掙扎得厲害傷到腳傷，是以坐著沒動。「之前是我混帳，都過去了，妳好好歇著，別想太多，她哪怕美若天仙，不是妳又有什麼用？」掀過旁邊的被子為寧櫻蓋上，譚慎衍輕聲道：「妳好好養傷，不想看見她，待會兒打發她走就是。」

寧櫻寧可譚慎衍繼續指責她，這樣子她不會這麼難受。她身子瑟縮成一團，抓過被子放進嘴裡，使勁咬著，抑制顫抖的嗚咽。她和譚慎衍注定是不可能了。

「你喜歡就收著吧，左右我們是不可能了。」說完，她將被子拉過頭頂，放聲痛哭。

被子隨著她蜷縮的身子綣成一團，伴著她的哭泣，上下起伏震動著。兩世為人，他從來沒看過寧櫻哭得這般厲害，在外人面前的寧櫻是賢慧大度的青岩侯夫人，在他面前，她是話多喜鬧的小姑娘，而如今，她一個人躺在床上，像是要把積累的淚全流完似的。

譚慎衍動了動，手伸向被子，小聲道：「大夫說妳是急火攻心，沒什麼大礙。哭沒什麼，別又把自己氣出了好歹。」

被子裡哭聲一頓，譚慎衍知道這是解釋的時機，儘量柔著聲音解釋起來。「我凶妳是氣妳不在意自己的身體。昆州什麼地方，古往今來，朝廷官員寧可去蜀州都不肯去昆州，妳嬌滴滴的小姐來這裡哪吃得消？來了昆州還不跟我說，妳說說，萬一妳在昆州出了好歹，我能原諒自己嗎？」

話還沒說完，只見被子一掀，寧櫻紅著眼，兩眼圓睜地瞪著他，淚流不止道：「我來昆州做什麼？你離京時不肯搭理我，我若不是想見你，我會來嗎？你混蛋，走，往後我做什麼都不會來找你了。」

說著話，寧櫻翻身要下地，卻被他一把摟住腰肢，再看譚慎衍，俊逸陰沈的臉上先是一怔，隨即掛起了笑。寧櫻意識到自己說了什麼，臉色一紅，左右他們往後橋歸橋、路歸路了，她也沒什麼好顧忌的，手拍著他手臂把他往外推，想到在外面，他就是這麼推自己的，淚掉落得更是凶了。

譚慎衍卻覺得開心。他為她上藥時就想過她千里迢迢來昆州的原因，寧靜芸的性子，寧櫻再明白不過，她怎麼願意隨寧靜芸來昆州？

他心裡猜到是一回事，聽寧櫻說出來又是一回事了，如今他只覺得渾身亢奮。

「你放開我。」

「我抱會兒。」譚慎衍揉著寧櫻的腰肢，儘量不傷著她。若非時機不對，真想好好疼愛她一番，讓她知道他有多想她。「妳早該讓人送信，我就能派人接妳來，別哭了，都是我的錯。」

寧櫻被這無賴一說，哭得更厲害，她推著譚慎衍，想到那句「豬油蒙了心才喜歡妳」的話。憤怒能讓人管不住情緒，卻也能讓人說真話，她以為譚慎衍喜歡她，如今不過是另有所圖罷了，她的性子，哪入得了他的眼。

「這門親事，我後悔了，你放開我吧。豬油蒙了心才看上我？那你擦亮眼找其他人去吧！」她也不掙扎了，由著譚慎衍摟著她。譚慎衍有自己的驕傲，她若堅持，譚慎衍會退縮的。

誰知，譚慎衍手緊了緊，絲毫沒有鬆開的跡象。「妳就是豬油，蒙在我心口擦不掉了，我是不會放開的。」

想到她千里迢迢來找自己，不管她說了什麼，都是他不對，更別說今晚自己還說那些傷人的話。

譚慎衍雙手一提，抱著寧櫻坐在自己腿上，拉著她的手蓋在自己心窩處。「妳摸摸，裡面蓋著一層又一層的豬油……」

寧櫻又羞又惱。兩人的對話聽起來倒是她使小性兒不對了。她抽回手，別過臉不說話。

譚慎衍抱著她，知道這一關是過了，竟有種失而復得的感覺。「妳躺著，福盛派人去欽州城買衣衫了，我讓廚子給妳弄點吃的。」

寧櫻想，他們明明就快結束了，怎麼又成了這樣子？

低頭看著乾淨滑溜的腳，不知為何，總覺得像抹了層油似的。她抿了抿唇，似是又想到了什麼，聲音還帶著哭久了的沙啞，問道：「我是不是快死了？」

「說什麼呢！大夫說了，妳只是急火攻心，一個陌生人能把妳氣成那樣子，倒是她的本事了。」譚慎衍捧著她的臉啄了兩下。想到上輩子她開口為自己納妾，如今看來，她並不如面上表現得大度和歡喜吧！

寧櫻轉過身，躲開他的唇道：「我氣她不假，但一個巴掌拍不響，你以為你是好的？你推我的時候臉色還想殺人呢！」

哭久了，喉嚨還一抽一抽地哽咽，臉腫得不成樣子，很難想像寧櫻原本清麗絕色的模樣。

「我是氣妳腿受傷了還踢人。我哪有推妳？不過往後一躲，妳自己不小心摔倒，後來妳打我，我可有躲避半分？」譚慎衍知道，不把寧櫻的毛捋順，兩人沒準兒真的要分開，而且細想起來，的確是她受了委屈。

他又在她濕潤的唇上啄了兩口。小別勝新婚，剛剛差點把好好的親事折騰沒了，譚慎衍此時才一陣後怕。

寧櫻哼了一聲，算是揭過這個話題不聊了。

譚慎衍這才把她放在床上。「妳坐著，待會兒衣服買回來，我讓金桂、銀桂過來伺候。」

不得不說，寧櫻那句來昆州是為了他的話讓他渾身舒暢，這時，哪怕寧櫻要天上的星星，他都願意請人造梯子上天上去為她摘。

在外面的福盛聽到裡面的話，雖早已安排下去，不過軍營不比客棧，如今深更半夜，只能下一碗麵讓寧櫻填飽肚子。

看譚慎衍自帳裡走了出來，他立即躬身施禮，稟報道：「給小太醫去信了，寧府的人已安頓好。奴才問過金桂、銀桂，六小姐吃穿住行她們都陪著，應該沒有中毒。」

「我知道了，方才六小姐失手扔了玉珮，你去找回來。」

憶及寧櫻的脖子上有一圈紅痕，是掛了東西又扯下所留的痕跡。兩人衝動吵架時，寧櫻朝他砸了個紫色的玉珮，那個玉珮是他給寧櫻的，最初，寧櫻是想拿著玉珮請門口的人遞給他，沒想到，發生後來這些事。

福盛領命，順便說起寧靜芸受傷之事。「五小姐的傷是從二樓跳下所致，骨頭錯位，大夫說要養些時日，且不知有沒有後遺症。」

「撿回一條命是她運氣好，至於其他，她該謝天謝地了。」譚慎衍目光冷了許多，想到寧靜芸騎馬，寧櫻走路雙腳傷得不成樣子，他目光沈了沈。

福盛小心翼翼退了回去，不一會兒就拿著玉珮回來了。

玉珮光滑，上面還殘留著少許的血，沾了泥有些髒了。譚慎衍掏出手帕，細細擦拭，算起來，這是他送給寧櫻的第一份禮物，當時看寧櫻將其收了起來，他還落寞了一會兒，沒承想，她一直掛在自己脖子上。

他左右看了看，好在沒有摔壞，否則，到了寧櫻跟前又是他的錯了。

第四十八章

房屋倒塌，死傷無數，寧櫻擔心出現亂民，睡不踏實，天亮時分才閉眼休息了一會兒，這會兒腦子昏昏沈沈的，她握著勺子，望著一碗馬鈴薯泥發呆。

「妳昨晚看見的女子是青樓之人，李知府常去，她握著李知府的把柄，眼下是不需要了。欽州富裕，地震對欽州沒什麼影響，欽州的糧食足夠幫昆州百姓度過難關，等朝廷賑災的糧食撥放下來，房屋重建有工部的人謀劃，妳別擔心。」

苟志當機立斷，不把百姓放出城是對的，否則難民四處逃竄會引起恐慌，被當成劫匪、小偷抓了不說，若被有心人利用揭竿而起，對朝廷來說就糟糕了。

譚慎衍正低頭察看今早送來的信件。寧伯瑾有幾分賢名，在太后的壽宴上吩咐準備之福祿壽舞，甚得太后歡喜，皇上對其稱讚有加，賞賜了一對如意玉珮，加封了黃氏的誥命夫人，靠這對玉珮，寧伯瑾算是徹底在禮部站穩腳跟了。

寧伯瑾為人不夠圓滑，在禮部任職的是清閒的職務，能闖出一番名堂是他自己的能耐。譚慎衍猶豫了一下，沒有告訴寧櫻，寧伯瑾在皇上、太后跟前光耀門楣的事。

越往上爬，面臨的敵人越多，寧伯瑾在皇上跟前露了臉，怕是會成為幾位皇子拉攏的對象，良禽擇木而棲，寧伯瑾對自己的價值沒多大的感覺，寧國忠卻是個聰明的人。

寧櫻轉頭，看譚慎衍若有所思，她想起一件事情來。「出門前，我大嫂有件事託我問你，劉府在晉州的金礦遇到了麻煩，而我祖父，替劉老爺出了個算不上好的主意，我大嫂不知怎麼辦？」

譚慎衍頓時就明白了。寧國忠早年做的事情敗露，急需用錢周轉，上輩子，寧國忠就是搭上劉府才保住寧府，這輩子怕是不能了。

寧櫻握著勺子，舀了一勺馬鈴薯泥。昆州盛產馬鈴薯，許多百姓都以此為糧，各種口味的馬鈴薯在昆州城的街道叫賣著。

見譚慎衍湊上前，張著嘴，要她餵食他，寧櫻睨了譚慎衍一眼，不情願地把勺子遞過去。沒辦法，誰叫她有事相求呢！

譚慎衍含住勺子，上唇刮過勺子，乾乾淨淨，不留一絲馬鈴薯泥的痕跡，想到自己方才也如他那般吃東西，不自在地拿著勺子揮了揮。譚慎衍吃了她的口水，又換她吃他的了嗎？

張嘴想讓外面的金桂重新拿把勺子來，卻聽譚慎衍道：「妳大嫂該和妳細說發生了何事吧？」

回想劉菲菲的話，寧櫻點了點頭，小聲道：「劉家提煉金礦的人出了事，提煉出來的金子不似往年純淨，劉老爺打算把往年積攢的金子送往宮裡，祖父讓劉家以次充好，省下往年的金子，條件是給劉家推薦唸書的人家拜劉老爺為乾爹。」

起初，寧國忠只是說推薦讀書的族姓人家，後又加了一條，拜劉老爺為乾爹，藉此鞏固雙方的情分。

劉府秉持的信念是雞蛋不可放在同一個籃子裡，每年拿出去的銀子多，真出了事，幫忙的人怕是沒有的；不怪劉足金心動，寧國忠介紹的那戶人家想必來年便要入朝為官，靠外人不如靠自己人，有這點關係，假以時日，劉府就能在京城官家的圈子占上一席之地，寧國忠投其所好，想來遇到的事情太過棘手。

「大嫂的意思是想和青岩侯府攀上交情，我和她說的是問問你的意思。她待我不錯，我願意幫她帶個話，怎麼選擇是你的事，我不會干擾你的。」這點寧櫻還是拎得清。朝堂關係複雜，牽一髮而動全身，她怕不小心連累了譚慎衍，上輩子寧府和劉府就有勾結，只是不知寧國忠到底遇到什麼事情？

譚慎衍湊上前，再次張著嘴，示意寧櫻餵他吃東西。寧櫻臉色一僵，猶豫片刻，想著左右是譚慎衍用過的勺子，給他吃又如何？這次換舀了旁邊的蛋羹湯給他。

譚慎衍心滿意足地喝下，緩緩道：「妳祖父之前是光祿寺卿，管著宮裡御膳的採買，宮裡貴人入口的東西須新鮮精緻，妳祖父老謀深算，和京城達官貴人暗中勾結，高價購買他們田莊生產出來的瓜果蔬菜，乘機討好結交權貴，同時低價購買些瓜果、蔬菜以拉低採購的價格，但上報的價格卻是買達官貴人瓜果的價格；妳祖父靠著這個，暗中攀附了好幾位豪門貴冑，不過是暗地的關係，不敢拿到明面上說。妳祖父辭官，新的光祿寺卿掌管後，怕是發現了妳祖父以低價採買瓜果、蔬菜，妳祖父急於撇清自己，只有趁摺子還沒遞到皇上跟前，把早先貪污的銀兩補上。」

光祿寺卿只有從三品的官職，寧國忠之前巴結京城德高望重的人家，新的光祿寺卿不敢得罪貴人，而且他還想繼續巴結為自己謀好處，如今想告發寧國忠低價收購瓜果、蔬菜，除了在皇上跟前邀功，說不定和寧府還有點私人恩怨。

寧國忠每年貪污的銀子多，而寧國忠在光祿寺卿的位置一待就待到了年老辭官，積攢下來的銀子不在少數，寧府開銷大，銀子雖沒有花完，但剩下的絕對不算多，寧國忠不敢明目張膽賣手裡的田產，只有想其他法子，而劉府就是他最好的選擇。

可劉足金那人精打細算，寧國忠打的主意怕是要落空了。

十年清知府，十萬雪花銀，寧國忠在光祿寺卿的位置多年不肯挪動，一則是捨不得手裡的銀子，二則是想一飛沖天進入內閣，然而，沒有人敢明面上支持他。一個從三品的官，沒有正當關係卻出面支援，會引起政敵的猜疑，一查就查出來彼此的關係了。

越是看上去德高望重的人家越是聰明，不可能冒險，清寧侯清楚這一點才和懷恩侯府結親，而黃氏嫁進寧府，何嘗不是黃氏的父親機緣巧合發現了這個秘密？

寧櫻心驚，全然不知還有這件事，狐疑地望著譚慎衍。「你怎麼知道的？」

「妳祖父想入內閣，我心裡奇怪，順便查了查而已。」

寧國忠做得隱晦，當初懷恩侯府也派人查過寧國忠庶務上可有紕漏？可卻沒有查到這一層，他能知道，多虧有上輩子的記憶。

寧櫻微微白了臉。如果是這樣，事情被捅出來，不只是寧國忠，整個寧府都要遭殃，如今細細想來，寧府的庭院修葺得氣派宏偉，怕不只是百年積攢下來的富貴沈澱，寧國忠貪污得來的銀子也有功勞；初回京城時她還嘲笑寧府景致再繁榮昌盛，終究敵不過人是壞了根的，沒承想，寧府的繁榮是靠寧國忠貪污的銀子一點一點建造起來的。

寧櫻說不出此時心裡的感受。對寧國忠和老夫人，她心裡沒有絲毫感情，寧府毀了就毀了，只是覆巢之下焉有完卵？寧國忠和老夫人遭殃了，他們三房也難以倖免，寧伯瑾寵妾滅妻的事被翻出來，又是一樁必輸的官司。

怔忡間，寧櫻不由自主舀了一勺馬鈴薯泥放進嘴裡，全然忘記她剛剛還嫌棄譚慎衍的口水來著，擔憂地和譚慎衍商量。「我娘怎麼辦？」

譚慎衍顧左右而言他，問道：「若妳祖父的事不會牽連到三房，妳想幫他們嗎？」

寧櫻自然是不想的，而且寧國忠犯下這種錯她也幫不上忙。當年黃氏被誤認為是殺害婷姨娘和其孩子的凶手，不就是老夫人暗中謀劃的嗎？寧國忠不可能不知情，知道了還縱容老夫人，和包庇凶犯有什麼區別，遇到這種事，也算是報應了。

譚慎衍見她沈默就知曉她心中所想，思忖道：「待會兒我讓人給京中送信，劉足金是個聰明人，知道讓妳大嫂走妳的路子，沒有我的答覆，他不會答應妳祖父的，妳祖父這次是完了。」

寧櫻點了點頭，又舀了一勺馬鈴薯泥，湊到嘴邊才如夢初醒，怔怔地看看勺子，又看看譚慎衍，臉色通紅。

譚慎衍感到好笑。「方才妳吃了一勺，如今上面沾的可是妳自己的口水。」

寧櫻手一頓，望著勺子，總感覺心裡頭一陣反胃，擱下勺子，說起其他事轉移自己的注意力，道：「你不在京城，皇上會讓刑部插手這件事嗎？」

「刑部尚書有告老還鄉的意思，這種得罪人的事情不會接，皇上會讓大理寺徹查。大理寺卿那人可是真正的剛正不阿、鐵面無私，妳祖父的事情紙包不住火，不過……」譚慎衍看寧櫻嫌棄，伸出手，抓著寧櫻的手拿起勺子，自己將舀食物吃了，在寧櫻發怒前道：「新的光祿寺卿按兵不動，怕也在猶豫該不該上奏給皇上？只牽扯到妳祖父還好，若不小心牽扯到上面的人，他吃力不討好，往後的日子難過，他還在猶豫不決呢！」

寧櫻想想還真是這樣，揮舞了下勺子，肚子好似忽然就飽了，索性把勺子遞給譚慎衍。

「你說他最後會呈摺子彈劾我祖父嗎？」

「妳祖父為官多年得罪了些人，聰明的做法是把消息散播出去，借刀殺人不髒自己的手，還能從中撈到好處，何樂而不為？」

寧國忠的事情敗露，光祿寺卿再和那些達官貴人做生意，露臉的人就是他而不是寧國忠了，撈到的好處也是他的，一舉兩得。

聽了譚慎衍的話，寧櫻才知官場的盤根錯節，她又道：「你能猜到我祖父得補多少空缺的銀子嗎？」

「真以為我神算呢，什麼都知道。不過看妳祖父主動聯繫劉足金，要得怕是不少，至少是劉家一半的財產。」譚慎衍接過勺子，繼續吃起來。

「一半的財產?!祖父魔怔了？」

譚慎衍抬眉看她一眼。寧國忠在光祿寺卿的位置上坐得久，貪污的銀子自然多。

在寧櫻眼中，銀子夠用就行，寧國忠身在朝堂，禮尚往來的事情必不可少，但值得冒著這麼大的危險貪污這麼多銀子嗎？

譚慎衍的信送出去後，寧櫻便有些心神不寧，怕寧國忠的事情牽扯到黃氏，和譚慎衍商量要不要把黃氏先接出來？譚慎衍失笑。

「妳祖父已辭官，不會牽扯到三房的，妳好生養著，朝廷對賑災之事還沒有結果，我得去昆州看看。」

昆州山高水遠，若只等朝廷賑災的糧食，昆州的百姓早就鬧翻了，接下來挖土、重建房屋之事，他能盡點綿薄之力也好。

走了兩步，譚慎衍想起什麼又轉過頭來，問寧櫻道：「妳想妳祖父死嗎？」

寧櫻感到莫名，不懂譚慎衍為何問她這個問題。她認真地沈思片刻，搖了搖頭。她不會幫寧國忠，因為當年寧國忠對老夫人的縱容害了黃氏；但她也不會刻意想誰死，心裡一旦滋生這個想法，遲早她會自己動手謀害人，她和寧國忠，沒有到不是你死就是我活的地步。

她想著寧國忠受到懲罰那是他該得的，至於生死也是皇上說了算，和她無關；而且，這件事什麼時候上奏給皇上還沒有定論，如果等寧國忠百年再談，那完全沒有意義。

「我知道了。」

譚慎衍輕輕一笑，不再遲疑地走了出去。

寧國忠死有餘辜，但是他死了，余氏也活不了，寧櫻中毒的線索就斷了，所以，他們不能死。

當朝廷派賑災大臣來昆州賑災的消息傳過來時，寧國忠的事情已敗露，是光祿寺少卿上奏的摺子，狀告寧國忠以權謀私，貪污巨額銀兩，壓榨百姓。

寧成昭聽說了這件事焦急不已，來找寧櫻說準備回京了。他們來昆州已有一個月，寧櫻的腳好了，而寧靜芸的雙腿還不能走動，傷筋動骨一百天，哪是三、五天就能好的？

寧櫻住在譚慎衍的營帳裡，而譚慎衍在營帳邊搭了個帳篷，白天多是在寧櫻這邊，天黑了才回去，兩人本就是訂了婚期的，倒沒傳出什麼閒言碎語。

寧成昭坐在圓桌前的凳子上，眼神不敢四處亂瞄。譚慎衍白天在這兒處理軍務，若被冠上個偷盜軍情的罪名，他百口莫辯，且這種事情譚慎衍絕對幹得出來，小心為上，他略有局促地道：「六妹妹，我們還是去外面說話吧！」

寧櫻看他渾身不自在，嗯了一聲，走出營帳，遠處蔥蔥郁郁的山巒映入眼底，劍庸關在蜀州、昆州、欽州三州的邊界上，一年四季如春。

「五姊姊的腿怎麼樣了？」

「在床上躺兩個月才能下地走動。」寧靜芸話越發少了，常常發呆。

「六妹妹聽說祖父的事情了嗎？不知府裡情形如何了，待我們回到京城，估計皇上的旨意已經下來。」

寧成昭不知曉寧國忠貪污之事，不過他毫不意外。寧府生活驕奢淫逸，他是能察覺到的，只看寧伯瑾從帳房支取的銀兩就能感受一二，但他以為是公中虧空，寧國忠為面子繼續忍著，賣了往日收集的字畫支撐；垂花廳牆壁上的畫作是假畫，他礙著身分沒有開過口，沒承想，是他想錯了，寧國忠貪污了銀子，且不是少數，那為何又要在垂花廳象徵著臉面的牆壁上掛一幅假畫？

自相矛盾，說不清楚。

寧櫻想起譚慎衍莫名其妙問她的那句話，思忖道：「大哥準備何時啟程？我讓金桂、銀桂收拾下。」

落在昆州客棧的貴重物品挖出來了，寧櫻和寧成昭做主全捐給當地百姓建造房屋，只有寧靜芸不肯，緊緊抱著盒子，寸步不離地守著。

「三日後吧，五妹妹的親事，只要待賑災大臣到達昆州幫忙，苟志就能開始籌備了。」

最初寧櫻腳受了傷，譚慎衍又冷臉相向，寧成昭不敢提回京的事，可拖了一個月，不能繼續拖下去了，尤其，寧國忠又出了事。

「可要去看看五妹妹？」

「不了，她看見我，心情恐怕又不太好。」

寧靜芸傷了腿後，性子變得更為安靜，凡事聽從吳嬤嬤的安排，剩下來的七個丫鬟打發了五個，她也隻字不提。

寧成昭搖頭，風吹起他褶縐的領子，如實道：「五妹妹不會的，她和以前不太一樣了。」

地震時，他衝進去救人，黑暗中分辨不清，聽到咚的落地聲後抱著人就朝外走，結果救錯了人。

若是以前，寧靜芸一定會罵他貪生怕死，故意不管她死活，而如今，寧靜芸卻隻字不提。

他頓了頓，又道：「啟程回京的事譚侍郎還不知情，妳與他說說吧！」

朝堂的事他知道得不多，韓越和譚慎衍關係不好，一山不能容二虎，譚慎衍殺了韓越身邊的副將，雙方關係惡化，接下來怕還有一場惡鬥。

他又想起寧國忠貪污銀兩的事情來，遲疑片刻，沒讓寧櫻走譚慎衍的路子。寧櫻畢竟不是正經的譚家婦，且寧府還有寧伯庸他們，哪輪得到寧櫻出面？

寧櫻點頭。來昆州時興致勃勃，如今卻沒多少興趣了，身上的銀兩所剩不多，只夠做回京的盤纏，而寧櫻想去蜀州的事怕也只能擱置。

譚慎衍忙著昆州房屋重建的事宜，常常早出晚歸，月上樹梢才能見其人影。

寧櫻找譚慎衍有話說，晚飯後，讓金桂陪著出去轉了轉。軍營皆為男子，她們不敢往人多的地方走，軍營後方有一片竹林，竹葉蔥郁，隨風沙沙作響，寧櫻甚是喜歡。

竹影斑駁，月亮從竹林縫隙中露出一小道光來，清冷透澈，遠處傳來咚咚的腳步聲，提著燈籠的金桂轉身，咧嘴輕笑道：「應該是譚侍郎過來了，小姐，回去吧！」

坐了一會兒，略感涼意，寧櫻手撐著石桌，站起身，拍了拍後裙的灰塵，腳步聲由遠至近，寧櫻循聲望去，譚慎衍身形玉立地站在竹林出口，一身竹青色竹葉暗紋對襟直綴和月色下的竹林相得益彰。

「後天我就回京，讓聞嬤嬤收拾行李去了。」她笑逐顏開。

譚慎衍徑直走到她跟前。寧櫻身形清瘦許多，即使薛墨開了方子調養著也不見她身子豐腴，他側目，伸手欲拿金桂手裡的燈籠，吩咐道：「我和櫻娘說一會兒話。」

金桂會意，遞上手裡的燈籠，躬身退下。

「我讓福榮送妳回去，福榮是聞嬤嬤的兒子，妳可知道？」譚慎衍提著燈籠，轉身行在寧櫻左側。

寧櫻走上前，和他並肩而行，輕輕點了點頭。之前她就懷疑聞嬤嬤的兒子是譚慎衍身邊的人，只是沒想到會是排福字輩的福榮。譚慎衍身邊最得力的四個小廝，深受譚慎衍器重，難怪上輩子聞嬤嬤在侯府內宅如魚得水。

「讓福榮多陪陪奶娘，來昆州時，奶娘擔心福榮一直記掛著他，如今在昆州碰著也是緣分。」上輩子聞嬤嬤是青岩侯府的管事嬤嬤，約莫是黃氏病重，擔心拖累聞嬤嬤，聞嬤嬤才去了青岩侯府。

兜兜轉轉，聞嬤嬤上輩子還是遇到她了，不說破那層關係，聞嬤嬤應該是有自己的考量在裡面吧！

譚慎衍伸出手，乘機牽起寧櫻的手，緊了緊，道：「妳祖父的事情捅到皇上跟前，死罪可免，活罪難逃，其中牽扯出來好些人，那些人對妳祖父恨之入骨，寧府的處境艱難，妳多加小心。」

寧國忠能保住性命多虧了在他背後斂財的人，他們開口為寧國忠說話，是擔心寧國忠說出更多的事來，待皇上的裁決下來，他們便會肆無忌憚地對付寧府，而且寧府名下的田產、鋪子以及宅子全部充公，往後富裕的日子是沒了，寧府也說不定會分家。

「我祖父當初做這些事的時候就該想到會有今日，怪不得別人。」

寧櫻對寧府沒有感情，寧國忠出事，她擔心的是黃氏，怕黃氏受到牽連，至於其他人，她生不出同情心。

關於離別，譚慎衍並未表現得兒女情長，寧櫻也豁然許多，到了營帳前，她揮揮手，嘴角噙著愉悅的笑。「回去休息吧！」

營帳前的燈籠襯得寧櫻朱唇粉面，眉目柔和，他目光一滯，捏了捏掌心的纖纖玉手，略有抱怨道：「妳沒什麼話同我說了？」

寧櫻伸手撫了撫耳鬢的頭髮，皺著眉，凝重道：「如果我知道再有什麼女人在你身邊……」

不待她說完，譚慎衍一把拉過她，她的鼻尖撞入一堵厚實的胸膛，疼得她鼻子發酸，能清晰感受到他胸口的震動。

「瞎說什麼呢，不是說我是豬油蒙了心的嗎？」

寧櫻臉紅地揉了揉鼻子，想到薛墨千里迢迢趕來為她把脈時怪異的目光，好像看怪物似地盯著自己。

「從小到大，頭一回看慎之關心一個女人。妳真有本事氣得咳血，怎麼不就咳死算了？畢竟嘛，活人哪比得過死人。」

薛墨打趣的話卻讓她心裡一陣後怕。她真咳死了豈不枉費重活一世的機會？

念及此，她輕笑道：「真有的話，我就一杯毒酒弄死你們，讓你們到地下做一對鬼鴛鴦。」

這法子是薛墨教她的。薛墨手裡有那種能讓人無聲無息死去的毒，有朝一日，若譚慎衍違背了誓言，她不介意做個毒婦。

譚慎衍臉色一黑，心裡明白是誰出的鬼主意，他卻甘之如飴，若非這會兒在外頭，他怕管不住自己親吻寧櫻了，饒是如此，他不是沒有其他法子。側身讓寧櫻進屋，吩咐侍衛不准打擾，在簾帳落下前身子一閃追了進去。

寧櫻以為譚慎衍回去了，剛入內，身後吹來一陣冷風，她被人捣著嘴，壓在正中央的桌前，寧櫻心下大駭。

「別怕，是我，別鬧出動靜來。」

金桂跟在不遠處，譚慎衍方才那番話是說給金桂聽的，明早聞嬤嬤會過來伺候寧櫻，他再想做點什麼是不可能的。

寧櫻轉過身，不明白譚慎衍所為何事，然而不待她張嘴，譚慎衍便湊上前，攫取了她餘下的呼吸，譚慎衍的吻是熾熱而綿柔的，寧櫻的眼睛都瞪圓了，又羞又惱，拳頭捶打著譚慎衍胸膛。若外面的人在這時走進來，她可真是沒一丁點名聲了。

她細腰如柳，眼神清明澄澈，弄得他不能自已，手微微往上挪了挪，觸著那團軟玉溫香，目光一暗，陡然加重了力道。

但他不敢再往上了，怕忍不住，壞了寧櫻的名聲，只有揉著她的腰肢解解饞。明年，他們就該成親了，看似快了，實則，還有好久好久……

分開時，寧櫻軟著身子，氣息不暢地瞪著譚慎衍，後者目光深邃，嗓音低啞暗沈道：「照顧好自己，上元節我回京陪妳放花燈。」

寧櫻雙手捂著胸，戒備地點了點頭，斜著頭朝外面瞅了眼，不見人進來心裡才鬆了口氣，羞赧地催促道：「你快出去吧！」

「嗯。」

寧櫻精緻的眼眸水光瀲灩，因為急劇呼吸，胸口上下起伏著，豐盈處有意無意磨蹭著他，再待下去，譚慎衍擔心受不了。

寧櫻臉上熱潮不退，耳根通紅，她以手為扇子搧了搧風，叫住走到簾帳邊的譚慎衍。「讓金桂打水來。」

順便，給她消散臉上熱氣的機會。

寧櫻抬手揉了揉自己微腫的紅唇，深吸兩口氣，背過身，拉開桌前的椅子坐下，大口大口灌了兩杯茶才把臉上的潮紅壓下。她不敢讓譚慎衍再這般肆無忌憚了，發乎情、止乎禮，這點她明白。

回京時，寧櫻並沒多大的傷感。一路往北時，寧國忠貪污之事有了結果，寧府百年的繁華沒了，老宅雖保住，所有的財產卻全充公，手頭拮据，府裡的一花一草皆成了累贅。

回到京城已是寒冬，白雪壓枝，地面堆積著厚厚的積雪，車輪輾壓發出嘎吱、嘎吱的聲響，寧伯瑾早得到消息，特地和管家來城門口守著。

幾月不見，寧伯瑾憔悴許多，沒了往日寧三爺的風采，看見寧櫻，他眼眶微熱。「好在妳沒事，得知昆州發生地動，妳娘日日活在自責愧疚中，靜芸的腿怎麼樣了？」

聽他聲音嘶啞，再說下去怕是要哭了，寧櫻搖搖頭。「小太醫看過了，說再養段時日就好，您和娘別擔心，娘沒來？」

「她想來，但府裡事情多，一時半刻走不開，叮囑我來接妳。走吧，什麼話，回去慢慢說，我看妳瘦了。」寧伯瑾撣了撣肩頭的雪，揮舞著身後的大氅，別過臉，掩飾臉上的動容，和一旁的寧成昭道：「多虧了你，你三嬸讓我好好感激你一番，三叔沒有別的本事，平日收集的字畫多，待會兒送你一幅。」

寧成昭搖頭。此番前往昆州於他來說受益匪淺，為官之人，除了權勢名利，還有很多其他追求，修身、齊家、治國、平天下，這才是好男兒的立身之本，這是他從苟志和譚慎衍身上看到的。

寧成昭彎腰朝寧伯瑾作揖，不好意思道：「三叔客氣了，五妹妹、六妹妹喚我一聲大哥，這些都是我該做的。」

寧伯瑾莞爾，打量起這個姪子，皮膚曬黑了，身形瘦了不少，俊逸的臉上一雙眼炯炯有神，一身灰色素淨長袍，精神奕奕，沈穩內斂。寧伯瑾蹙了蹙眉，這氣質，像為官幾年後沈澱出來的穩重，和往日寧成昭身上的生澀截然不同。

馬車駛過朱雀街轉入喜鵲胡同，灰白色的院牆上積壓了厚厚雪花，一路而來，盡顯冬日的寒意，往裡行駛，片刻的工夫眼前便出現寧府的大門來。鶴紅色大門前的兩座巍峨的石獅子被換下了，白雪堆積，門庭單調而淒涼，和以往富麗堂皇的景象大相徑庭。

寧成昭挑開簾子，守門的侍衛從八人換成四人，不知哪兒飄來的落葉零星鋪在積雪上，越發蕭條。寧成昭感慨地嘆了口氣，門外尚且如此，門裡的景象可想而知。

寧櫻由金桂扶著，提著裙襬，緩緩步上臺階，側目望向寧伯瑾。寧伯瑾好似習以為常了，臉上並沒多少悲戚，院子裡落木蕭蕭，像要把枝頭殘餘的樹葉全掉落似的，冷風中枝頭瑟瑟打顫，一片一片的樹葉從樹梢掉落，混著白雪，氣勢哀悽。

穿過垂花門，便瞅見一株松柏後站著一個大紅色緞面襖子的婦人，婦人眉目盈盈，臉頰梨渦淺笑，如風雨中悄然綻放的梅花，在枯燥乏味的景致中裝飾了寒冬。

寧櫻提醒走在前面的寧成昭。「大嫂來接你了。」

和寧伯瑾說話的寧成昭抬頭，輕輕拉扯了下唇角，笑了起來。

寧伯瑾看他笑得如爛漫的孩童，搖搖頭，轉身叫寧櫻。「妳娘在梧桐院等著，我們也回去吧！」

寧櫻朝樹後的劉菲菲揮手，亦步亦趨跟著寧伯瑾，繡鞋在彎彎繞繞的甬道上留下了一排排足印，深淺不一。寧櫻回頭，看寧成昭一把抱住劉菲菲，兩人相擁，暖了一庭的冬雪。

繞過迴廊，見周圍沒什麼人了，寧伯瑾脫下身上的大氅披在寧櫻身上。「剛回京，別冷著了。」

寧櫻抬頭，澄澈的眼底有淡淡的心酸暈開。往後的寧府支撐不起那個舞文弄墨、意氣風發的寧三爺，難怪寧伯瑾憔悴了。

「祖父的事情，父親受到牽連了嗎？」

寧伯瑾沒料到她會問自己這個，眨眼蓋住眼底的失落。發生此事，肯定是會受到牽連，不過皇上一日不撤他的官職，他就還是禮部侍郎。

「皇上恩怨分明，父親已辭官，心有懺悔之意，皇上沒有追究其他，只是妳的親事，多少會受些影響。」

寧府看似和以前沒什麼差別，他仍然在禮部，寧伯庸仍然在戶部，實則不然。寧府名下所有的財產全部充公，沒了錢財收入來源，寧府已經落魄，他最擔心的就是青岩侯府毀親。寧府名聲沒了，青岩侯府退親的話，他們別無他法，寧伯瑾提心弔膽好些日子，青岩侯府卻都沒有動靜，他希望寧櫻過得好，有一門好的親事，往後不會被人看輕；寧櫻和京城其他小姐不同，在莊子長大的緣故，別人輕輕鬆鬆都能得到的名聲、名利，對寧櫻來說要付出雙倍甚至更多的代價。

是寧府虧欠了寧櫻。

「塞翁失馬，焉知非福，老侯爺不是那樣的人，父親別憂心。不去榮溪園給祖父、祖母請安嗎？」

寧伯瑾一怔，側身望著榮溪園的方向，深深嘆了口氣。「不用了，妳祖父、祖母喜靜，不喜歡人打擾，先回去看看妳娘吧！得知昆州地震，她整夜睡不著，多虧月姨娘陪著她。」

寧櫻心裡雖疑惑，卻也沒多問，後來才知，寧國忠覺得沒臉面對寧府的人，把自己和老夫人關在榮溪園，不見任何人；而寧府，三房的人看似住在一起，實則已經各過各的日子，銀錢也各用各的，梧桐院建了小廚房，吃穿用度，由黃氏負責。

柳氏當初管家，手裡不差錢；二房的人，有劉菲菲在，依然腰纏萬貫；論起來，日子拮据的是三房。黃氏手裡的田莊、鋪子收益再多，要養活三房的人怕也吃力，更別說寧伯瑾還要出門應酬了。

黃氏精神不太好，人瘦了一圈，幹練堅毅的眼神因為擔憂她和寧靜芸，抹上了濃濃的憂愁。

晚上在梧桐院用膳，寧櫻坐在黃氏身旁，才發現三房的人少了許多，之前打扮得花枝招展的姨娘們寥寥無幾，早先寧伯瑾寵幸過的謝姨娘也不在了。

黃氏拉著寧櫻的手，解釋道：「妳父親做主把沒有子嗣的姨娘放了出去，府裡沒多少人了。」

寧櫻點頭。和寧伯瑾一路走來她就感受到了，寧府的下人少了很多，經過兩處庭院，院子裡的積雪都沒人打掃，換作往年是不可能發生的事。

「府裡的下人發賣出去一半，人少了，安靜下來也好。」黃氏悠悠道了一句，臉上無悲無喜。

寧靜彤身量拔高不少，長得粉裝玉琢；月姨娘沒什麼變化，臉上依舊掛著盈盈淺笑。寧伯瑾坐在上首，她的目光便常落在上首的位置，片刻又滿足地移開。

寧櫻心裡疑惑。月姨娘是如何做到幾年如一日地喜歡寧伯瑾的？眼底散發出來的愛意像情竇初開的小姑娘。

寧靜蘭進屋時，寧櫻以為自己看錯了。寧靜蘭被送去莊子，她以為成親前都不會回來，沒想到還能在梧桐院見到寧靜蘭。

寧靜蘭穿了一身白色素衣，收起周身怨氣，上前給寧櫻打招呼，舉手投足皆帶著小心翼翼，聽旁邊的月姨娘冷哼一聲，寧靜蘭臉都白了，雙手疊在身前，畢恭畢敬退了下去。

寧櫻不解地看向月姨娘，月姨娘眉色一挑，幸災樂禍道：「竹姨娘去了莊子生了場大病，病情反反覆覆一直不見好，得知寧府遭難，沒挨過去死了；九小姐畢竟是三爺的骨肉，夫人仁慈，把人接回來了，和十小姐、十一小姐、十二小姐住在靜思院，看上去懂事很多。」

吃過飯，寧伯瑾讓寧櫻和黃氏說說貼己話，自己去了書房，月姨娘聽了倒沒失落，牽著寧靜彤慢悠悠回去自己的院落。

屋裡就剩下母女倆，黃氏眼眶一紅，忍著淚，輕聲道：「妳總算好好回來了，不然娘也不想活了。是娘的錯，當日不該讓妳跟著去昆州，秋水、秋茹心裡怨我，好些日子不和我說話，她們從小看著妳長大，情分不比我差，都是娘的錯。」

寧櫻握著黃氏手掌，笑道：「娘說什麼呢，我不是平平安安回來了嗎？地動確實恐怖，跑得快的都跑出去了，死亡的人不多，您別擔心。」

方才寧伯瑾和月姨娘在，有些話黃氏不好明說，如今只剩下兩人，也沒什麼顧忌，直言道：「娘讓妳去昆州有自己的私心，譚侍郎那樣的家世，娘總放心不下，妳可見著他了？」

寧櫻早猜到黃氏的目的了，點頭道：「見著了，他對女兒很好。」

寧櫻臉上泛著笑，毫不掩飾她中意譚慎衍。

黃氏一聽，面上略感安慰。「妳喜歡就好，過兩日去青岩侯府看看老侯爺。老侯爺入冬後生了一場大病，全靠薛太醫的藥續著，他心裡惦記譚侍郎，妳多和他說說劍庸關的事。」

寧櫻點頭，陪黃氏說了許久的話，黃氏竟然絕口不提寧靜芸腿受傷之事，寧櫻斟酌地開口道：「娘不問問姊姊的事？」

黃氏提著水壺，給寧櫻倒了杯茶，神色複雜。「吳嬤嬤信裡說了。」迷途知返，沈默寡言，安分了許多。

寧櫻不再多說。寧靜芸想通透了，黃氏心裡的愧疚能少些，跟著苟志，遲早要回京城，她所求的富貴名利，苟志通通能給她，只要她醒悟過來，好好過日子。

想起寧靜芸，黃氏話鋒一轉。「妳七妹妹也從莊子回來了，娘看她和以往大不相同，妳大伯母給她說的親事是她娘家的姪子，妳七妹妹之後會嫁回柳家，娘與妳說一聲，以免妳遇到她什麼都不知情。」

寧櫻離開京城沒幾日，柳氏就當著她的面說起想接寧靜芳回來的事。寧靜芳十四了，該張羅說親，寧國忠便做主把寧靜芳接回來。柳氏管家，把她離家數個月來的月例給寧靜芳，寧靜芳卻退了回來，說她做錯了事，沒臉收那些銀子，寧國忠還稱讚了兩句。

黃氏遇到寧靜芳幾次，驕縱的七小姐如今安安靜靜，和丫鬟在亭子裡繡花，巧笑倩兮，溫婉端莊，更有嫡小姐的風範。

只是寧國忠出事後，柳府有意退親，被柳老爺和柳老夫人壓住，柳氏和幾個兄嫂不對盤，之後恐還會起事端。

寧櫻不知道自己離開京城幾個月府裡發生了這麼多事，她對寧靜芳的討厭淡了許多，可能時間久了，又經歷過地動的關係，和寧靜芳的那點事真的不值一提。

寧成昭也聽說寧靜芳的事。三房各建了廚房，秦氏認為柳氏貪婪，繪聲繪色說起寧靜芳的事，指柳氏圓滑世故、精明能幹，寧靜芳肯定要受其連累。

寧成昭頭疼似地搖搖頭，目光落在對面坐著的劉菲菲身上。怎麼說寧靜芳也是寧家人，秦氏如此落井下石不太好，他張嘴想勸秦氏別說了，卻看劉菲菲朝他搖頭，搖頭時，髮髻上的簪花左右晃動，甚是好看。他想起在欽州街頭時夕月做的事，他是男人，夕月的手弄得他有了反應，他管住自己不入夕月的圈套是不想對不起劉菲菲。

秦氏性子挑剔，為人尖酸刻薄，劉菲菲進門後，逗得秦氏喜不自勝，整日臉上都掛著笑，即使劉菲菲送秦氏的首飾銀子對她來說是九牛一毛，但劉菲菲捨得拔毛，投秦氏所好，也是劉菲菲的一片心意。

婆媳和睦，家和萬事興才是最重要的。

秦氏注意到兩人暗送秋波的目光，掩嘴咳嗽了聲，寧成昭笑著道：「娘，沒什麼事的話您早點休息，我明日去榮溪園瞧瞧祖父和祖母。祖父、祖母在，寧府不該分家各過各的，一根筷子易折斷，團結才是力量，您和大伯母私底下看不順眼是一回事，不能擱檯面上說，我和祖父說說，瞧瞧府裡如今的樣子，不太好。」

難怪有些庭院落木積雪深，想來是三房各顧各的，超出範圍外的都不予理會才使得有些庭院荒涼落寞，無人問津。

秦氏撇嘴，為自己辯解。「你祖父、祖母不管事，你大嫂不想管家，除非二房、三房拿銀子，你父親和三叔每個月的俸祿要算公中，你說說，哪家有這樣的道理？我們不缺錢，憑什麼看她臉色？」

寧成昭嘆氣，柳氏身為大房長媳，這般做法是對的。寧國忠和寧伯庸他們名下的產業全被充公，寧府要生存，光靠變賣府裡的瓷器、古玩、字畫還不夠，不只是寧伯庸、寧伯信、寧伯瑾的俸祿是公中的，他在翰林院的俸祿也該拿出來。男人應該要撐起一片天，他們養活家裡人是天經地義的。

「娘，您說，是不是您起的頭？」

柳氏有這個想法是為寧府的名聲著想，寧國忠出事，三房就各過各的日子，外面的人不知道怎麼看寧府的笑話；再者，他們的俸祿不拿出去，公中支配的銀子不夠，總不能讓柳氏自己倒貼。

秦氏心虛地別開臉，咕噥道：「不能怪我，她可是說了，你父親的俸祿交上去，支領的時候得讓帳房記下，每個月支領的銀子不能多了，往後你幾個弟弟娶親，聘禮公中出一半，剩下的讓我拿主意；你是沒瞧見你大伯母羅列出來的聘禮，我看著跟府裡嫁庶女的嫁妝差不多，她自己有兩個兒子沒娶親，我不信她能一碗水端平，何況你下面還有三個弟弟，那點聘禮，誰家願意把小姐嫁過來？府裡出事，你祖父、祖母把往日收藏的整套的瓷器賣了不少，公中是有錢的，你大伯母在我跟前裝窮，不就是覺得菲菲有錢該拿些出來嗎？」

「娘。」寧成昭面色一沈，扶額道：「大伯母再不濟也不敢算計菲菲的嫁妝，祖父、祖母為何變賣了平日的收藏，不就是不想靠著兒媳婦、孫媳婦的嫁妝養家嗎？明日我和祖父說，事情過去就算了，往後安安生生過日子，他們在，寧府就不分家，錢財乃身外之物，一家人其樂融融在一起才是最珍貴的。」

秦氏心裡不樂意。三房合在一起過日子，吃虧的是他們，但看寧成昭臉色不豫，她不敢說什麼，寧成昭這次回來，和以前不太一樣了。

秦氏在他跟前倒像是矮了一截似的，不耐煩道：「罷了、罷了，什麼話明天再說。我看你大伯母不見得同意，你三叔一定最高興，他官職最高，應酬最多，尤其又得了皇上的獎賞，打點需要銀子……」

「母親……」寧成昭臉色陰沈，極為嚴肅，對面的劉菲菲都被他陰冷的表情嚇了一跳。

秦氏一顫，「啊」了一聲，也被嚇著了，但她日子順遂，二房的人都聽她的，被寧成昭的表情一激，她也來氣，梗著脖子道：「怎麼了，我說的還是假話？你三叔從前是個什麼樣的，你不是不清楚，如今雖不和那群狐朋狗友往來了，但也沒少往外花錢應酬，與他們一起過日子，咱虧大了，你成親了，但你還有三個弟弟呢！」

寧成昭只覺得額頭青筋突突直跳，劉菲菲見情勢不對，擔心母子倆吵起來，走到秦氏身後，輕輕揉捏著秦氏的肩膀，輕聲道：「娘其實可以這樣想，二弟、三弟他們往後是要參加科考入朝為官，三叔官職高，能幫襯一二不說，還有六妹妹呢！譚家可是個厲害的，聽說，譚侍郎從西南邊境回來後皇上就要升他做刑部尚書，再過幾年，怕會成為朝堂最年輕的內閣閣老呢！如今和三叔、三嬸打好關係，往後才好向他們開口說二弟、三弟的事，滴水之恩當湧泉相報，您當施出去的是幾滴水不就好了？」

秦氏頓了頓，沒有急著辯駁劉菲菲的話。這話早先劉菲菲也和她說過，沒奈何柳氏咄咄逼人她才不肯讓步，如今再想劉菲菲話裡的意思，的確是這麼個道理。三房有難的時候她不幫襯，來日她上門求人，依照黃氏的性子，一定坐視不理，花無百日紅，將來的事誰說得準？

秦氏轉頭望著劉菲菲。「妳說該怎麼做？」

「相公是家裡的長子，他勸祖父的話，祖父一定會聽的；再者，祖父變賣府裡的收藏，不就是希望一家人還如往前那樣過日子嗎？把大伯、三叔叫上，大伯、三叔不會拒絕的。」

劉菲菲語氣溫柔，如和風細雨。寧成昭抬眉，看秦氏若有所思明顯是動心了，他多看了劉菲菲幾眼，委實沒料到劉菲菲還有這樣的本事。

事關幾個兒子的前程，秦氏不敢大意。寧伯信給同僚慶壽還沒回來，她沒個商量的人，擺手道：「你們先回去吧，待你爹回來我與他商量商量。」

寧成昭看秦氏聽進去劉菲菲的話，回去的路上忍不住問劉菲菲。「妳真覺得三叔往後能幫襯二弟、三弟？」

劉菲菲眉目溫柔，柔和的側顏泛著淺淺梨渦，寧成昭心思微動，往她身旁靠近，拉住她的手。

劉菲菲轉身，臉上泛著醉酒的駝紅，輕聲道：「我爹是商人，他說三叔往後前途大好，我信我爹的眼光。」

寧伯瑾不似寧伯庸能說會道，膽子小，做事畏首畏尾，這樣子的人或許會錯過結交權貴的機會，但政務上不會出紕漏，對寧伯瑾來說，不出紕漏就夠了，有譚慎衍在前面開道，寧伯瑾的官職還能再往上升的。

「妳爹說得沒錯。」依照譚慎衍對寧櫻的在乎，假以時日，寧伯瑾會再往上升官的。

兩人沿著迴廊走，不多時就到了院子，望著走廊前的燈籠，寧成昭按捺不住。

「不說了，我們早些回屋就寢吧！」話完，打橫抱起劉菲菲，大步朝屋裡走。

第四十九章

枝頭的雪重重疊疊，寧櫻翻來覆去睡不著，天邊露出魚肚白時，才隱隱有了睡意。聞嬤嬤捲起褥子、被子，輕手輕腳推開門，探出腦袋，和兩旁的丫鬟道：「小姐剛睡下，別吵醒她了。」

寧府落難，府裡的下人被發賣出去一大半，桃園的人卻沒什麼變化。聞嬤嬤感覺得到，院子裡的人都變得小心翼翼許多，想來是擔心被發賣出去，守門的丫鬟也不例外。

聽了聞嬤嬤的話，兩人微微頷首，輕聲道：「奴婢知道了。」

天空飄起了鵝毛般的大雪，銀裝素裹的院子籠罩在白茫茫的天地中，晌午後，寧櫻才悠悠轉醒，屋裡暖和，她掀開被子，聞嬤嬤坐在床前的小凳子上，以寧櫻的角度看去，才發現滿頭青絲中有了根銀髮。

寧櫻一怔，坐起身，瞅了眼大雪紛飛的窗外。「奶娘，往後針線活給金桂她們做吧！」

聞嬤嬤為了讓黃氏和她早日回京，輾轉到過許多府邸做下人，這份忠心，值得她動容。

「小姐醒了，奶娘操勞慣了，不找點事情做渾身不舒坦。」聞嬤嬤站起身，收起針線籃子，順勢將小凳子踢進床底，轉身放好針線籃子，拿出床底的繡花鞋，這才扶著寧櫻起身，說了榮溪園的事。

寧成昭提出合在一起過日子，寧國忠同意了。寧櫻清楚寧成昭的想法，他是寧府的長子，希望寧府能振作起來。

「大哥性子爽朗，他既開了口，就由著他吧！」

不說寧成昭，她自己得知寧國忠的事情後也明白了一個道理，覆巢之下焉有完卵？她能嫁出去，而黃氏是嫁進來的媳婦，命運和寧府息息相關，寧國忠和老夫人活著時是不可能分家的，如今榮溪園那邊掀不起風浪，合在一起過沒什麼不妥。

「大夫人說各自的廚房也不用拆了，平日錢財放在一處，逢年過節湊在一起吃飯。」聞嬤嬤服侍寧櫻穿衣，一邊慢慢說道。

榮溪園。

經過貪污之事，寧國忠蒼老許多，老態龍鍾的臉上盡顯疲態，不過嚴肅凝重的臉頰倒生出幾許和藹，和老夫人坐在拔步床上，嘴角輕輕笑著。

「成昭和我說了往後的打算。合在一起過日子，平日的開銷用度算在榮溪園，我尋思著把庫房收藏的古玩全部變賣了，您玉閣給的價格地道，賣了那些，過幾年，待風聲小了，在京城買幾個鋪子，白手起家，往後等我和你娘死了，給你們三兄弟留個念頭也好。」寧國忠語速慢，說話的時候，眼神掃過寧伯庸、寧伯信和寧伯瑾。

寧伯瑾蹙了蹙眉，跪了下去，平靜道：「您和娘年紀大了，庫房的那些是您平生的積蓄，留著吧，我們大了，往後就讓我們撐起這個家。」

寧櫻眼神微詫。幾月不見，寧伯瑾穩重許多，換作以往，早就熱淚盈眶了。這番話理應是由寧伯庸說的，寧伯庸不開口，擺明認可寧國忠的做法，寧櫻清楚寧伯庸在算計什麼。寧國忠變賣收藏，寧府能闊綽些，後年科考又是官員升遷變動的時候，寧伯庸是在為自己謀劃呢！

寧伯信昨晚宿醉，睡了一整天，睡久了，頭暈暈乎乎的，反應有些遲鈍，許久才明白寧國忠話裡的意思，抬起頭，贊同寧伯瑾的話道：「三弟說得對，那些是父親畢生的心血，您自己留著吧，我和大哥也在朝為官，府裡怎會差了銀子？」

秦氏聽了寧成昭和劉菲菲的話，坐在自己位置上沒吭聲，低頭玩著劉菲菲剛送她的金鐲子，鐲子上鑲嵌了一顆顆紅寶石，金光閃閃，貴氣逼人。今早，劉菲菲來給她請安時，走路不對勁，臉色比往日差多了，眼角下一圈黑色，她是過來人，哪不明白昨晚小倆口發生了什麼，她不是惡毒之人，劉菲菲和寧成昭感情好，她能早日抱上孫子，是好事。

於是，秦氏側著頭，朝身旁的劉菲菲道：「成昭剛回來，妳多伺候他，往後不用來請安了。」

劉菲菲專心致志地聽寧伯信說話，猛地聽秦氏說起這件事，白皙的臉頰迅速攀上一抹紅暈，嬌羞地點了點頭。

秦氏感到好笑，拍拍她的手。他們二房，往後會越來越好的。

婆媳倆的小插曲沒有影響其他人，寧國忠固執己見，寧伯信和寧伯瑾勸說不動，逼不得已轉頭朝寧伯庸說道：「大哥，你勸勸爹吧，真賣了，往後寧府發達想買都買不回來了。」古玩、字畫彰顯底蘊和內涵，越是大戶人家，府裡的收藏越多，那些不是光有銀子就能買到的，賣給悠玉閣，假以時日被人買走，他們花十倍的價格都買不回來。

寧伯庸面露為難，微傾著的身子動了動，卻沒吭聲。

寧伯瑾皺了皺眉，看寧伯庸的眼神有些變了。他再後知後覺也清楚寧伯庸內心的打算，人都有私心，何況寧伯庸一直想往上爬。

老夫人身子瘦弱許多，一雙眼渾濁不清，精神大不如前，安靜地坐在旁邊，精神恍惚。商量好府裡事務，各自回去了。

天氣寒冷，寧櫻不愛出門，心思又落在繪畫上。在昆州時，她畫了幾幅昆州地動當晚的景象，還有災後重建房屋的熱鬧。

荀志以身作則，親自幫著壘牆、挑土，受百姓們敬重，之前的昆州房屋破舊，道路寬窄不一，重建之後，昆州一定會是崢嶸景象。

她記著答應過王娘子的事，讓人把她的畫作送去給王娘子。寧櫻在劍庸關受譚慎衍指點，她的畫藝又精湛了些，將昆州境內的情形描繪得栩栩如生，哪怕沒有親眼經歷，卻也能叫人身臨其境。

沒過兩天，王娘子就給她回了信，說暫時回不來，往後寧櫻遇到什麼不懂的可以寫信給她，信紙足足有三頁。寧櫻離開京城前學得寫實派，而在劍庸關譚慎衍教得是寫意派，她給王娘子畫得便是譚慎衍教她的，王娘子指出其中的瑕疵，鼓勵她再接再厲。

寧櫻回了信，一來二去，王娘子從教導她繪畫的夫子成了朋友，寧櫻偶爾也會說些寧府的小事。

她從寧伯瑾那兒要了兩幅名畫自己研究，這兩幅字畫是寧伯瑾準備送給寧成昭的，寧成昭不肯收，便宜了她。她研究了兩日，又給王娘子去信，寫好信，讓銀桂送出去。

一抬頭，寧櫻看劉菲菲在丫鬟的簇擁下緩緩而行，她站起身，笑著迎出去。「大嫂怎麼有空過來了？」

過年時，各府的年禮都送出去了，劉足金可能覺得沒出手幫寧國忠心裡過意不去，給寧府的年禮貴重許多，還單獨給她一箱子金銀首飾。劉足金做事直來直往，寧櫻收下的時候見柳氏的臉色不好看。

劉菲菲面色紅潤、溫婉貌美，想到回來時寧成昭擁著她的模樣，寧櫻心下為劉菲菲高興。一個商戶女能在寧府站穩腳跟，只怕暗暗費了不少工夫。

走上臺階，劉菲菲身旁的丫鬟解開她身上的大氅，搓著手，慢慢進了屋。「早就想來找妳說說話了，今日得空，過來陪妳坐坐。」

寧成昭回府，連著纏了她好幾日，劉菲菲提不起精神，這兩日才緩過來，一得空就來找寧櫻了。

劉菲菲一身暗綠色襖裙，氣質沈穩，雙眸溫柔如水。「我爹讓我好好謝謝妳，若不是譚侍郎的消息，劉府眼下不知成什麼樣子了。」

寧櫻領著劉菲菲坐在西窗下的書桌前，拿出桌上金色的硯臺給劉菲菲看，劉菲菲笑得彎起了眉眼。「我爹那人做事就這樣，妳幫了他，他恨不能把什麼都給妳。金子做的硯臺，虧他想得出來。」

寧櫻也哭笑不得。鑲嵌紅寶石的金製硯臺，奢侈華麗得迷人眼，寧櫻都不敢用來磨墨，擺放在書櫃上當裝飾。

劉足金一收到譚慎衍的信，便義正詞嚴地拒絕了寧國忠，過了沒多久寧國忠貪污的事就被人彈劾到皇上跟前，劉足金明明沒插手但仍有人懷疑到劉足金頭上，想乘機奪走劉家皇商的名頭；往年年底正是劉足金往各府送錢的日子，今年劉足金卻沒什麼動靜，劉足金打定主意不再全面撒網了，把心思放在青岩侯府以及薛府上。六皇妃伺候明妃有功，皇上稱讚其孝順，賞賜了薛府仁義侯府的爵位，薛家是京中第一位太醫出身的侯爵。

劉足金給青岩侯府和仁義侯府送年禮時心裡是忐忑的，如果被拒絕，劉家會受到許多商人的夾擊，但兩府的管家收了，寧府遭難後，劉足金活在水深火熱中，如今總算柳暗花明了。

「我爹給青岩侯府和仁義侯府送了年禮，心裡記著妳的好呢！」

薛墨在晉州的時候和劉家的人打過交道，否則劉足金萬萬不敢往薛府送年禮；至於青岩侯府，就全是看寧櫻的面子了。

寧櫻不知還有這事，好奇地抬起頭，吩咐金桂給劉菲菲倒茶。「劉老爺不怕？」

朝堂牽一髮而動全身，商人又何嘗不是？在京為商，除了有眼力懂得討好當官的，還有時刻警醒不被同行算計去，寧國忠的事對劉足金肯定有影響。

「我爹忐忑了好幾日呢，就怕人家把年禮退回來，送出去的東西不敢太貴重了，是晉州盛產的藥材，到了這兩日心才安定下來。之前針對劉家的幾戶商人安靜許多，我爹高興得合不攏嘴，人又胖了一圈。」

想到劉老爺身上一圈一圈的贅肉，再胖下去，走路該地動山搖了，寧櫻忍俊不禁道：「劉老爺是個有福氣的。」

「多虧了妳，我爹說過年要去寺廟為妳祈福，還準備在晉州為妳塑個金身……」

「大嫂，妳饒過我吧，我什麼都沒做，擔不起劉老爺的感激，而且我才多大的年紀，劉老爺那樣做可真是折我的壽了。」

做決定的是譚慎衍，和她沒多大的關係，早先劉菲菲就送了不少禮，劉老爺又送了一箱金銀首飾，再塑個金身供養著，過猶不及，她真怕自己福氣沒了。

劉菲菲失笑。「我和爹說過，他歇下這個心思了，妳可能覺得沒什麼，但是對我爹來說可是幫了大忙，侯府收了禮，能幫我爹解決大麻煩，妳值得他感激。我來找妳還有一事，早先妳給我的那個方子我一直吃著，有機會遇到小太醫，妳可否幫我問問那個方子是否會影響懷孕？我想早日為妳大哥生個孩子。」

她愛美，也愛孩子，如果兩者相牴觸的話，那個方子只能暫時停一停了。

寧櫻順著她的目光落到劉菲菲的肚子上，打趣道：「大嫂也不害臊，我可是小姑娘呢！」

劉菲菲面色一紅。她想要個孩子，有些話沒經過腦子就脫口而出，但想收回已經來不及，索性厚著臉皮道：「妳聰慧伶俐，我不瞞妳是信任妳，再說了，有什麼好害臊的，早晚妳也會有孩子的。」

劉菲菲說這番話，臉紅得不成樣子，金桂倒了茶，放在桌前，轉身退到門外。

寧府經歷過災難，所有人都收斂了身上的脾氣。

上元節，譚慎衍如約回來了，陪她放了一個時辰的花燈，還給了她一疊厚厚的信紙。譚慎衍說離開京城時每半個月都會寫信給她，她沒收到是福昌辦事不力的緣由。

寧櫻抱著信，抬頭望著他風塵僕僕的模樣，想到他連夜要回昆州，擔憂道：「不如休息一晚吧，天寒地凍的，別生病了，明早再離開。」

一回京，譚慎衍自己都捨不得走了，但韓家的事不解決，往後西南邊境還會生事，達爾在他手上，總要讓達爾在適合的時候派上用場，一切都還要再安排。有的事，譚慎衍不想告訴寧櫻，他所做的是為了他們將來有更安穩的日子。

周圍樹蔭下是歡聲笑語的男女，譚慎衍摟著寧櫻腰肢，臉上泛著意味不明的笑。「捨不得我？」

見她輕輕點了下腦袋，譚慎衍心口一軟。「妳別擔心，不會出事的。」

心裡有要守護的人，他無論如何都不會讓自己出事。上輩子是他遇到她的時候太晚了，留不住她的命，這輩子，無論如何都不會讓悲劇再發生。

「過些日子，讓墨之為妳把把脈，身子哪兒不舒服和他說。」

「那你明日再走？老侯爺很擔心你，你可回去看過他了？」

老侯爺身子不太好，已經不能下地走動了，看見她卻還能認出來。寧櫻陪他說了好些昆州的事，老侯爺年輕時去過劍庸關，她想，老侯爺看見譚慎衍，一定會開心的。

譚慎衍揉揉她的鼻子，看她眼眶都紅了，好笑道：「我的馬一離開劍庸關，祖父就收到信了，回來哪敢不先去看他？沒事的時候妳多去陪陪他，待秋天的時候一切就好了。」

他總要回京成親的，那時候就該把韓家連根拔起，但韓家一除，有的事情就要擱到檯面上說了，屆時侯府的形勢會不太好。

譚慎衍握著寧櫻的手，輕輕問道：「櫻娘，往後我們會遇到困難，妳怕嗎？」

他語氣低沈，寧櫻歪著頭沈默不語，驚覺握著自己手的力道緊了緊，她恍然大悟，怕譚慎衍會錯了意，以為自己害怕。既然決定嫁給他，不管將來有多少困難，她都是願意面對的。

寧櫻擲地有聲道：「你不怕我便不怕。」

譚慎衍呼吸一輕，說道：「我不怕。」

她陪著，做什麼都是高興的。

寧櫻轉頭，視線落在花花綠綠的河面上，花燈五顏六色，各式各樣，如夜空中的繁星，熠熠生輝。流水潺潺，花燈慢慢漂移，望不到盡頭的光亮，由深至淺，照亮了整個河岸。

寧櫻指著河面的花燈，狐疑道：「今年放花燈的人是不是比往年多？瞧著不太一樣呢！」

她眉眼溫柔，譚慎衍挑了挑眉，不置可否道：「年年都像這樣，往年來得遲罷了，妳若喜歡，明年我們早些時候來。」

花燈映入眼簾，她清澈的眸子閃閃發光，他垂下頭，眼神落在她如扇的睫毛上，眸色微暖。

兩人靜默無言，暖暖的氣氛在兩人間流淌，她彷彿就是人世間最美的風景，譚慎衍一眨不眨地盯著她，含情脈脈。

河岸上人來人往，喧鬧聲不斷，瞅著時辰，他該離開了，背身擋住旁人的目光，將寧櫻圈在他高大的懷抱裡。「下次回來就是我們成親的時候了。」

寧櫻一怔，臉上閃過一抹嬌羞，好在光線昏暗，譚慎衍看不出來，她正了正神色，低聲詢問道：「你這會兒要走了？明早再走不行嗎？」

日落西山他才回來，不到三個時辰，他就要離開了嗎？

「妳好好照顧自己，我儘量早日把劍庸關的事情安頓好，早點回京。」他是偷偷回來的，傳到皇上耳朵裡不好，如果韓越這會兒生事，會壞了他的計畫，為了往後有更多的時間陪她，犧牲眼下不算什麼。

修長的手滑至她白皙嬌嫩的臉頰，輕輕碰了碰她不點而朱的紅唇，忍住悸動的心跳，他嗓音沙啞地解釋道：「留下不妥當，妳讓金桂陪妳待一會兒，人多，小心別被人衝撞了。」百忙中回來已屬不易，他不敢太過貪戀。

寧櫻面露不捨，垂著眼沈默，幾不可察地點了點頭，叮囑道：「你走吧，別被人發現了，我待會兒也準備回去，不會被人衝撞的。」

譚慎衍目前在做什麼，寧櫻無從得知，只是看他眉宇間散發戾氣，想來和韓家有關。韓家是二皇子的人，動了韓家便是得罪了二皇子，她想，再過不久，譚慎衍會步入奪嫡之爭也不可知。

「妳別擔心，不會出事的，我走了。」譚慎衍擔心再留下來，出城的人少了，他的行蹤會暴露，於是鬆開寧櫻，轉身闊步離去。

頎長的身影很快消失於人潮中，不遠處的金桂看譚慎衍走了，她才小跑上前，看寧櫻依依不捨的目光在人群中找尋著，安慰道：「小姐，我們也回去吧，夫人在前面等您呢！」

離開劍庸關，譚慎衍承諾寧櫻上元節會回京陪她放花燈，金桂心裡沒當一回事，方才看見譚慎衍才如夢初醒。譚慎衍能把這種事放在心上，若不是心裡喜歡寧櫻，何須做到如此地步？

良久，寧櫻才收回目光，神色有些恍惚，像是作了場夢，恍恍惚惚的，不太真切，小聲問金桂道：「方才是他陪著我吧？」

很多時候，她都怕眼前擁有的是夢，夢醒了，什麼都沒有。

金桂扶著寧櫻，側身擋著身後湧來的人群，怕寧櫻被他們撞到了，回道：「是譚侍郎，小姐莫擔心，最遲，譚侍郎夏末就回來了。」

寧櫻但笑不語。她捨不得譚慎衍是真，更重要的是擔心譚慎衍出事。韓家遭殃，二皇子一派不會善罷甘休，往後的事情還多著呢！

主僕倆順著人潮往涼亭走，身形曼妙，影影綽綽，惹來眾人的駐足。

薛墨回京後，藉故為寧櫻診脈來寧府，寧國忠和老夫人如今在榮溪園不見客，薛墨徑直去了三房。

寧靜芳在屋裡繡自己的嫁妝，聽丫鬟說府裡來了貴人，她笑了笑，不以為意道：「誰來了？」

「薛小太醫，聽說是給六小姐看病的。沒聽說六小姐哪兒不舒服啊，小姐要不要過去瞧瞧？」

寧靜芳始料未及，沒想到會是薛墨，手一頓，針刺入手指，手指一痛，她咬牙將針拔了出來，白皙的手指上有個猩紅的小點，很快匯聚成一個小小的血滴。

如花見寧靜芳沈著眉，臉色不太好看，急忙掏出手帕包裹住她受傷的指頭，跪地認錯道：「是奴婢的錯，往後再也不敢了。」

寧靜芳上上下下打量她兩眼，沈聲道：「明日不用來伺候了。」

柳府想方設法退親，若不是她外祖父、外祖母壓著，阮氏早就如願以償，方才的事情傳出去，豈不是給了阮氏機會？

家成表哥性子溫厚，兩人又是從小的情分，從那件事情後她名聲不太好，否則，柳氏不會挑了柳家，她該好好珍惜才是。

如花面色一白，手還捂著寧靜芳手指，身子瑟瑟發抖，哆嗦著唇求饒道：「求小姐再給奴婢一次機會，奴婢往後再也不敢了。」

寧靜芳低頭看向被染紅的手絹，沈默不語，如今的她禁不起一丁點閒言碎語，傳到柳家人口中，他們可不會給自己機會，鐵著心道：「妳去院外伺候吧！」

言外之意就是留她在芳華園，但入屋是不能了。

如花身子一軟，癱坐在地。

寧靜芳收拾好針線籃子，穿上石榴色滾邊襖裙，起身朝外面走。如今想來，當時她心悅薛墨真是癩蝦蟆想吃天鵝肉，薛墨丰神俊美，姊夫又是最受寵的六皇子，他的親事，注定是和權貴之女有關，薛墨哪會看上自己？

院子裡的丫鬟們看寧靜芳發落了身邊最受重用的丫鬟，皆低下頭，眼觀鼻、鼻觀心，瞅著寧靜芳走出院子，大氣都不敢出。

寧靜芳從莊子回來，性子變了許多，看似好相與了，實則心裡主意比誰都大，早先服侍的丫鬟、婆子被換了七七八八，眾人哪敢忤逆她？看跪在地上的如花面如死灰，彷彿看到自己的命運，眾人不敢懈怠，急忙找事情做。

寧靜芳不知道自己不知不覺竟然走到桃園來了。她對薛墨心裡已沒了期盼，柳氏說人的一生總會遇到一、兩個如鏡中花、水中月的人，帶給妳最美的憧憬，薛墨於她便是這樣的存在。

桃園周圍栽種了好些不知名的花草，是寧櫻去昆州後，寧伯瑾尋回來的。

望著拱門上貼著的木牌，寧靜芳有片刻猶豫，見守門的婆子探頭望來，她咬咬牙，神色自若地繼續走，兩旁的婆子面露驚訝，欲言又止望著她。

寧靜芳神色一滯，抬手梳了梳額角並不凌亂的頭髮，掩飾自己慌亂的情緒道：「我找六姊姊說一會兒話，可是不方便？」

兩個婆子面面相覷，搖了搖頭，轉頭看向院裡，小聲道：「六小姐正在作畫，小太醫來了，三爺和三夫人也在，七小姐進去吧！」

薛墨如今是皇上親封的仁義侯世子，地位不同，寧伯瑾和黃氏理應在場，不知為何，寧靜芳鬆了口氣。她如今的身分，單獨見薛墨不適合，心裡沒了念想，藏頭露尾總讓人疑心，別無他法才走了過來。

院子裡的一棵桂花樹下，薛墨坐在長凳上，手搭在寧櫻手腕上，態度認真，溫潤如玉的側顏精緻如畫。

寧靜芳絞了絞手裡的帕子，深吸口氣，緩緩走了進去，臉上掛著得體的笑。「三叔、三嬸，來客人了啊……」

寧伯瑾被薛墨嚴肅的神色嚇得提著一顆心，生怕寧櫻哪兒出了毛病，猛地聽到寧靜芳喚他，他身子一顫，手裡的茶杯晃了晃，茶水溢了出來，回眸看是寧靜芳，笑著道：「靜芳來了？小太醫今日來為妳六姊姊診脈。」

對府裡的姪子、姪女，寧伯瑾多是隨和的，吩咐丫鬟抬凳子出來讓寧靜芳坐，沒想那麼多，順勢道：「妳來得巧，順便讓小太醫替妳看看。」

寧櫻蹙了蹙眉，抬眉盯著寧靜芳。見她的目光並未在薛墨身上停留，眼神坦坦蕩蕩的，寧櫻不知寧靜芳想什麼，要說寧靜芳來找自己說話，寧櫻心裡是不信的，寧靜芳來的目的應該是薛墨吧！

「三叔別擔心，我身體好著呢，我來找六姊姊詢問花樣的事，倒是不知桃園來客人了。」寧靜芳徐徐上前，給薛墨見禮。「小太醫，別來無恙。」

她被人剪了頭髮，劃傷臉頰，皆是薛墨所為，薛墨自己都承認了，被喜歡之人傷害，寧靜芳心裡恨過，後又覺得薛墨沒錯，她喜歡薛墨是她的事，和薛墨無關，薛墨為寧櫻出頭也沒什麼不對，都有自己的緣由。

薛墨斜著眼，溫和的臉上閃過不悅，一瞬即逝，很快掩飾過去，不冷不熱點了點頭。

「七小姐面色紅潤，的確不像生病之人。」

言外之意沒必要把脈。薛墨耐著性子為寧櫻診脈是受人所託，而且將來寧櫻嫁給譚慎衍，怎麼說也是自家人，他對自家人有耐性，對外人就沒那麼多耐心了。

寧伯瑾訕訕，笑著接話道：「小太醫說沒事就一定沒事。靜芳，坐吧！」

暖陽當空，偶爾吹來的風夾雜著絲絲涼意，卻不至於涼入人心，聞嬤嬤提著凳子出來，放在寧靜芳身旁，躬身道：「七小姐請坐。」

薛墨說話不近人情，換作以前的寧靜芳早就委屈得紅了眼，可能對薛墨的態度早有心理準備，心裡倒是沒那麼難過，視線落在旁邊桌上鋪展的畫作，畫上的樹木、桌椅，在初升的陽光下散發著既清涼又溫暖的氣息，在畫裡表現得恰到好處，竹木長凳，一半籠罩在朝陽下，另一半還淌著樹枝滴落的露水，暖與冷，剛剛好。

「三叔，您畫的嗎？」寧靜芳知道自己三叔有兩分文名，書法、繪畫都不錯。

她的話落，幾人都望了過來，寧靜芳不好意思地笑了笑，只聽寧伯瑾驕傲道：「是妳六姊姊畫的，一眼瞧上去，的確有幾分大家風範，我都快比不上她了。」

寧伯瑾是謙虛的說法。寧櫻畫得再好，畢竟少了些見識，且運筆上稍嫌生疏，他稱讚寧櫻，是認為寧櫻在她的年紀裡，功底是數一數二的好了，年紀漸長，閱歷深厚，畫作精益求精，寧櫻在繪畫上的造詣遲早會超越他，寧伯瑾相信自己的眼光。

寧靜芳有些詫異。剛剛聽守門婆子說寧櫻在作畫，她還有些半信半疑，何時寧櫻的繪畫功力竟如此精湛了？

薛墨抽回手，緩緩道：「身體好著，沒事。」

寧櫻夜咳的事無藥可醫，他能做的就是保證寧櫻不再被人下毒，而心病他無能為力。

聽了這話，寧伯瑾和黃氏面色一鬆。

薛墨還有事，不便久留，提著藥箱準備回去了，寧伯瑾順勢起身。「我送你出去。」

「有勞了。」

寧櫻和黃氏之前所中之毒怪異，他手裡也有能讓人毫無聲息死去的毒藥，但呈現出憂慮過重、風寒症狀的還是頭一回看見，想到宮裡的明妃有同樣的症狀，薛墨眸色沈沈。

明妃很小的時候就進宮伺候皇上，和黃氏沒有絲毫關係，寧老夫人為何要下毒害明妃？

寧國忠貪污，順親王為寧國忠走動乃因寧國忠和順親王府有生意往來，沒有其他關係，寧老夫人的毒從哪兒得來的？

抱著這個疑問，薛墨離開寧府後，待會兒他還要去青岩侯府一趟。

老侯爺身子不適，已經到了油盡燈枯的時候，如今放不下，怕是還牽掛著譚慎衍和寧櫻的親事，暖意融融的京城，接下來，怕是要黑雲壓城了。

第五十章

黃氏得知寧櫻沒事後，和寧櫻說了兩句話就回梧桐院。

寧靜芳還震驚於寧櫻的畫中。在她眼中，寧櫻是目不識丁、空有一身強脾氣的小姐，目光短淺，固執死板，沒有一絲大家閨秀的禮儀風度。

什麼時候，寧櫻陡然變了樣？

順著寧靜芳的目光看去，桌上宣紙的墨跡已經乾了，她吩咐金桂收起來，淡淡道：「不知七妹妹來找我所為何事？」

寧靜芳回府後特意來桃園道歉，她看開許多，不願意追究過往，原諒了她，但不至於和她親暱如姊妹。

寧靜芳怔怔地盯著寧櫻。有些事情她以前不肯正視，此刻才發現，寧櫻比她厲害多了。琴棋書畫、女紅，她樣樣都會，可比起繪畫，她是比不上的；不只是繪畫，女紅也比不上，寧櫻跟著桂嬤嬤學蜀繡，桂嬤嬤可是宮裡的老人，最擅長蜀繡了，寧櫻有桂嬤嬤教導，自己如何比得上？

寧櫻回京後才開始學識字、寫字，而她很小的時候，就有夫子教導家學，七歲學女紅，八歲繪畫，但是卻及不上寧櫻。寧櫻比她刻苦、比她勤奮，天道酬勤，勤能補拙，她贏在起跑線，輸在懶散和自命清高上。

寧靜芳拿起金桂倒的茶，輕輕抿了口，羞愧道：「漫無目的來了桃園，退回去不妥當，只得硬著頭皮進來。花樣不是我胡謅的藉口，如果六姊姊有好看的花樣，還請指點一二。」

她和柳家成成親後，依照規矩要給下面的表妹們見禮，一人一方繡帕，寧櫻慧眼獨具，手裡的花樣肯定好看。

「怎麼想起問我了？柳府是妳外家，妳和柳家小姐有所往來，心裡知道她們喜歡什麼才是。」寧櫻語氣裡倒是沒有嫌棄。她的嫁衣繡得差不多了，也尋思著繡幾方手帕，青岩侯府的那些庶女小姐和譚慎衍關係不好，她在禮數上過得去就是了，沒想那麼多。

見她不好意思，寧櫻頓了頓，認真地搖了搖頭，她還真沒有。

不過，她的認真讓寧靜芳自在不少。之後寧靜芳沒事的時候就會來桃園找寧櫻，提著針線籃子，各自繡各自的嫁妝，說說話。

劉菲菲也喜歡來，一來二去，三人感情好了不少。

天氣漸熱，轉眼到了盛夏，黃氏著手清點寧櫻的嫁妝，沒去避暑山莊，寧府有意避避風頭，全府上下的人都沒去，其間，柳府的人來了幾次，退親的態度堅決，柳氏當沒聽到似的，阮氏心有不悅，雙方一直僵持著。

寧靜芳說起這件事，眉梢染上了愁緒。「我有時候也不知道我娘繼續堅持這門親事對不對？我大舅母不喜歡我，嫁過去也是看她臉色罷了。」

當時，阮氏肯同意上門提親，多虧了寧伯庸和寧伯瑾。她大舅舅是兵部侍郎，柳府為官的就她大舅舅，比不得寧府兩位在六部辦事的，尤其寧伯庸在戶部，官職不高，油水多，阮氏看中才樂意上門提親，沒承想，發生了寧國忠貪污的事。

寧櫻沈默不語。她的嫁衣繡完了，如今在收邊，想了想，沈思道：「妳喜歡柳二少爺嗎？」

寧靜芳的情況，嫁到柳府，不討公婆喜歡，往後的日子確實不太好過，婆媳齟齬多，寧靜芳不明白其中利害，怕會吃不少苦。

寧靜芳停下手裡的針線活，認真道：「大舅舅、大舅母為人市儈，家成表哥不同，小時候他就對我好，聽說這門親事最初是家成表哥提出來的，他不是家裡的長子，大舅舅、大舅母對他的期望比不上大表哥，我娘說我嫁去柳府，有外祖父、外祖母幫襯，比嫁到其他人家好多了，我覺得也是，慢慢的，心裡是喜歡家成表哥的。」

寧櫻握著剪刀，將之前多出來的線頭貼著衣服剪斷，輕輕道：「妳喜歡就好，看妳大舅母的陣仗，往後妳嫁去柳府，她給妳立規矩是免不了的，說不定還會教唆柳二少爺疏遠妳，這些妳要有所準備。」

不料寧櫻會和她說這一番話。柳氏只告訴她嫁去柳府能衣食無憂，往後大舅舅升官，她能跟著沾光，待家成表哥科考高中，她的身分水漲船高，往後的日子會越來越順遂，沒說過她大舅母會刁難她的事。

但她毫不懷疑這件事的真假。沒進門之前，阮氏尚且想退親，嫁過去後，阮氏不刁難自己才怪。

寧櫻是想起黃氏和寧伯瑾。剛成親，兩人關係好，架不住老夫人的挑撥離間，夫妻倆漸行漸遠，最終鬧得不可開交，若不是寧國忠壓著，雙方可能就和離了；而眼下，兩人關係看似好轉，實則黃氏心裡仍然存著疙瘩，過去的事不能當沒有發生過，黃氏心頭的傷和恨，抹不平了。

正說著話，外面翠翠匆匆忙忙跑來。「六小姐、六小姐，不好了，三夫人暈過去了，您快過去瞧瞧啊！」

寧櫻雙手一顫，手裡的剪刀滑落。「我娘怎麼了？」

「夫人和三爺在屋裡說話，不知怎麼，夫人暈了過去，三爺出門請大夫了，秋水姑姑走不開，派人請您過去呢！」翠翠站在門口，臉色發白。

黃氏是三房的主心骨兒，如果黃氏出了什麼事，三房又回到往昔，散成一盤沙了。

寧櫻拔腿就往外面跑，腦子裡一片空白，走了幾步，被金桂拉住，她低頭才驚覺自己手裡還握著剛完成的嫁衣，她瞇了瞇眼，忍著不讓淚流出來。

金桂扶著她，寬慰道：「吉人自有天相，夫人不會出事的，奴婢陪小姐一起過去。」

來報信的是梧桐院守門的婆子，她知道的也不多，追著寧櫻狂奔而去的步伐解釋道：「這幾日夫人就不對勁，以為是天氣炎熱的關係，秋水換著法子給夫人弄吃的，夫人胃口不怎麼好，秋水姑娘說請大夫來瞧瞧，夫人不讓，說您和譚侍郎快成親了，什麼事都要等成親後再說；方才，三爺和夫人在屋裡商量您的嫁妝，不知怎麼著，夫人說胸口噁心，提不上氣，說完，人就暈過去了，這會兒梧桐院正一團亂呢！」

寧櫻想起上輩子黃氏走的時候，那時的黃氏因為身子消瘦，吃不下飯，每天只能喝粥、吃藥，人瘦得厲害，時間，彷彿又回到很久之前……

梧桐院一片手忙腳亂，門口不見秋水、秋茹的身影，寧櫻跌跌撞撞地衝進屋，撞得簾子啪啪作響。

黃氏躺在床上，臉上血色全無，閉著眼，沒有一絲生氣，寧櫻大驚，撲上前喊了聲娘，聲音哽咽，淚如豆子般大滴落下。

秋水跪在床前，擰了巾子替黃氏擦拭額頭的汗，臉上掛著淚痕，小聲道：「小姐，先別急，等大夫來看過再說吧！」

見黃氏暈倒，寧伯瑾六神無主，秋水也失了方寸，如今想來，黃氏暈倒估計另有緣由。黃氏想再生個兒子，肚子遲遲沒有動靜，這個月小日子沒來，脾氣變得暴躁不已，她以為黃氏是因為寧櫻出嫁的關係，沒有多想，此時看來，黃氏估計是懷上了，琢磨過來，她安心下來，轉身朝寧櫻招手，讓她別哭。

寧櫻只感覺屋裡熱得很，公中的銀錢少，分發下來的冰塊也就少，比往年少了一半不止。寧櫻耐不住熱，黃氏便自己掏錢買冰塊給她，這段日子都是黃氏去桃園看她，她沒來過這邊，不知道黃氏對她慷慨，自己卻連冰塊都捨不得用。

秋水擔心寧櫻想岔了，自己嚇著自己，寧伯瑾出門時的神色和此時的寧櫻差不多，秋水側身，湊到寧櫻耳朵邊，小聲說了幾個字，看寧櫻一臉難以置信，秋水嘆氣。

「奴婢也不知對不對，依照現在的情形看來，多半是這樣子。小姐，您要是有了弟弟，往後就沒人能欺負您了。」

出嫁的女子沒有兄弟撐腰，被人欺負連個出面的人都沒有，黃氏想生個兒子，除了為她自己，再者就是為了寧靜芸和寧櫻了。

寧櫻呆愣地僵在原地。她沒想到，黃氏真的選擇再生一個孩子，她喉嚨有些乾，喘不過氣，急於向秋水求證。「秋水，是真的嗎？」

「八九不離十吧，等大夫來看過就好了，前兩日夫人情緒不對勁，奴婢沒往那方面想，也是剛剛才回過神來，小姐該高興才是，有了孩子，往後夫人老了有人照顧，總是好的。」

秋水放下巾子，揩了揩眼角，她哭是因為高興。

這時候，外面傳來寧伯瑾焦急的催促聲，以及大夫粗重的喘氣聲。

寧伯瑾額頭掛滿了汗，背後的衣衫都濕了，臉頰潮紅，半拖著大夫往屋裡走，沒發現床邊的寧櫻，一個勁地拉著大夫的手往黃氏手腕搭去，泣不成聲道：「大夫，你好好給內子瞧瞧，不管多少錢我都願意給，只要她好好的，你快給她看看。」

他拉著大夫的手不肯鬆開，眼眶裡蓄滿了淚水，焦急之情溢於言表。

大夫一臉尷尬，縮著手，上氣不接下氣地解釋道：「三爺別著急，容老夫仔細瞧瞧。」

秋水拉扯了一下寧伯瑾的衣衫，提醒寧櫻還在屋裡，偏生寧伯瑾不為所動，哭得一把鼻涕、一把淚地說：「大夫，你一定要救救她，是我對不起她，虧欠了她許多，你一定要救救她……」說完，開始痛哭流涕，沒有半分儀態。

剛進門的寧靜芳看見這場景，以為黃氏不太好了，面色一白。她想得更多，黃氏有個三長兩短，寧櫻得守孝三年，親事也該耽擱了，換作以前她心裡會幸災樂禍，但如今卻沒有半點興奮，慢慢走到寧櫻身後，顫抖著聲音喊了一聲六姊姊。

寧櫻轉頭，臉上的笑有些僵，她委實沒料到寧伯瑾會聲淚俱下，她抬手示意金桂搬凳子，扶著老大夫坐在凳子上，不疾不徐道：「煩勞大夫為我娘看看吧！」

大夫見寧櫻安之若素，心下讚許，坐下後，扶著黃氏的手，認真診脈。

寧櫻又到寧伯瑾身旁，扶他站起身，掏出手帕擦去他眼角的淚，安慰道：「父親別擔心，不管什麼，等大夫看過再說不遲。」

寧伯瑾抱著寧櫻，自責道：「櫻娘，是父親沒用，父親誤會了妳和妳娘，都是父親的錯……」

「父親……」寧櫻無奈。「有什麼話待會兒再說吧！」

寧伯瑾吸了吸鼻子，繼而看著大夫，不情不願地點了點頭。

「天氣躁熱，夫人肝火旺盛，操勞過甚，凡事不比年輕時候，多注意自己的身體才是。

頭三個月多在床上養著，否則，大人和小孩子都受不了。」老大夫捋著鬍鬚，微微一笑，望著眼眶通紅的寧伯瑾道：「三爺，恭喜了。」

寧伯瑾怔怔的，好一會兒沒反應過來，揉了揉眼，問寧櫻道：「他說的什麼意思？」

「父親，娘肚子裡有孩子了。」寧櫻揚眉，笑了起來。

黃氏懷孕，對三房來說是希望，若生個兒子，黃氏往後的生活才不會單調。

寧伯瑾面色呆滯，許久才回過神，喃喃道：「怎麼就懷上了？我豈不是又要當爹了？」

寧櫻失笑，送老大夫出門，吩咐聞嬤嬤打賞下人。她進屋時，寧伯瑾還站在床前，來回搓著手，走來走去，像是著急，又像是因為其他原因。

黃氏暈倒是懷孕勞累所致，為了讓寧櫻風風光光出嫁，黃氏忙得腳不沾地，寧伯瑾不敢再讓她操持嫁妝的事，請了聞嬤嬤和秋水處理。

黃氏反胃嘔吐嚴重，吃什麼、吐什麼，畢竟不比年輕懷孕的時候。秋水盯得緊，更是不讓她亂動，寧櫻整天去梧桐院陪黃氏說話，黃氏比不上寧伯瑾熱絡，眉宇盡是凝重之色。

「妳父親說，皇上提前回京了。韓家與達爾勾結製造邊境混亂，韓將軍和好幾州的知府結黨營私，變賣軍中糧草，貪污受賄，譚侍郎壓著韓越回京了。」黃氏定定望著寧櫻。侯府已經身分顯赫，譚慎衍和韓家沒必要針鋒相對，這次，青岩侯府又要站在風口浪尖。

寧櫻毫不意外。譚慎衍和韓越在劍庸關不是沒有結仇，有兩次韓越手底下的人暗地給譚慎衍使絆子，被譚慎衍抓了出來，韓越面上無光，將一行人按軍法處置，執行的時候，譚慎衍就坐在旁邊冷眼看著，譚慎衍不把劍庸關納入囊中不會回京，離京的時候，譚慎衍就和她說過了。

只是沒想到，譚慎衍會以這種方式處理。韓家根基深厚，和二皇子休戚相關，二皇子不會見死不救，譚慎衍得罪二皇子，二皇子一黨不會放過譚慎衍。

寧櫻面露憂色，伸出手，輕柔地握著黃氏的手掌。因為嘔吐的關係，黃氏身子瘦了一圈，容色略顯蒼白，懨懨地對寧櫻說道：「青岩侯府不需要錦上添花了，往後妳多勸著譚侍郎才是。」

寧櫻清楚黃氏話裡的意思。老侯爺軍功顯赫，譚慎衍沒必要再求富貴，安安穩穩過日子，頭上的爵位誰都摘不走。

「我知道的。」

女兒心思通透，黃氏便不再多說，手輕輕落在自己平坦的小腹上。懷孕後，她吃不下東西，肚子不顯懷反而瘦了些，和懷寧靜芸、寧櫻那會兒完全不同，嘆了口氣道：「真要是個弟弟，往後妳也算有靠山，即使娘死了，知道妳有弟弟幫襯，也能含笑九泉。」

生孩子變故大，黃氏不知自己熬不熬得過。

寧櫻不喜歡聽這些話，出聲打斷黃氏道：「您一定會長命百歲的，弟弟長大成人，您還會有孫子，子孫繞膝，頤養天年。」

太陽西沈，院子裡的花草樹木吐著炎熱的氣息。

寧伯瑾從衙門回來，掀開五色金的珠簾，見寧櫻坐在床前陪黃氏說話，妙語連珠逗得黃氏笑聲不斷，他步伐一頓，來回撥弄了兩下珠簾，見寧櫻回眸，他挑了挑眉。「妳娘對著我總一副愁眉不展的模樣，還是妳有法子。外面傳來消息，明日譚侍郎就會押解韓將軍回京，妳娘懷孕，妳又要嫁人了，可謂雙喜臨門。」

秋水端著冰塊站在寧伯瑾身後，看寧伯瑾堵在門口，屈膝施禮道：「三爺，什麼話進屋說吧，盆裡的冰塊該換了。」

黃氏老蚌生珠，柳氏主動開口增加梧桐院的冰塊額度，二房私底下也送了許多補品，還算照顧他們。

寧府的確不如早先繁華，甚至說得上捉襟見肘，但府裡的氣氛變好許多。三房相安無事的生活，幾位小姐和少爺不陰陽怪氣，感情亦變好，主子們其樂融融，下人們不亂嚼舌根，不編排主子的不是，安寧祥和，更像過日子的一家人。

漆木架子上，盆裡的冰塊全部融化了，秋水換了新的，端著換下的一盆冰水退了下去。

寧伯瑾自己抬了凳子坐在床前，開始每日必問的問題。「孩子可有鬧妳？妳吃飯了嗎？肚子餓不餓？有沒有哪兒不舒服的地方？小太醫說四物湯的方子改良後利於保胎，我把東西給秋茄讓她去廚房熬藥，妳喝了，很快就沒事了。」

今日，寧伯瑾去了薛府問薛墨，纏著薛墨開的方子，他剛拿到方子以為薛墨糊弄他。薛府藥鋪賣的四物湯如今遠近聞名，其中四味藥材的價格更是高得離譜，四物湯以白芍、熟地、當歸、川穹為主，能治療心悸失眠，面色無華，京裡但凡有身分地位的小姐、夫人，誰不服用四物湯？

因他也有所耳聞，看見方子是四物湯，心裡不太樂意，薛墨解釋後才知，減少當歸、川穹的用量能保胎，且隨著四味藥材用量不同，功效也不盡相同。

他把薛墨的話轉述一番，笑得露出一排白牙。「妳好好養著，小太醫說他得空了會來為妳看看，有小太醫在，妳一定會平平安安生下孩子的，眼下，該想孩子的名字了，他是成字輩的，不知取什麼名好？哪怕是小名，也要好好琢磨琢磨。」

以前他不懂事，不熱衷子嗣的事情，寵幸姨娘，只顧著自己開心，認為有了孩子就生下來，左右寧府能養活；如今不同了，他會用心栽培他的兒子，讓他成為頂天立地的男兒，不像他年輕時那樣。

黃氏面不改色，不鹹不淡地嗯了一聲，臉上沒有多餘的表情，寧伯瑾興致高昂，噼哩啪啦說了一大堆。

黃氏聽厭了，抬眉，眉梢含著不耐煩。「若是個女兒怎麼辦？」

寧伯瑾一怔，笑意僵在臉上，呆愣道：「女兒啊，女兒也好、女兒也好。」

不過，黃氏都生了兩個女兒了，這個一定是兒子，想清楚這點，他又咧嘴笑了起來，如沐春風。

黃氏蹙了蹙眉，朝寧櫻道：「妳回去吧，少了什麼和秋水說，秋水知道怎麼做。」

孩子來的時機對，卻也不對，她沒法子親自操持寧櫻的親事，心下不免覺得遺憾。起初，她打算把名下的田莊、鋪子全給寧櫻，寧府遭難，她又懷上孩子，給寧櫻的嫁妝少了許多，她心裡頭升起濃濃的愧疚。

寧櫻輕輕點了點頭，叮囑黃氏好好休息，慢悠悠離開了。

回到桃園，寧櫻就沒心思理寧伯瑾的事情，因吳琅回報譚慎衍在京外遇到埋伏的情況。

「奴才遇到福昌騎馬匆匆而去，說是京外生變，奴才先回來給您報信。」

若照他的想法，他不想寧櫻擔心，但知道寧櫻不喜歡有人欺瞞，一路回來，吳琅左思右想，決定還是告知寧櫻。

「怎麼會有埋伏呢？他們不是明日才回京嗎？」

依據寧伯瑾打聽來的消息，譚慎衍明日才回京，怎麼提前回來了？

吳琅躬身，緩緩道：「奴才不知，福昌、福榮帶著人馬出城了，奴才覺得回來和您說一聲較好。」

寧櫻頓時心亂如麻。韓家根基深，怎麼可能等著譚慎衍把證據呈遞到皇上跟前？一定是韓家的人偷偷埋伏，又或者有人想坐山觀虎鬥，藉機讓譚慎衍和韓家結下仇恨，如果是這樣，對方的目的不一定是譚慎衍，有可能是韓越。

韓越被押解進京，譚慎衍一定會想法子防止韓越逃跑，若是刺客偷襲，譚慎衍雖能應對，但韓越估計沒還擊之力，想到這點，她面色微變。韓越出了事，譚慎衍就和韓家有血海深仇，且韓越人一死，犯下的罪名也會不了了之，對譚慎衍來說，彈劾韓家會遭來二皇子一黨的排擠，得不償失。

「福昌出城多久了？」

「估算著時辰，怕剛出城門呢！」

寧櫻心裡有些慌亂。離得遠，想提醒譚慎衍也做不到，只希望譚慎衍能看穿對方的把戲，護住韓越才好，左思右想放心不下，讓吳琅備馬車，她準備出門一趟。

皇上身子骨兒硬朗，幾位皇子鬥爭得厲害也沒用，最終的太子之位還是要皇上點頭才行，而皇上只寵愛六皇子，對其他幾位皇子一視同仁，極為嚴厲，偏偏六皇子是不可能當太子的，譚慎衍不會看不出來。

想到什麼，她微微一怔，難以置信地睜大了眼。譚慎衍難不成支持六皇子？可六皇子沒有外家扶持，岳家身分又不顯，縱然薛府得來侯府的侯爵，可薛慶平不過是個五品太醫院院正，對六皇子來說沒有絲毫助力。

譚慎衍想扶持六皇子登上那個位置，贏的機率微乎其微，上輩子，六皇子和六皇妃去了封地，一年回京一次，沒有牽扯進奪嫡之爭，卻也和皇位無緣。

譚慎衍怎麼會連這個都看不出來？韓家被拔除，二皇子沒機會做太子，相較而言，三皇子勝算更大，三皇子是皇后所出，占著嫡字，且文有懷恩侯府，武有清寧侯府的相助，譚慎衍如何會選六皇子？

吳琅見寧櫻沈吟不語，快速退了出去。

寧櫻理清楚幾位皇子背後的勢力後，越發坐立不安，讓金桂伺候她換衣服，匆匆忙忙往外面走。

馬車駛入朱雀街，譚慎衍和韓越在京外遇襲的事情已經傳開，寧櫻吩咐吳琅將馬車靠在酒樓外，要了二樓的房間，這樣一來，有人進城便一目了然。

誰知，她一等就等到了傍晚，窗戶當西曬，她坐在窗戶邊，起了一身汗，手裡的巾子皆被汗水浸濕了，她就著巾子擦了擦，目光直直望著城門方向。

晚霞褪去紅色，城門口傳來騷動，一群人浩浩蕩蕩進了城，譚慎衍騎在馬背上，墨色暗紋長袍，威風凜凜，如寒星的眸子殺意騰騰，像剛殺過人，渾身透著寒涼之意。

寧櫻眨了眨眼，從上到下打量他好幾眼。譚慎衍衣衫整潔，不像是遇襲的樣子，她暗暗鬆了口氣。

駿馬疾馳而過，經過酒樓時，譚慎衍忽然抬了抬眉，寧櫻心驚肉跳地往後縮了縮，不想譚慎衍發現她，好在，他的目光並未停留，揮舞著馬鞭，揚長而去。

得知他沒事，寧櫻準備回寧府了，並叮囑吳琅打探外面的消息。她之所以懷疑譚慎衍和六皇子有往來是因為薛墨。薛墨在晉州做的事和朝堂有關，這不像薛墨的作風，而薛墨以譚慎衍馬首是瞻，晉州的事多半是譚慎衍授意的。

六皇子和其他幾位皇子的關係不冷不熱，薛墨沒理由不幫自己的姊夫去幫別人，細細想來，薛墨和譚慎衍是在謀劃同一件事。晉州金礦多，占了晉州，就代表著有了享不盡的錢財，有錢能使鬼推磨，尤其錢財在有權勢的人手裡更能讓想做的事情事半功倍。

劉府是晉州的金礦大戶，她記得劉菲菲提過劉足金給薛府送禮，是因為薛墨在晉州時和劉府打過交道、有點緣分的緣故，官商往來，不會是談天說地，當時一定有事情發生。

寧櫻回府，問了劉菲菲和寧成昭的去處，得知寧成昭去書房和寧國忠說事，她轉頭前往劉菲菲的院子。

院子不如二房表現出得闊綽，花草樹木相宜相襯，清幽雅致，充斥著濃濃的書香之氣。

劉菲菲躺在美人榻上，聽外面的丫鬟通傳說六小姐來了，她驀然從美人榻上坐了起來，催促道：「趕緊讓六小姐進來。」

「大嫂不用客氣，我是有事詢問，沒打擾大嫂休息吧？」日落西山，時辰不早了，若不是她心裡有事，急於求證，不會這時候過來叨擾劉菲菲。

劉菲菲穿了一件桃粉色紗裙，神色慵懶，溫婉的臉上多了分隨意和懶散，給人的感覺很舒服。

見寧櫻開門見山說明來意，劉菲菲拉著她坐下，吩咐丫鬟倒茶，凝視著寧櫻道：「怎麼想起問這事了？小太醫在晉州讓劉府的管事做過一件事，我爹沒和我細說，想來和晉州的金礦有關。」

晉州金礦多，但劉家獨大，做的又是宮裡的生意，什麼都是最好的，但看寧櫻神色凝重，劉菲菲細細想了想，道：「六妹妹想知道的話，我差人回去問問我爹，他不會有所隱瞞的。」

劉菲菲不知究竟發生了何事，但從劉足金敢給薛府送年禮的事情來看，應該是劉府幫襯過薛墨。

「妳不知道就算了，我心血來潮問問，不用煩勞劉老爺。」寧櫻打聽不到晉州的事，便和劉菲菲聊起了其他事，直到外面丫鬟說寧成昭回來了，她才起身告辭。

寧櫻一出門就遇到寧成昭進門，寧櫻笑著寒暄幾句。昆州之行，拉近了他們的關係，加上有劉菲菲在中間，兄妹倆感情好了許多。

寧成昭送寧櫻出了門，折身回來，見劉菲菲靠在門邊張望，他走上臺階，蹙眉道：「天氣熱，怎不回屋涼快？小心被熱得起了痱子。」說完，跨進門檻，牽著劉菲菲的手往裡走，順便問起寧櫻的來意。

劉菲菲一五一十說了，對薛墨在晉州和劉府的淵源，劉菲菲知道得不多，問寧成昭道：「要不要讓人回去問問爹？我看六妹妹挺著急的。」

寧成昭忽然想起薛墨中意寧櫻而剪寧靜芳頭髮之事，心裡咯噔一下，擺手道：「不用了，真要是緊急的事，六妹妹會再來的。」

月上樹梢，玲瓏雕花的窗戶下響起輕輕的聲響，寧櫻心裡有事，輾轉難眠，聽見聲音立即睜開了眼，躡手躡腳穿鞋下地。行至西窗，她側著耳朵貼向雕花窗戶，啞聲道：「誰啊？」

「我，妳推開窗戶，我和妳說說話。」

這聲音，許久沒有在西窗外響起了，寧櫻聽著有些陌生，彎著腰，雙手輕輕搭在窗戶上，一點、一點地推開了窗戶。

月色下，譚慎衍身形玉立，輕柔的月光襯得他神色晦暗，寧櫻皺了皺眉，轉身瞅了眼在床前打地鋪的銀桂，比劃了個噤聲的手勢，指了指旁邊西屋，示意譚慎衍去那邊說話。

譚慎衍失笑，前傾著身子，從懷裡掏出一支細長的竹管，湊到嘴邊，輕輕吹了口氣，白色煙霧繚繞，寧櫻蹙眉摀住了嘴，不贊同地瞪了譚慎衍一眼。

待屋裡的呼吸聲輕緩了，譚慎衍才開口道：「妳有什麼話問妳大嫂，怎麼不直接問我？明明在二樓看到我回來了，還往後面躲？」

寧櫻的目光熾熱得他想忽視都難，但京城耳目眾多，他不敢停下來和寧櫻說話，抬眉掃了眼，就看到竹簾後的她縮了縮脖子。

「你都看到了？你沒受傷吧？」寧櫻放心不下才去那邊等他回來，但看他衣冠楚楚，不像受傷的模樣便回府了。

「我早有準備，沒什麼大礙，妳別擔心。」

他和韓越回京，問了韓越一些事，其中還有疑惑。比如，不是韓越把他引去西南邊境，而是西南邊境真的動盪；達爾和韓越是互利互惠的關係，達爾製造動亂不過是給朝廷營造邊境動盪的假象，讓朝廷別忘記西南邊境，兩軍交戰，糧草先行，達爾的目的在於提醒朝廷別忘記運送糧草去劍庸關。

不得不說，韓越能說動達爾做這種事，的確有幾分本事，沒有永遠的敵人，只有永遠的利益，在韓越和達爾身上，表現得淋漓盡致。

他和韓越打賭有人容不下他們，回京路上會想方設法殺他們，然後躲在背後坐收漁翁之利。他故意說明日回京，不過想看看背後之人的實力，不出他意料，對方知道明日回京是他們的幌子，今天就在城外準備好了。

他輕描淡寫和寧櫻提了兩句，不多說，是怕寧櫻知道得越多，對她越沒有好處。

「韓越在朝堂有幾個仇家，而記恨我的人也多，擔心對方趁著這個機會挑撥離間，我和韓越密謀了一些事，之所以放出風聲，是想試探誰沈不住氣先站出來，妳別害怕。」

寧櫻皺了皺眉。朝堂關係錯綜複雜，她有所體會，她想說的是奪嫡之事。六皇子封王，眼下還留在京城是皇上顧念明妃病重的關係，明妃若熬不住去了，六皇子和六皇妃鐵定要去蜀州封地的。山高水遠，哪怕皇上有個好歹，六皇子也趕不回來了。

寧櫻張了張嘴，試探地問道：「你是不是私底下和六皇子……」

「櫻娘，妳怕嗎？」譚慎衍伸出手，執起寧櫻的手放在掌心輕輕摩挲，他知道寧櫻心裡擔憂什麼，其實，六皇子在眾多皇子中的確是最不可能的，然而誰能想到，皇上之所以遲遲不立太子，是因為心裡早有屬意的人選呢？

上輩子，他認定六皇子不可能成為太子，加上有老侯爺的遺言，早早從奪嫡之爭中將自己摘清了去，最後卻落得慘死的下場。

這輩子，明白了皇上的心思，他更不會有所忌憚了。皇上把薛怡嫁給六皇子，不就是挑中了青岩侯府當六皇子背後的勢力嗎？他沒什麼好退縮的，只是，這些事萬萬不敢和寧櫻說。

寧櫻抬起頭，月光不及他的眉眼溫柔。這是他第二次問她，上一次是上元節的時候，寧櫻回答過了，他再問，寧櫻不敢貿然作答，思忖道：「我們會死嗎？」

「不會。」譚慎衍擲地有聲，他不會讓他們死的。

寧櫻點了點頭，覺得氣氛太過沈重，心思一轉，說起黃氏懷孕之事。「我娘懷了孩子，老了身邊有人照顧，我也放心些。」

譚慎衍能知道她向劉菲菲打聽晉州之事，肯定也知道黃氏懷孕的事情，寧櫻想到聞嬤嬤和福榮的關係，覺得她的話算是多此一舉了。

「三夫人年紀大了，讓墨之每個月給她看看，我瞅著，三夫人是要生男孩的。」

上輩子，黃氏沒有孩子，早早死了，這輩子生活順遂，一定會生個兒子。

這話寧櫻喜歡聽，整個三房都希望是兒子。

兩人你一言、我一語說著話，月亮悄悄躲進了雲層，天色已晚，譚慎衍不敢耽擱寧櫻休息，目光落在兩人交握的手上，感慨道：「再見面，估計就是成親的時候，妳等著我來接妳。」

接下來要處理的事情多，他恐抽不開身，數著天數沒有多久了，譚慎衍只覺得日子過得太慢，恨不能直接跳到成親那一天，如此的話，他更歡喜些。

寧櫻面色羞赧，將譚慎衍往外推了推，抽回自己的手道：「你回去吧，朝堂不太平，小心些，告訴老侯爺，接下來我就不去看他了。」

譚慎衍笑了笑，手滑至寧櫻後腦勺，往自己身前一帶，低下頭，重重啄了下寧櫻的唇，不懷好意道：「下次，我就能光明正大擁有妳了，總算不用繼續憋著。妳回屋睡覺，好好保重身子，我還要去刑部大牢一趟。」

韓越關押在刑部大牢裡，他留著韓越還有其他用處。

寧櫻嬌嗔地瞪著譚慎衍，話說得露骨，她想不臉紅都難，關上窗戶。心裡又羞又惱，想著上次被譚慎衍得逞後，她還暗暗提醒過自己的，誰知，譚慎衍故技重施，趁她反應不及偷襲。

窗戶關上後，還能聽到譚慎衍的笑聲。「羞什麼，我又不是不娶妳，何況，還沒發生什麼呢！」

寧櫻臉色發燙，不再理會譚慎衍，月亮隱進雲層，寧櫻摸黑走向床邊，心卻因為譚慎衍最後一句話，撲通跳個不停。

譚慎衍回來，離他們成親的日子越來越近了。

不只寧櫻有這種感覺，寧府的下人好似都忙碌起來。送帖子、掛燈籠、採買喜宴用的瓜果、蔬菜，一切都有條不紊地進行著，寧櫻整日都往梧桐院陪著聞嬤嬤檢查嫁妝單子以及商量陪嫁的人選。

寧櫻忙，譚慎衍也沒閒著。韓越的罪名坐實，被皇上下令抄家，韓越上奏皇上將功補過，願意一輩子戍守邊關永不回京，皇上問過內閣的意思後，欣然同意。

十日後，韓越領著韓家上上下下的家眷離開了京城。韓越是二皇子母舅，韓家遭殃，二皇子也受到皇上埋怨，二皇子一黨被三皇子打壓，三皇子勢不可當；朝堂又有大臣提議立儲之事，參與的人越來越多，但皇上一概置之不理，倒是想起譚慎衍成親在即，賞賜了好些東西，又封青岩侯為一等侯爵。

青岩侯府不負眾望升了官階，文武百官明白，再過不久，刑部尚書之位就是譚慎衍的。對譚慎衍，朝中大臣也摸出些門道，你不招惹他，他就不招惹你，你若招惹他，他一定能弄得你家破人亡、聲名狼藉。

這個未來的刑部尚書大人，還是能避則避吧！

韓家敗落，譚慎衍仍然忙得早出晚歸，且一臉陰沈，像又有誰犯了大事落到他手裡似的，六部的人皆惶惶不安，一收到譚家的請帖，心裡忐忑更甚，只因發愁隨禮的事。隨禮重了難免會落人口實、有賄賂的嫌疑，隨的禮輕了，得罪譚慎衍，往後日子難過。

譚慎衍不知道，他本意是想熱熱鬧鬧辦一場親事，結果鬧得六部的人叫苦不迭，都跑去寧府打聽隨禮之事。

寧府客人絡繹不絕，劉菲菲笑得嘴都抽筋了。不過她心思通透、八面玲瓏，應付得遊刃有餘，漸漸在京城一眾貴婦中有了些美名。

寧櫻聽金桂說起外面的事，心情一日比一日緊張，到成親這日，她已有三個晚上沒睡了，不知怎麼，躺在床上無論如何都睡不著。她閉著眼，腦子裡一片清明，苦苦熬了三宿，清晨時喜娘給她化妝提及她黑眼圈之事，寧櫻羞得不知作何解釋，總不能說她看似不在意，實則緊張得睡不著？

黃氏站在旁邊，可能因為懷孕轉移了她的注意，對寧櫻嫁人之事，她沒生出多大的愁緒，反而是寧伯瑾眼眶泛紅，一臉不捨。

上輩子，她不記得和譚慎衍成親的細節，那時候，她和譚慎衍的親事是她擺脫寧府唯一的途徑，心裡期待不已；如今心裡仍然有期待，卻和抓著最後一根救命稻草的感覺不同，她期待自己嫁給他，再次成為他的妻子。

青湖院的一切於她來說都是熟悉的，然而，當坐在喜床上時，透過紅色的蓋頭，模模糊糊打量著屋內的情景，忽地讓她升起不好的感覺來。

屋裡的擺設，大不一樣，一桌一椅都是陌生的，她晃了晃頭上的蓋頭，生怕自己走錯了房間。

當眼前的蓋頭被緩緩掀起，寧櫻從喜床上站了起來，望著跟前一身大紅色喜服的譚慎衍，顯得局促不安，床頭、床尾擺放著蓮花燭臺，紅燭照得房裡亮得如同白晝，她塗抹脂粉的臉上一片煞白，好似失了心魂。

譚慎衍心知緣由，牽著她坐下，故作不知寧櫻心底的疑惑，簡單介紹了下院子的格局和屋裡的擺設，三言兩語，清楚得當，看寧櫻臉色恢復紅潤，他才止住聲音。

寧櫻進門時，譚慎衍揹著她，跨火盆、走吉祥，花樣多，寧櫻沒留意兩旁的景致，這會兒打量著屋子，陌生得讓她不適應，和前世差別太大了。

「是不是不習慣？」

寧櫻搖頭掩飾臉上的愕然，側頭望著譚慎衍。她不記得譚慎衍穿紅色服飾的情景了，這會兒一看，才知道哪怕是最妖豔的紅，穿在譚慎衍身上，仍然遮掩不住他深沈內斂的氣質。面如冠玉，目若朗星，眸子裡迸射的光似要將她吞噬。寧櫻不適應地移開了視線，聲音乾澀地找話說道：「和我想的不太一樣。」

屋裡陳設簡單，顏色主打暖色的紅，不像一等侯爵世子的院子，氛圍和桃園的屋子更相近，如何不讓寧櫻驚訝？

這時候，外面傳來薛墨的吶喊聲，譚慎衍面不改色，讓喜婆倒酒，喝了合巹酒，屏退下人，想和寧櫻說說話。

喜婆望著外面的天色，笑意爬上臉頰，適時提醒道：「世子爺，時辰還早，薛世子在外等著，您出去陪人飲酒才是。」

她以為，譚慎衍是等不及天黑就想洞房了。

寧櫻臉色恢復了紅潤，垂下眸子，故作不懂喜婆眼裡的深意，耳根卻燙得厲害，小聲要譚慎衍出門。若他留下來的事傳到前面，往後她是沒臉見人了。

譚慎衍微微一滯，見紅暈爬上她耳根，光潔的額頭在燭光的映襯下籠上了淡淡的暖色，譚慎衍心口一軟，理了理胸前的衣襟，看著寧櫻髮髻上鑲嵌紅寶石的步搖，輕聲道：「成，讓金桂服侍妳洗漱，頭飾重，別累著了。」

寧櫻抬眉掃了一眼譚慎衍，低低點了點頭。喜婆見兩人欲語還休，依依不捨，笑得意味深長。

這時候，薛墨的聲音大了。「我說新郎官，你再不出來，待會兒幾位皇子過來，保不定就開始鬧洞房了。」

譚慎衍挑了挑眉，笑意不明地走了出去。

喜婆送譚慎衍出門，她剛走到門邊，就聽走廊上傳來一陣哀號。一身藏藍色圓領鑲金邊長袍的薛世子被譚慎衍反手拽著往外面走，門口的丫鬟捣著嘴偷笑，聲音漸漸遠去，在走廊上觀望的丫鬟笑得越發肆意。

片刻的工夫，哀號改為求饒，寧櫻聽見，不由得笑了起來。薛墨不喜與人相處，在外人跟前一副冷漠不易靠近的樣子，在譚慎衍跟前卻諂媚得有些過分，就像小弟弟圍著哥哥要糖吃的模樣。

收拾好思緒，重新打量起屋內的擺設。她坐的是紫檀吉祥如意雕花拔步床，右側安置一張鶴紅色紫顫木梳妝檯，圓形銅鏡鑲了圈雕花鏤空的紅木，檯面上面擺放著幾個長形盒子，溫馨雅致，和窗下的書桌、衣櫃、正屋中央的圓木桌，一瞧就知是成套的，就連珠簾前紅木雙面繡大插屏，皆和屋內的擺設相得益彰，像出自同一人的手筆。

金桂進屋，也被屋內的簡單給驚訝到了，想起外面下人說的，她又笑了起來。看寧櫻面露疑惑，上前服侍寧櫻卸下頭上的頭飾，緩緩解釋道：「奴婢聽院子裡的下人說，這屋內所有的家具都是侯夫人的陪嫁，世子有心，前些日子吩咐人把屋內的家具全換了。」

關於侯夫人的事，早些年京城傳得沸沸揚揚，金桂和寧櫻提及過，此時沒有多說，不過從家具也能看出侯夫人是個什麼樣的人，只可惜紅顏薄命。

寧櫻恍然大悟，難怪和上輩子差別如此大。她取下頭上的鳳冠，只覺得整個身子一輕，金桂指著右側紅色鴛鴦戲水圖案的簾子道：「世子爺吩咐下人備了水，小姐先洗漱一番吧！」

前面喝酒慶祝，譚慎衍不知何時才能回來，寧櫻沐浴後躺在床上，起初還能撐著，到後面，身子往後一靠，顧不得身下的花生磕著身體不舒服，脫了鞋，挪到床裡。她實在太睏了，想著金桂守在外面，等譚慎衍回來，金桂會出聲行禮，她警醒些，等他回來再起身。

抱著這個想法，寧櫻拉開旁邊大紅色牡丹錦被，重重地閉上了眼。

——未完，待續，請看文創風560《情定悍嬌妻》5（完結篇）

2017年7月出版

傲王馴嬌

文創風 535～537

她雖然爹爹不疼、繼母不愛，好在有個偏心的祖母護著，
也算過著當家小姐的日子，只是自從某位王爺「大駕光臨」之後，
她的舒心生活就沒了，還得應付這古裡古怪的端親王……

英雄折腰　百煉鋼也成繞指柔

筆下生花　精采紛呈／陸柒

娘親早逝、父親冷淡，繼母雖沒欺負，卻也不親近，
秦家四小姐秦若蕖只能孤單地在後宅數日子，
還好她性子單純乖巧，即使得守在祖母身邊，倒也自在平靜；
只是皇上最寵愛的么弟端親王奉旨巡視天下，巡到益安又借住秦府時，
她這軟綿綿的羊竟得應付王爺那隻假面虎，這日子還能過嗎……

流浪貓狗介紹所

為流浪貓狗加油 和貓寶貝 狗寶貝

廝守終生(一定要終生喔！)的幸福機會

對人來說，貓寶貝狗寶貝只是生活的一部分，但妳（你）對牠們來說，卻是生活的全部，領養前請一定要考慮清楚——

▲ 活潑的陽光小少女　蛋黃

性　　別：女生
品　　種：米克斯
年　　紀：1歲
個　　性：活潑熱情，好奇心強
健康狀況：已結紮，已施打疫苗。
（兩個月大得過犬腸炎，已完全康復並帶有抗體）
目前住所：台中市霧峰區

『蛋黃』的故事：

蛋黃是2016年被遺棄在地震園區的6隻幼犬之一，當時正值腸病毒興盛期，6隻毛孩子都不幸感染，即使狗狗得到急性腸病毒的死亡率極高，中途仍然不願意放棄任何一隻，便將牠們逐一帶下山治療。然而，即使努力到了最後，卻只有蛋黃堅持了下來，中途說，當時讓蛋黃支撐著的動力，或許是想要有一個有家的渴望吧，因為有個領養人正等著要帶牠回家。

可是，嬌小的蛋黃雖然好好地活了下來，那個領養人說要認養的諾言卻沒有實現過。中途表示，當時真的很心疼蛋黃，除了能有一個溫暖的家的希望沒了之外，牠似乎也知道失去了其他兄弟姊妹，畢竟那時曾看到其他5隻毛孩子在牠的面前，或是在隔離籠中離開了。蛋黃沮喪了很長一段時間，好不容易才漸漸地活潑起來，讓中途也稍稍放下了心。

雖然在蛋黃成長過程中，偶爾也會有人詢問並表示想要領養牠的意願，卻從未真正讓牠的願望成真過，所以只能在狗園繼續等待著。現在的蛋黃已經一歲多了，個性很外向、陽光，也相當活潑熱情，極有好奇心，而且也很健康。如果您願意幫蛋黃實現心願，成為牠一輩子的家人，歡迎來信leader1998@gmail.com（陳小姐），或傳Line：leader1998，或是搜尋臉書專頁：狗狗山-Gougoushan。

認養資格：

1. 認養者須年滿20歲，有穩定經濟能力，並獲得全家人的同意。
2. 須同意簽認養寵物切結書，並讓中途瞭解蛋黃以後的生活環境。
3. 同意送養人日後之追蹤探訪，對待蛋黃不離不棄。
4. 同意讓蛋黃絕育，且不可長期關、綁著蛋黃，亦不可隨意放養。
5. 為讓中途對您有更深入的瞭解，中途會先有份線上問卷請您填寫。

來信請說明：

a. 個人基本資料：姓名、性別、年齡、家庭狀況、職業與經濟來源等。
b. 想認養蛋黃的理由。
c. 過去養寵物的經驗，及簡介一下您的飼養環境。
d. 若未來有結婚、懷孕、出國或搬家等計劃，將如何安置蛋黃？

文創風
559

情定悍嬌妻 4

國家圖書館出版品預行編目資料

情定悍嬌妻 / 新蟬著. --
初版. -- 臺北市 : 狗屋, 2017.09
冊 ; 公分. --（文創風）
ISBN 978-986-328-772-8（第4冊：平裝）. --

857.7　　106012041

著作者	新蟬
編輯	黃鈺菁
校對	沈毓萍　簡郁珊
發行所	狗屋出版社有限公司
地址	台北市104中山區龍江路71巷15號1樓
電話	02-2776-5889～0
發行字號	局版台業字845號
法律顧問	蕭雄淋律師
總經銷	知遠文化事業有限公司
電話	02-2664-8800
初版	2017年9月
國際書碼	ISBN-13　978-986-328-772-8

本著作物由北京晉江原創網絡科技有限公司授權出版

定價250元
狗屋劃撥帳號：19001626
網址：love.doghouse.com.tw　E-mail：love@doghouse.com.tw